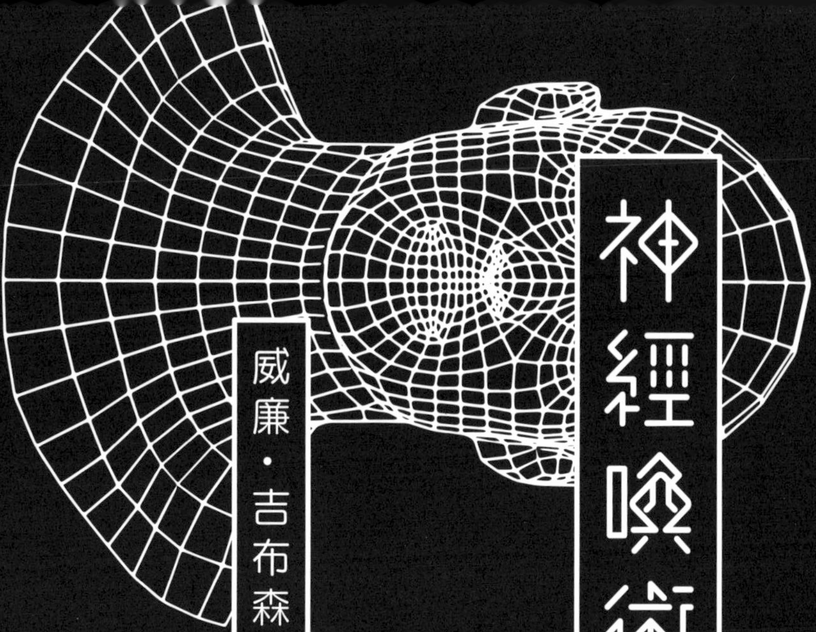

# 神經喚術士

威廉・吉布森

歸也光 譯

# NEUROMANCER

BY

WILLIAM GIBSON

# 目錄

# 第一部　千葉市藍調

# 1

港口上方的天空是電視收播頻道的顏色。

「不是說我在用……」凱斯聽見有人這麼說，他正用肩膀頂開擠在「喳呼」旁的人群，從中間穿過。「比較像我的身體自己生出嚴重的藥物缺乏症狀。」蔓生口音說著蔓生區的笑話。喳呼的正式名稱是茶壺酒吧，專爲外國專業人士而設，在這裡喝上一週也聽不見兩個日語單詞。

照料吧檯的是瑞茲。他往一托盤的玻璃杯倒入麒麟生啤酒，義肢手臂單調地抽動。他看見凱斯後微笑，露出一口混雜東歐鋼與棕色蛀痕的牙。凱斯在吧檯找到位置坐下，一邊是朗尼・左恩旗下妓女那不太眞實的日晒膚色，一邊是高眺美國人身上俐落的海軍制服，這名軍人的顴骨明顯隆起一道道部落紋面。「維吉剛剛來過，帶著兩個混混。」瑞茲完好的那隻手把一杯生啤酒滑過吧檯，「凱斯，他可能想找你？」

凱斯聳肩。右邊的女孩咯咯傻笑，用手肘輕輕推他。

酒保的笑容加深。他的醜陋已進入神話範疇。在這個可用金錢換取美貌的年代，像他這樣缺乏美感的外貌，頗有某種紋章般的效果。他伸手拿另一個杯子時，骨董手臂嘎吱作響。那是俄國軍用義肢，具備七種能力回饋操控器，包覆在骯髒的粉色塑膠下。「你可是大師中的大師，凱斯先生（註）。」瑞茲咕噥著，這對他來說就算笑聲了。他用粉色爪子搔了搔白色汗衫下突出的肚腩。「在那種有點好笑的勾當裡，你可是大師。」

「沒錯。」凱斯啜了口啤酒，「總得有人負責搞笑，但他媽的肯定不是你。」

妓女的咯咯笑聲拔高八度。

「也不是妳，姊妹，所以滾邊去，好嗎？左恩和我私底下關係很好。」

她看進凱斯的眼裡，幾不可聞地啐了一聲，嘴脣幾乎沒動，但她乖乖離開了。

「老天，」凱斯說，「你開的是妓院嗎？男人連好好喝杯酒都不行。」

「哈。」瑞茲拿一條抹布擦拭疤痕累累的木酒桶，「左恩會分紅。我讓你在這裡工作，是因爲娛樂效果還不錯。」

凱斯拿起啤酒，這時酒吧陷入一陣異樣的寂靜，彷彿一百段互不相關的對話竟來到同一個停頓點。接著那名妓女又發出歇斯底里的咯咯笑聲。

瑞茲哼了一聲，「天使剛剛經過。」

「中國人。」一名喝醉的澳洲人大發議論，「神經接合他媽的是中國人發明的。隨便哪天，給我到大陸做一場神經手術，一定把你弄到好，老兄……」

「這話……」凱斯對著自己的酒杯說，苦澀之意忽然如膽汁般一湧而上。「可眞是狗屎

註：原文爲德文。

啊。」

日本人放掉的神經手術技術遠比中國人曾掌握的還多。千葉的地下診所極爲先進，每個月都有人換上完全以工藝技術打造的身體，他們卻沒辦法修復他在曼菲斯那家旅館所受的損傷。

在這裡待一年了，凱斯還夢想著網際空間，但希望夜夜消逝。無論他嗑多少冰毒（註）、如何在夜城排隊或抄捷徑，母體仍會入夢；邏輯編織而成的明亮格網，在無色的虛空中開展……現在，蔓生區是一條橫跨太平洋、漫長而詭異的回家之路，而他不是操作手，也不是網際空間牛仔，只是另一個招搖撞騙的傢伙，努力想打通關節。但夢境在日本的夜晚上演，彷彿過度活躍的巫毒法術，而他爲此哭泣，在睡夢中哭泣，在黑暗中孤獨醒來，蜷縮在某個棺材旅館的膠囊內，雙手刨入床板、緩衝泡棉從指間擠出，試圖觸及不在那裡的機臺。

「我昨晚看見你女友。」瑞茲推了第二杯麒麟啤酒給凱斯。

「我沒女友。」凱斯舉杯喝酒。

「琳達．李小姐。」

凱斯搖頭。

「不是女友？你們沒什麼？只是公事嗎，大師？爲生意而獻身？」酒保棕色的小眼睛深陷於皺紋中，「我覺得我比較喜歡你跟她在一起的時候。你比較常笑。現在，你可能會因爲太過裝腔作勢，最後在某個晚上被裝進診所水槽，落得肢體不全喔。」

「瑞茲，你太傷我的心了。」凱斯喝完啤酒，付過錢便離開，高聳的窄肩縮在被雨水打濕的卡其尼龍防風外套下。穿行在仁清路的路人間，他聞得到自己身上的汗臭味。

凱斯現在二十四歲。他二十二歲時成爲一名牛仔、活躍分子、蔓生區身手最好的人之一。他師承麥考依．波利和波比．昆因，他們是高手中的高手，這行的傳奇人物。他上線時總是處於腎上腺素高昂的狀態，年輕和高超技術的副產品，連上特製的網際空間控制板，讓他的意識脫離軀體，投射進母體的交感幻覺中。他是個小偷，替其他更有錢的小偷工作。這些雇主提供穿透企業系統明亮外牆所需的外來軟體，開啓通往數據沃野之窗。

他犯下典型錯誤，一個他曾發誓絕對不會犯的錯誤，偷雇主的東西。他私藏了一些，試圖穿過防護柵移送到阿姆斯特丹。他還是不知道怎麼會東窗事發，不過現在這也不重要了。他以爲會賠上性命，但他們只是露出微笑。當然歡迎，他們說，歡迎他取用那些錢財。他將會用得上。因爲——微笑不減——他們會確保他再也無法工作。

他們用一種戰時俄國的黴菌毒素毀壞了他的神經系統。

他被綁在曼菲斯一家旅館的床上，天賦一微米一微米燒掉，在幻覺中度過三十個小時。

註：原文Speed，是一種名爲甲基安非他命的毒品，有多種別名，如安仔、冰糖等。

神經損傷非常微小、不起眼，但效果十足。

凱斯曾活在網際空間的無軀體狂喜中，對他來說，這就是「墮落」。在他身為牛仔紅牌時常去的酒吧，菁英態度流露出某種程度對肉體不經意的蔑視。軀體就只是肉而已。凱斯墜入自身肉體的監牢中。

凱斯的所有資產很快被轉換為新日圓，厚厚一綑舊紙鈔，無止境地在世界各地黑市的封閉圈子裡流通，就像特羅布里恩群島島民的貝殼。蔓生區的合法生意很難用現金交易，在日本，現金已不再合法。

在日本，他堅信他將找到治癒之道。在千葉，或在合格診所，或在黑市醫療的陰暗之地。千葉就是移植、神經接合與微仿生學的同義詞，也是一塊吸引蔓生區科技犯罪次文化的磁石。

在千葉，他眼睜睜看著他的新日圓經過為期兩個月的檢驗與諮詢後化為烏有。地下診所裡的男人是他最後的希望，但他們只是讚賞著讓他致殘的專業技術，緩緩搖頭。

現在他睡在最便宜的棺材旅館，最靠近港口的那些，沐浴在把碼頭像大舞臺般整夜照耀的石英鹵素光潮之下。因為電視螢幕色彩的天空如此刺眼，你看不見東京的燈火，甚至也看不見富士電力公司高聳的全息投影商標。東京灣只是一片廣袤的黑，白色保麗龍漂浮於淺水，海鷗盤旋其上。港口之外是城區，法人所屬垂直城市的巨大方塊俯瞰圓頂工廠。較舊的街道形成一道狹窄中界，分隔港區與城區，這道中界沒有官方名稱。夜城，以仁清路爲中心。日時，仁清路上的酒吧都拉下百葉窗，顯得毫無特色，霓虹燈熄滅，全息圖也失去生命，在含毒的銀色天空下等待。

「喳呼」以西兩個街口，一家名爲「茶罐」的茶鋪裡，凱斯用一杯雙倍濃縮咖啡沖下這晚的第一顆藥。扁平粉色八角形的強效巴西右旋安非他命，是跟左恩手下一個女孩買的。

「茶罐」以鏡爲牆，鏡框是紅色霓虹燈。

當初，凱斯發現自己在千葉孤立無援，阮囊羞澀，找到治療方法的機會更是渺茫，他像是切入了快速自我毀滅模式，用一種似乎早已不再屬於他的冰冷強硬態度掙錢。頭一個月，他殺了兩男一女，弄到的錢若換成一年前的他只會覺得可笑。仁清路耗損他，到後來，街道本身漸漸變得像某種死亡願望的具象化，某種他沒意識到自己已沾染的毒素。

夜城彷若一場社會達爾文主義的瘋狂實驗，設計者是一名無聊的研究員，一根大拇指永遠壓在快轉鍵上。停止掙錢，你便沉沒無蹤；若動作稍微過快，又會打破黑市脆弱的表面張力。無論哪種結果，你都完了，徒留一抹隱約的回憶，淺淺刻在瑞茲這種常駐分子的腦中，只不過心臟或肺或腎可能會留下來，供某個有新日圓支付診所水槽的陌生人使用。

這裡的生意是潛意識中的嗡鳴，若是懶惰、心不在焉、行事笨拙、忽略錯綜複雜的行規，死亡是公認的懲罰。

獨坐在「茶罐」內，隨著八角藥丸生效，他的手掌冒出細小汗珠，突然感覺得到手臂和胸口每一根顫動的寒毛。凱斯知道他從某個時間點跟自己玩起遊戲，這無名的遊戲非常古老，是一場終末的接龍。他不再隨身攜帶武器，不再保持基本警戒。他接下街頭最快、最寬鬆的工作，得到「無論你想要什麼他都弄得到手」的名聲。一部分的他知道，自己的自我毀滅弧度在日益稀少的客戶眼中愈來愈明顯，同樣那部分的他也安適地沐浴在「自我毀滅只是早晚的問題」的認知中。也正是這一部分的他，因預料中的死亡而沾沾自喜，尤其痛恨想到琳達．李。

他在某個雨夜的遊樂場發現她。

在燒透藍色香菸煙霧的明亮鬼魂下，巫師城堡（註一）、歐羅巴坦克大戰、紐約天際線的全息圖……他現在記憶中的她就是那副模樣，臉龐沐浴在永不安寧的雷射光下，五官只剩下色彩代碼。巫師城堡亮起時，她的顴骨閃耀著緋紅；坦克大戰打到慕尼黑時，她的額頭浸染著碧藍；滑動的光標在林立的摩天大樓樓壁敲出火花，在她的嘴唇勾勒出艷金。他那晚很亢奮，維吉的一個K他命磚正在送往橫濱的途中，錢已入袋。溫暖的雨淅瀝灑落在仁清路的人行道，他冒雨走進遊樂場，目光莫名就是鎖定了她。一群人站在機臺前，他只看見她沉迷遊戲中的那張臉。當時她臉上的表情，在幾個小時後港區的一家棺材旅館內，他從她的睡顏再次看見，上唇像是孩童描繪飛行中鳥兒的線條。

凱斯穿過遊樂場站在她身旁，仍因做成的那筆交易而亢奮，他看見她抬眼一瞥。黑色煙燻妝框住她的灰眼，眼神像是被來車頭燈定住的動物。

他們共度的夜晚延長到早晨，再延長到氣墊船站買票以及他第一次渡過東京灣。雨一直下，沿原宿地區灑落，在她的塑膠外套上形成點點水珠，東京的孩子腳踩白色樂福鞋與輕便雨衣，連袂走過知名精品店。最後，她和他一起站在午夜柏青哥店的嘩啦聲響中，像個孩子般牽住他的手。

頭一個月就在毒品發揮完整效力和張力中度過，然後他才進一步將那一對永遠像受驚嚇小動物的眼睛轉化爲反身需求的井。他看過她的人格化爲碎片，如冰帽般崩解，碎片漂走，最後才看見那原始需求，癮頭的饑渴盔甲。他觀看她追著下一顆非法毒品，那種專注令他回想起他們在滋賀一欄欄販售的螳螂，旁邊是一缸缸藍色變種鯉魚和裝在竹籠裡的蟋蟀。

他凝視空杯內的那圈黑色渣滓，正隨他剛剛嗑的冰糖震動。桌面的棕色薄板黯淡無光澤，有一些歲月留下的細小刮痕。隨著右旋安非他命漸漸攀上他的脊椎，他看見無數留下那種表面刮痕的隨機碰撞。「茶罐」的裝潢是來自上世紀的某種陳舊無名風格，硬生生融合了日本傳統與蒼白的米蘭塑料雕塑，但似乎一切都蒙上一層隱約的薄膜，彷彿上百萬名客人的「壞神經」（註二）莫名攻擊了鏡子和曾經光滑的塑料，導致所有表面都沾染上某種怎樣都擦

---

註一：Wizard's Castle，應指一款由International PC Owners於一九八一年發行的RPG遊戲。

註二：Bad nerves，一種精神症狀，較恐慌症或抑鬱症複雜，外表可能有顫抖的狀況。

不掉的物質而起霧。

「嘿，凱斯，好夥伴……」

他抬頭，對上畫了煙燻妝的灰眼。她身穿褪色的法式軌道工作服和白色的新運動鞋。

「我一直在找你呢，朋友。」她在他對面坐下，手肘撐在桌上。藍色拉鍊裝的袖子從肩膀處扯掉。他不自覺地查看她的手臂是否有使用真皮碟或針孔的痕跡。「來根菸？」

她從踝間的口袋掏出一包壓扁的葉和圓濾嘴香菸，抽出一根遞給凱斯。凱斯接下，讓她用紅色塑膠打火機為他點著。「凱斯，你睡得好嗎？看起來很累。」她的口音透露她來自蔓生南區，接近亞特蘭大。她眼睛下方的皮膚看起來蒼白不健康，但仍平滑堅實。她二十歲。疼痛開始在她嘴角刻下永恆的線條。她的黑髮以印花絲帶往後綁起，圖樣可能是微型電路或城市地圖。

「記得吃藥的話就還行。」一波實實在在的渴望襲向他，慾望和寂寞乘著安非他命的浪潮湧入。他記起在港區棺材旅館過熱的黑暗中，她肌膚的味道，她的手指在他後腰交纏。

都只是肉，他心想，都是肉體想望。

「維吉。」她瞇起眼，「他想看到你臉上開個洞。」她幫自己點了根菸。

「誰說的？瑞茲？妳跟瑞茲有往來？」

「不，是莫娜。她的新炮友是維吉的手下之一。」

「我又沒欠他多少。總之，真把我做了，他也拿不到錢。」凱斯聳肩。

「現在太多人欠他，凱斯，他可能會拿你殺雞儆猴。你最好當心點。」

「一定。琳達，妳呢？有地方睡嗎？」

「睡。」她搖頭，「當然嘍，凱斯。」她顫抖著，趴在桌上，臉龐覆上一層薄汗。

「給妳。」他從防風外套口袋掏出一張皺巴巴的五十元紙鈔，不自覺地先在桌下撫平，對折兩次，然後才拿給她。

「你自己才需要，親愛的。最好拿去給維吉。」她的灰眼這會流露一絲情緒，他讀不懂，也從未見過。

「我欠維吉的比這多太多了。妳拿去吧，我還會有更多。」他撒謊，一面看著他的新日圓消失在拉鍊口袋內。

「凱斯，一拿到你的錢，就盡快去找維吉。」

「再見，琳達。」他起身。

「一定。」她的瞳孔底下露出一公釐的白，三白眼(註)。「你自己小心。」

他點頭，急著想離開。

塑料門板在他身後關上時，他回過頭，看見她的眼睛映照在紅色霓虹牢籠中。

註：根據中國面相學，露出虹膜下眼白的人可能有酒精或藥物成癮的狀況。

週五夜的仁清路。

他經過雞肉串燒攤和按摩店、一家叫「美麗女孩」的連鎖咖啡店，以及電玩店的電子雷鳴。他讓路給一名穿黑西裝的「上班族」，注意到男人的右手背上有三菱—基因泰克（註一）的商標紋身。

那是眞的嗎？如果是，凱斯心想，那他就有麻煩了。如果不是，那算他活該。一定層級以上的ＭＧ員工都會植入先進的微處理器，用來監測血液內的誘變劑濃度。像這樣的裝置，可能會害你在夜城被搶，一路搶進地下診所裡。

這名上班族是個日本人，但聚集在仁清路的都是「外人」（註二）。一群群來自港口的水手、緊張的自由行觀光客搜尋著旅遊書上沒寫的消遣、蔓生區惡棍炫耀著身上的移植物，還有一打一眼就看得出是出來賣的妓女，全擠在街上，跳著複雜的慾望與交易之舞。

數不清的理論試圖解釋何以千葉市容許夜城存在其中，凱斯傾向相信「極道」或許將此地保留爲歷史公園，用以幫助他們記住自己卑微的起源。但他也大致認同急速萌芽的科技需要一塊化外之地，夜城的存在並不是爲了其中的居民，而是一個刻意不加以監管、科技本身專用的遊樂場。

凱斯抬頭看著燈光暗忖，琳達是對的嗎？維吉想拿他殺雞儆猴？沒什麼道理，但維吉主要買賣違禁生物製品，而他們說這門生意只有瘋子才做得下去。

不過琳達說，維吉想殺了他。依據凱斯對街頭交易力學的理解，買家和賣家都不眞的需要他。中間人這行就是要讓自己成爲必要之惡。凱斯爲自己在夜城犯罪生態創立的曖昧地位已因謊言而消失，隨著他的背叛而一夜接著一夜消耗殆盡。現在，他察覺牆開始崩壞，感覺到一股極致的異樣狂喜。

上週，他延後移交一份合成腺體萃取物，轉而以高於一般的利潤零售出去。他知道維吉不喜歡這樣。維吉是他的主要供應商，在千葉九年了。夜城邊界外的犯罪結構階級嚴明，其中只有少數外國藥頭，而維吉是其中之一。基因原料與荷爾蒙沿精細複雜的門面與掩護之梯涓滴滲入仁清路。維吉一度成功找出源頭，如今他享有與十二座城市間穩定的關係。

凱斯發現自己注視著一座櫥窗。這家店賣一些閃閃發亮的小東西給水手。手表、彈簧刀、打火機、隨身錄放影機、模刺碟、加重萬力夾鍊、手裏劍。手裏劍總是讓他著迷，尖端如刀般鋒利的鋼鐵星星。有些是鉻黃色，有些是黑色，還有些塗上彩虹般的外層，彷彿水面上的油脂。不過，其實是鉻黃星抓住他的視線，以幾乎看不見的尼龍魚線線圈固定在腥紅色的麂皮人造革，中央壓上龍或陰陽紋飾。街道上的霓虹燈光被這些星星捕捉後扭曲，凱斯想

---

註一：在現實世界中是兩家公司。三菱Mitsubishi是日本汽車製造商；基因泰克Genentech是美國生物科技公司，成立於一九七六年，被視爲生物科技業的起點，創始人之一是重組DNA的先驅，於二〇〇九年被藥界巨頭羅氏（Roche）收購。

註二：がいじん，日文中「外國人」的意思。

起他就是在這些星星下航行，一個由廉價黃鉛構成的星座拼湊出他的命運。

「朱立。」他對著他的星星說，「該去看看老朱立了。他會知道的。」

朱立歐斯．狄恩一百三十五歲了，因爲每週靠生化漿與荷爾蒙入手的財富，他持續性地扭曲他的新陳代謝。他主要靠每年一次到東京朝聖防堵老化，利用基因手術重設他的DNA碼，千葉沒人會做。然後他會飛到香港訂製一年份的西裝和襯衫。他對性沒興趣，而且具備非人的耐性，大概只剩下獻身於奧祕的裁縫崇拜能讓他感到喜悅了。凱斯沒見過他穿同一套西裝第二次，雖然他的衣櫃似乎完全由一絲不苟重製的上世紀衣物組成。他喜歡戴細金框的有度數眼鏡，以粉色合成石英薄片磨製，像維多利亞式娃娃屋內的鏡子一樣斜掛在臉上。

他的辦公室在仁清路後方的一棟倉庫內，有些區塊看似數年前草率裝修過，擺了一套規格不一的歐風家具，彷彿狄恩曾想以此爲家。凱斯等候的那個房間內，新阿茲提克風格的書櫃沿一面牆排放，積滿灰塵。迪士尼款的球根狀檯燈尷尬地擺在康丁斯基（註一）風格的猩紅塗漆鋼料矮咖啡桌上。一只達利（註二）鐘掛在書櫃之間的牆上，扭曲的鐘面垂向光裸的水泥地板。指針是全息投影，轉動時會配合鐘面的迴旋而變化，但時間總是不對。白色玻璃纖維的貨運包堆在房裡，滲漏出薑漬的味道。

「老小子，你看起來很乾淨。」狄恩的聲音縹緲，「請進來。」

書櫃左側是一扇巨大的仿黑檀木門，周遭的磁力門閂「碰」地彈開。「朱立斯．狄恩進出口」幾個自黏大字橫越塑膠門板，有些地方已剝落。若說散落在狄恩那臨時門廳的家具表現出上世紀的終結，這間辦公室則似乎屬於那個舊時代的開端。

一盞矩形墨綠色玻璃燈罩的古舊黃銅燈灑落一池燈光，狄恩無痕的粉色臉龐在其中打量著凱斯。塗漆鋼料大書桌安全地擋在這名進口商人前，以某種蒼白木材製作的附抽屜高大櫥櫃夾在兩脅。那種東西，凱斯暗忖，一度用來收藏某種書面紀錄。磁帶、一捲捲泛黃的列印文件，還有一部發條打字機的諸多零件散落桌上。狄恩似乎總是撥不出時間把這部機器組裝好。

「小伙子，什麼風把你吹來的？」狄恩遞給他一個以藍白格紋紙包裝的長條狀夾心軟糖，「試試。新亞薑糖，最好的。」凱斯沒拿，走到角落的旋轉木椅坐下，一根大拇指沿一隻黑色牛仔褲腳褪色的縫線往下滑。

「朱立，聽說維吉想殺我。」

「啊，那可好。能否告知是誰說的？」

「其他人。」

「其他人。」狄恩含著薑糖說，「什麼樣的人？朋友嗎？」

---

註一：應爲Василий Кандинский，俄羅斯抽象藝術家，具有知覺混合的能力，能「聽見」色彩。

註二：應爲Salvador Dalí，加泰隆尼亞超現實主義畫家。

凱斯點頭。

「並不總是容易分辨誰是朋友，對吧？」

「狄恩，我確實欠他一點錢。他沒跟你提過嗎？」

「最近沒往來。」狄恩嘆了口氣，「不過，當然了，就算我確實知道，或許我也不該告訴你。就現實而言，你懂的。」

「現實？」

「凱斯，他是一個重要客戶。」

「是啊，但他想殺我，朱立。」

「就我所知並沒有。」狄恩聳肩，彷彿只是在討論薑的價格。「如果證實只是沒來由的謠言，老小子，你大概一週後回來，我再告訴你一個來自新加坡的小道消息。」

「來自明古連街的南海飯店（註）？」

「多嘴，老小子！」狄恩露齒而笑。鋼桌上擠滿價值連城的除錯工具。

「朱立，再見。我會跟維吉打聲招呼。」

狄恩的手指往上，輕拂淺色絲質領帶上的完美領結。

離開狄恩的辦公室還不到一個路口，凱斯的細胞猛然察覺有人緊跟在他屁股後面。培養某種程度上受控的妄想，對凱斯來說是理所當然的事，技巧是不要讓妄想超出控制範圍。不過吞下一堆八角藥丸後，這樣的技巧就不簡單了。他對抗腎上腺素浪潮，瘦長的臉戴上乏味、心不在焉的表情，假裝在人群中隨波逐流。發現一個暗去的櫥窗後，他設法停下腳步。那是一家外科精品店，因整修而歇業。他雙手插在外套口袋，凝視著櫥窗後方一塊扁平菱形的培養肌肉，放置在經雕刻的仿玉臺座上。肌肉的顏色令他想起左恩手下的妓女，上面紋有夜光電子顯示器，連結皮下的晶片。幹麼費心做這種手術？他發現自己在心裡想著，同時汗水滑下肋間，根本可以放在口袋就好，不是嗎？

他頭沒動，抬眼研究路人的倒影。

那裡。

穿短袖卡奇衣的水手後面。黑髮，鏡面眼鏡，黑衣，纖細……

不見了。

凱斯跑了起來，壓低身子，在路人之間閃躲。

「信，我要租一把槍。」

男孩微笑，「兩小時。」他們站在滋賀壽司攤後方新鮮生海鮮的氣味中，「你兩小時後回來。」

註：一家直至一九八〇年代都仍眞實存在的旅館，雙層建築，特色是附木遮版的拱型窗户。

「朋友，我立刻就要。現在有嗎？」

信在兩公升裝空罐後方翻找，原本罐裡裝的是山葵粉。他拿出一個包在灰色膠紙裡的細長包裹，「電擊槍。一小時二十新日圓，押金三十。」

「媽的，這不行，我要槍。想射殺別人時用的那種，懂嗎？」

信聳肩，把電擊槍放回山葵罐後方：「兩小時。」

凱斯走進店裡，看也沒看展示的手裏劍一眼。他這輩子從沒用過。

他用松下銀行晶片買了兩包葉和圓菸，晶片上的名字是「查爾斯・德瑞克・梅」。好過「楚門・史塔」，但護照最好只能做到這樣了。

都不靠科學作用的情況下，終端機後的日本女人看起來比老狄恩老上幾歲。他從口袋掏出那綑細瘦巴巴的新日圓給女人看，「我要買個武器。」

女人朝裝滿刀的箱子指了指。

「不，」凱斯說，「我不喜歡刀。」

她從櫃檯下拿出一個長方形的盒子。黃色卡紙上蓋印有罩著浮誇兜帽、盤起的響尾蛇，圖案頗爲粗糙。盒裡有八個完全一樣的圓筒，都以薄紙包裹。凱斯看著她斑駁的棕色手指剝去其中一個圓筒外包的紙。她將那東西舉起讓凱斯細看。那是一根單調的鋼管，一端附有皮帶，另一端則是青銅三角錐。她單手握住鋼管，另一手的拇指和食指夾住三角錐，一拉。三個上過油、套疊伸縮的套件滑開後鎖上，那是緊緊纏繞的螺旋彈簧。「眼鏡蛇。」女人說。

仁清路的霓虹震顫之外，天空是令人不適的灰色調。空氣變得更糟了，今晚彷彿長了牙，半數路人都戴上過濾面罩。凱斯在男廁待了十分鐘，想找出輕鬆藏匿「眼鏡蛇」的方法。最後，他勉強將把手塞進牛仔褲腰帶，鋼管的部分橫過腹部，三角錐突出的尖端則是在胸腔和防風外套內襯之間。感覺起來，這東西會在他踏出下一步時「匡啷」一聲掉在人行道上，不過他還是覺得好多了。

「喳呼」並不眞的是交易的地方，但在工作日的夜晚，有關係的顧客還是被吸引到這裡。週五和週六不同。常客大多還在，但都遁入湧入的水手和掠食他們的專業人士身後。凱斯推門而入，找尋瑞茲的身影，但沒見著他。酒吧的常駐皮條客朗尼・左恩以帶慈父光輝的關愛眼神看著旗下一名女孩走向一名年輕水手幹活。左恩對某一品牌的安眠藥上癮，日本人稱之爲「雲舞者」。凱斯引起皮條客注意，示意他到吧檯來。左恩慢動作從人群之間漂過，長臉放鬆平和。

「朗尼，看到維吉了嗎？」

左恩以一貫的平靜態度打量他，搖頭。

「老兄，你確定？」

「可能在南蠻，可能是兩小時前。」

「他身邊帶著混混？其中一個很瘦，黑髮，穿黑外套？」

「沒。」良久後左恩才說，光滑的額頭皺起，顯示出他花了多大力氣回想這些沒意義的細節。「大傢伙。是移植人。」左恩的眼睛只露出少許眼白和更少的虹膜，下垂的眼皮下，他的瞳孔放得極大。他盯著凱斯看了許久，然後垂眼，看見衣服下隆起的鋼鞭。「眼鏡蛇。」他揚眉，「你想給某人吃苦頭。」

「再見，朗尼。」凱斯離開酒吧。

跟蹤凱斯的人又回來了。他很肯定。他感到一陣得意，八角藥丸、腎上腺素和其他東西混在一起。「你樂在其中，」他暗忖著告訴自己，「你瘋了。」

因爲，以某種怪異但非常近似的方式而言，這就像是在母體裡奔馳。嗑到夠恍惚，發現自己陷入某種絕望卻出奇變化無常的麻煩中，你眼中的仁清路就有可能化爲一片數據，就像母體曾讓凱斯聯想到蛋白質連結以區分細胞特性。接著你可以投身於高速漂移與滑行，完全投入卻又徹底抽離，你身旁全是生意之舞，資訊相互作用，數據構成的肉體處於黑市迷宮中……

「上啊，凱斯，」他告訴自己，「把他們吸進去。」他們絕對料想不到，他現在距離和琳達．李初次見面的遊樂場只有半個街區的距離。

他衝過仁清路，撞散一群閒逛的水手。其中一人在身後用西班牙語對他叫喊。他走了進去，聲音像碎浪般襲向他，次音速在他心窩脈動。有人在《歐羅巴坦克大戰》成功使出千萬噸攻擊，模擬的爆炸以白噪音淹沒遊樂場，同時駭人的火球全息投影如蘑菇般籠罩頭頂。他切向右，大步躍上一段末上漆的壓縮板階梯。他跟維吉來過一次，來和一個名叫松田的人談荷爾蒙觸發劑禁藥的生意。他記得那條長廊、有汙漬的黯淡表面、整排一模一樣的門，通往一間間超小型辦公隔間。現在一扇門打開了。一名身穿黑色無袖圓領汗衫的日本女孩從一部白色終端機前抬頭望，她的頭後方是一張希臘旅遊海報，愛琴海的藍隨流線排列的表意文字一同飛濺。

「叫保全上來。」凱斯告訴女孩。

接著他全速跑過走廊，離開她的視線範圍。最後兩扇門是關上的，而且，他推測，應該上了鎖。他旋過身，一隻尼龍跑鞋的鞋底猛踹另一邊塗上藍漆的合成門板。門應聲而破，廉價五金從破裂的門框脫落。裡面一片黑，只見終端機外罩的白色曲線。而後他來到右邊的門前，雙手握住透明塑膠門把，用盡全力推擠。某個東西斷裂，他進去了。他和維吉就是在這裡和松田見面，但無論松田表面上經營什麼公司，都早已不在。沒有終端機，什麼都沒有。遊樂場後巷的燈光透過煤棕色塑膠篩入。他看見牆面插座伸出一圈蛇般的光纖、一堆棄置的食物容器，還有一只少了扇葉的電扇。

窗戶只是一片廉價塑膠。他掙脫外套，裹住右手後擊窗。塑膠片破裂，再兩拳便脫離窗框。無聲的遊戲混戰之上，警報開始輪翻拉響，不知觸發的是破窗還是走廊前端那名女孩。

凱斯轉身，穿上外套，將「眼鏡蛇」完全甩開。門是關上的，凱斯指望跟蹤者會以爲他進了那扇被他踢得半從鉸鏈脫落的門。「眼鏡蛇」的青銅三角錐緩緩擺動，彈簧鋼把手放大了他的脈搏。

什麼也沒發生。只聽見高亢的警報與遊戲的碰撞，他的心跳如雷鳴。恐懼感來襲時，就像一個半遭遺忘的朋友。不是那種冰冷、安非他命偏執的迅速機制，純粹是動物恐懼。他活在持續不斷的焦慮邊緣太久，幾乎忘記什麼是眞正的恐懼。

這小隔間就是那種會有人死在裡面的地方。他可能會死在這裡。他們可能有槍……

一陣撞擊聲，從走廊另一端傳來。男人的聲音，用日語叫喊著。一聲尖叫，刺耳的驚駭。另一陣撞擊。

然後是腳步聲，不疾不徐，愈來愈近。

從這扇關閉的門前經過。只稍稍暫停，停留的時間不過他快速搏動的三次心跳。一、二、三。靴跟刮擦地墊。

八角形小藥丸誘發的最後一絲虛張聲勢崩潰了。他「啪」地將「眼鏡蛇」縮入把手，擠向窗戶，因恐懼而盲目，神經在尖叫。他上攀、鑽出、墜落，意識完全沒跟上，摔落人行道引發脛骨一陣隱約的疼痛。

半開的服務櫃檯投射出窄楔形燈光，籠罩著一堆廢棄光纖和一部報廢機臺的底座。他面朝下趴跌在一落潮濕的紙板上，隨即側滾入機臺的陰影下。隔間的窗戶成了一方微弱光源。

警報依舊迴盪，在這裡顯得更加響亮，遊戲的喧鬧聲在後牆阻隔下模糊許多。

窗框中冒出一顆頭，在走廊的螢光燈下成了一抹剪影。頭消失，又出現，但他還是看不清五官。那雙眼睛閃過銀光。「媽的。」有人說，是女人，北蔓生口音。

那顆頭再度消失。凱斯躺在機臺下緩緩數到二十，然後起身。鋼鞭「眼鏡蛇」依然在手，花了幾秒他才想起這是什麼東西。他護著左踝，一瘸一拐地沿小巷走開。

信給凱斯一把南美版華瑟ＰＰ半自動手槍的越南仿製品，已有五十年歷史，第一擊雙動，板機很難扣，裝填點二二長步槍彈。比起信先前賣給他的簡單中國中空彈，凱斯其實更想要疊氮化鉛爆裂物。無論如何，這總算是一把槍，還有九輪子彈。他從壽司攤穿過滋賀，槍揣在外套口袋內。亮紅色塑膠槍把模鑄成飛升的龍形，適合在黑暗中用拇指摩挲。他把「眼鏡蛇」寄放在仁清路的一只垃圾桶，乾吞下另一顆八角藥丸。

藥丸點亮凱斯的電路，他乘勢從滋賀奔到仁清路，再到梅逸路。他判定跟蹤者已不在，很好。他有幾通電話得打，也有生意得做，拖延不得。沿梅逸路走過一個街區，面向港口處，矗立著一棟十層高、無特色的醜陋黃磚辦公大樓。現在窗戶皆無光，但若抬頭，可以看見屋頂黯淡的微光。主要出入口旁的霓虹招牌沒點亮，一團日文下寫著大大的「廉價旅館」四字。如果這地方有其他名字，凱斯也不知道，大家總是稱之爲「廉價旅館」。從梅逸路轉進小巷即可抵達，電梯在透明電梯井底部等候。電梯和「廉價旅館」的招牌一樣，都是後來才有，用竹子和環氧樹脂捆紮在建築上。凱斯走進塑膠電梯，插入他的鑰匙——沒有任何標示的長條硬磁帶。

來到千葉後，凱斯就在這裡租了一格棺材，每週計費，但他不曾睡在「廉價旅館」。他睡在一個更便宜的地方。

電梯內有香水和香菸的味道，四面牆刮痕累累、指印斑斑。通過五樓時，他看見仁清路的燈火。隨著電梯在嘶嘶聲中逐漸停下，他的手指敲打著槍把。一如往常，電梯猛然一震後才完全停止，他早有準備。他步入大廳與草坪混合體的中庭。

方形的綠色塑膠草皮地毯中央，一名日本少年坐在一部C型機臺後閱讀教科書。白色玻璃纖維棺材以工業鷹架層層堆疊。高六層，一面有十個棺材。凱斯朝少年點點頭，拖著腳橫越塑膠草皮，往最近的梯子走去。這棺材複合體以廉價薄板爲頂，一遇強風便格格作響，遇雨則漏水，但若沒有鑰匙想打開棺材，倒是還有一定的難度。

凱斯側身沿第三層走向九十二號，格柵走道在他的體重下顫動。棺材三公尺長，卵形艙口一公尺寬，高度不足一公尺半。他將鑰匙插入鎖孔，等旅館電腦辨識核可。磁扣令人寬慰地彈開，艙口隨著嘎吱作響的彈簧垂直升起。他爬入棺材後，螢光燈隨即亮起。他拉上身後的艙門，拍打啓動手動門栓的面板。

除了日立標準口袋電腦和小型白色保麗龍保冷箱之外，九十二號內空無一物。保冷箱裝有三塊尚未化完的十公斤乾冰，用紙張仔細包裹，以減緩蒸發，還有一個紡鋁實驗燒瓶。凱斯蜷縮在既是地板也是床鋪的棕色記憶泡棉上，從口袋拿出信給他的點二二手槍放在保冷箱上。接著他脫下外套。棺材的終端機模鑄在棺材的一個凹面，對面是以七種語言列出住宿規定的面板。凱斯從話機座拿起粉紅色聽筒，憑記憶輸入一組香港號碼。他讓鈴聲響五次，隨即掛掉。三百萬位元最新隨機存取記憶體就在日立電腦裡，這批貨的買家是不接電話的。

他輸入東京新宿區的號碼。

一個女人接起，用日語說了些什麼。

「蛇男在嗎？」

「接到你的來電真是太好了。」蛇男在分機應答，「我一直在等你。」

「你要的音樂到手了。」凱斯瞄了瞄保冷箱。

「眞是個好消息。我們的現金流有點問題，可以賒帳嗎？」

「噢，老兄，我眞的非常需要這筆……」

蛇男掛斷。

「媽的。」凱斯對著嗡嗡響的聽筒說，瞪著那把廉價小手槍。

「曖昧不定。」他說，「今晚的一切都太曖昧不定了。」

凱斯在破曉前一小時走進「喳呼」，雙手插在外套口袋內，一手握著租來的手槍，另一手中則是紡鋁燒瓶。

瑞茲在後面的桌旁用啤酒壺喝愛寶琳娜（註一）氣泡礦泉水，一百二十公斤軟趴趴的肉癱在一張嘎吱作響的椅子上，斜倚著牆。名叫柯特的巴西男孩在吧檯照料一小群幾乎沉默不語的醉客。舉起酒壺喝水時，瑞茲的塑膠手臂發出唧唧聲響，無毛的頭頂覆蓋一層薄膜般的汗水。「你看起來不妙，大師朋友。」他露出一口濕淋淋的爛牙。

「我好得很。」凱斯拉開骷髏頭般的笑，「超級好。」他在瑞茲對面坐下，雙手依然插在口袋。

「然後你就在這個酒池肉林構成的流動防空洞來來去去，當然嘍。爲了抵擋更惡劣的情緒，沒錯吧？」

「你幹麼不放過我？你見過維吉？」

「抵擋恐懼和孤單。」這名酒保接著說：「聆聽你的恐懼，那或許是你的朋友。」

「你聽說了今晚在遊樂場的那場打鬥嗎？有沒有人受傷？」

「瘋子刺傷一個保全。」酒保聳肩，「聽說是一個女孩。」

「我得和維吉說話，瑞茲，我……」

「啊，」瑞茲的嘴抿成一條線，看著凱斯身後的門口：「你的機會來了。」

櫥窗裡的手裏劍突然閃過凱斯腦海。冰毒在他腦中歌唱，手裡的槍因汗水而滑溜。

「維吉先生，」瑞茲緩緩探出粉色義肢，彷彿期望對方握住：「眞是榮幸，您太少光顧我們的店了。」

凱斯轉頭，抬眼看著維吉的臉。那是一張晒成棕褐色、過目即忘的面具，眼睛是實驗室植育的海綠色尼康義眼。維吉身穿暗灰色絲質西裝，雙手各佩掛一只簡單的白金鐲，手下的混混隨侍在側。兩名雙胞胎般的男子，手臂和肩膀的移植肌肉鼓脹。

「凱斯，你好嗎？」

「各位，」瑞茲用粉色爪子拾起桌上滿溢的菸灰缸，「請別在這裡惹事。」菸灰缸以厚重的防碎塑膠製成，印有青島啤酒的廣告。瑞茲平穩地壓碎菸灰缸，菸蒂和綠色塑膠碎片瀑布般散落桌面。「懂嗎？」

「嘿，甜心。」其中一名混混說：「要不要在我身上試試你那一手？」

「柯特，不用費心瞄準腿。」瑞茲的語調彷彿只是尋常對話。凱斯望向酒吧另一頭，只見巴西男孩站在吧檯上，持史密斯威森鎮暴槍對準三人。那玩意的槍管以薄紙般的合金製成，外覆一公里長的玻璃細絲，寬得足以納入拳頭。骨骼般的彈盤裝有五顆圓胖的橘色子彈，亞音速沙袋果凍（註二）。

「理論上應該不致命。」瑞茲說。

「嘿，瑞茲。」凱斯說，「我欠你一次。」

---

註一：Apollinaris，德國品牌。

註二：Subsonic sandbag jelly，一種子彈，作者自創。

酒保聳肩，怒瞪維吉和兩名混混：「你沒欠我什麼。這些傢伙應該識相一點。誰都不能在『茶壺』幹掉別人。」

維吉咳了咳，「誰說要幹掉別人了？我們只是想談生意。凱斯和我是工作夥伴。」

凱斯從口袋掏出點二二手槍對準維吉的褲襠，「聽說你要弄我。」瑞茲的粉色爪子握住手槍，凱斯鬆手。

「聽著，凱斯，說清楚你他媽的到底是怎麼回事，發瘋了嗎？我想殺你是哪來的鬼話？」維吉轉向他左邊的男孩，「你們兩個回南蠻等我。」

凱斯看著他們穿過酒吧。除了柯特和一名蜷縮在吧檯椅腳、身穿卡其衣的酒醉水手外，酒吧已空無一人。史密斯威森的槍管追著兩人朝門口而去，隨即回頭對準維吉。凱斯手槍的彈盒「噹啷」一聲掉在桌上。瑞茲的爪子握住槍，退出彈膛內的子彈。

「凱斯，誰說我要弄你？」維吉問。

琳達。

「老兄，誰說的？有人要陷害你？」

水手呻吟，爆炸般嘔吐了起來。

「把他弄出去。」瑞茲對柯特喊道。柯特這會坐在吧檯上，史密斯威森槍橫放膝頭，正在點菸。

凱斯感覺到這晚的重量落在他身上，彷彿一袋潮濕的沙子沉積在眼球後方。他從口袋拿出燒瓶交給維吉，「我只拿到這些。腦垂體。若轉手夠快，應該可以賺五百。剩下的錢都拿去買記憶體，但現在應該沒了。」

「凱斯，你還好嗎？」燒瓶消失在維吉暗灰色西裝的一側翻領後方，「我是說，好，這樣就算清了，不過你看起來很糟，活像一坨被錘爛的屎。你最好找個地方睡一覺。」

「是啊。」凱斯起身，感覺「喳呼」在他身旁晃動。「欸，我原本有五十，但給人了。」他傻笑。他揀起點二二手槍的彈盤和落單的那顆子彈，放進一邊口袋，手槍放進另一邊。「我得去找信，拿回押金。」

「回家去。」瑞茲在嘎吱作響的椅子上扭動，似乎有些不好意思。「大師，回家去。」

凱斯感覺到他們看著他穿過酒吧，用肩膀頂開塑膠門板走出去。

「婊子。」凱斯對著滋賀上方的玫瑰色天空說。仁清路沿途的全息投影如鬼魅般消逝，大多數霓虹燈已冰冷暗去。他從一個街頭小販的泡沫套管啜飲濃黑咖啡，看著朝陽升起。「甜心，妳飛走吧，這樣的城鎮是給那些喜歡向下沉淪的人。」但說眞的，並不是那樣，他也發現愈來愈難維持遭背叛的感覺。她只是想要一張回家的車票，而在他那個日立電腦裡的記憶體可以幫助她買到，前提是她得找到買賣贓物的門道。至於那五十元，她幾乎回絕掉了，因爲知道自己就快把他吃乾抹淨。

凱斯走出電梯時，同一個男孩依然在桌旁，只是換了本教科書。「好男孩。」凱斯對著草皮另一端喊：「用不著你跟我說，我知道了。漂亮女孩來訪，說有我的鑰匙。給你不少小費，像是五十新日圓？」男孩放下書。「女人，」凱斯用拇指劃過額頭，「腦袋不正常。」他咧嘴而笑。男孩還以微笑，點頭。「多謝了，混蛋。」凱斯說。

走道上，凱斯打不開門鎖。她撬門時把鎖弄壞了，他暗忖。菜鳥。他知道上哪租可以打開「廉價旅館」裡任何東西的黑盒子。螢光燈在他爬進去時亮起。

「慢慢關上艙門，朋友。你跟服務生租的週六夜特別服務還沒過期。」她背靠牆坐在棺材底側，雙膝立起，雙腕擱在膝頭上，鏢彈手槍的轉管槍口從雙手之間冒出。

「在遊樂場的是妳？」凱斯拉下艙門，「琳達呢？」

「啓動門栓。」

他照做。

「你的那個女孩？琳達？」

他點頭。

「琳達走了，帶著你的日立電腦。眞是個神經質的孩子。槍呢？」她戴著反射鏡片的眼鏡，一身黑，黑靴的靴跟沒入記憶泡棉。

「還給信了。我拿回押金，用一半的價錢把子彈賣還給他。妳要錢？」

「不。」

「要一點乾冰嗎？我現在只有這些了。」

「你的腦袋裡在想什麼？爲什麼要在遊樂場搞那一場？弄得我還要料理那個帶雙節棍來追我的保安。」

「琳達說妳要殺我。」

「琳達這樣說？我來這裡之前根本沒見過她。」

「妳不是維吉的人？」

她搖頭。凱斯這才察覺那副眼鏡是以手術嵌入，封住了她的眼窩。銀色鏡片看似從顴骨上方平滑蒼白的肌膚長出來，框在蓬亂的黑髮下。握住弗萊契（註）鏢彈槍的手指纖細白皙，指尖染上勃艮地紅酒色。指甲看起來很假。「凱斯，我覺得你搞砸了。我一出現，你就這麼幫我在你的現實局面找到剛好的位置。」

「小姐，妳想怎樣？」凱斯癱靠著艙門。

「我要你，活生生的軀體，還算完整的腦子。凱斯，莫莉，我的名字是莫莉。我代替我老闆來接你，只是想聊聊而已，沒人想傷害你。」

---

註：Fletcher 7mm，作者自創的槍。可參考國外網友的構想圖：https://www.deviantart.com/josh-finney/art/Fletcher-7mm-breakdown-209815939

「好得很。」

「只不過我偶爾會傷害別人，凱斯，我猜我就是怪在這裡。」她身穿貼身彈性皮褲，以某種消光布料裁製的厚重黑外套似乎會吸納光線。「要是我放下這把鏢彈槍，你可以放鬆嗎？你看起來一副想孤注一擲幹傻事的樣子。」

「嘿，我非常放鬆。我很聽話，沒問題的。」

「很好，朋友。」弗萊契鏢彈槍消失在她的黑色外套內，「如果你試圖搞我，那會是你這輩子最孤注一擲的蠢事。」

她抬起雙手，手掌朝上，白皙的手指微微張開，隨著一聲幾不可聞的「喀答」，十把四公分長的雙刃解剖刀從勃艮地指甲下滑出。

她露出微笑，刀緩緩縮回。

# 2

在棺材旅館住過一年，千葉希爾頓酒店二十五樓的房間感覺好巨大。十公尺長、八公尺寬，半套公寓套房。玻璃推門外是狹窄的陽臺，一部白色百靈牌（註）咖啡機在門旁矮桌上冒著煙。

「給自己弄點咖啡，你看起來很需要。」她脫下黑外套。弗萊契鏢彈槍放在黑色尼龍肩掛槍袋內，懸在她的手臂下方。外套下是灰色無袖套衫，雙肩各有一道簡單的鋼拉鍊。是防彈衣，凱斯判定，往一個亮紅色馬克杯倒入咖啡。他感覺自己的手臂和腿像是木頭做的。

「凱斯，我是阿米提。」他抬頭，這才看見那個男人。黑色袍子一路敞開到腰間，寬闊的胸膛無毛健壯，腹部平坦結實。男人的藍眼睛色澤極淡，凱斯不禁想到漂白劑。「太陽出來了，凱斯。今天是你的幸運日，好傢伙。」

凱斯的手臂往旁邊甩去，但男人輕鬆閃過滾燙的咖啡。棕色液體淌下仿米紙牆面。凱斯透過左邊縫隙看見金色多角戒指。特種部隊。男人微笑。

「凱斯，再倒一杯咖啡。」莫莉說，「你沒事，但除非阿米提說可以，否則你哪裡也去

註：Braun，德國家電品牌。

不了。」她在一個絲質蒲團盤腿坐下，看也不必看便動手拆卸弗萊契槍。凱斯走到桌旁重倒咖啡，莫莉的兩個鏡片始終對著他。

「凱斯，你太年輕所以不記得那場戰爭，對吧？」阿米提一隻大手往後爬梳棕色短髮。他的手腕上掛著一只沉重的金手環。「列寧格勒、基輔、西伯利亞。凱斯，我們在西伯利亞發明出你。」

「什麼意思？」

「『尖叫拳頭』，凱斯，你聽過的。」

「是某種測試，對吧？想用病毒程式燒掉這個俄國節點。對，我聽過。沒人逃出來。」

凱斯感覺到一陣突如其來的緊張氣氛。阿米提走到窗邊，眺望外面的東京灣，「假的。凱斯，有一支小隊設法回到赫爾辛基。」

凱斯聳肩，啜了一口咖啡。

「你是一個機臺牛仔。你拿來破解工業銀行的那些程式，原型就是爲『尖叫拳頭』而開發。用來攻擊基廉斯克（註一）的電腦節點。基本模組是一架夜翼微型飛機、一名駕駛、一個母體控制板、一個騎手。我們用的是一種稱爲『鼴鼠』的病毒。在眞正的入侵程式中，鼴鼠系列是第一代。」

「破冰者。」凱斯的紅色馬克杯仍在脣邊。

「『冰ＩＣＥ』取自『入侵反制電子設備』字首（註二）」。

「先生，問題是，我不是騎手了，所以我想我應該可以走……」

「凱斯，我在場。他們發明你這種人時，我在場。」

「老兄，你跟我這種人一點關係也沒有。你夠有錢，可以聘請昂貴的剃刀女孩把我抓到這裡，就這樣而已。我永遠不會再上線，不為你也不為任何人。」凱斯走到窗邊往下望，「如今我活在那裡。」

「我們的側寫顯示，你試圖讓自己在街上被人從背後捅一刀。」

「側寫？」

「我們建立了一個鉅細靡遺的模型。花錢調查你的每一個化名，再用軍用軟體瀏覽。凱斯，你有自殺傾向。模型顯示你在外面頂多活一個月。而且我們的醫療評估顯示，你一年內會需要新的胰臟。」

「『我們』。」凱斯迎視那雙褪色藍眼，「『我們』是誰？」

「如果我說我們能夠修復你的神經損傷，凱斯，你怎麼說？」阿米提忽然轉向凱斯，彷彿他的身體是從一塊金屬雕塑而成，缺乏生氣，而且重得不可思議。一座雕像。凱斯現在知道這是一場夢，而他很快會醒來。阿米提不再說話。凱斯的夢總是結束於像這樣的凍結畫

---

註一：Kirensk，位於俄國中南部。

註二：Intrusion countermeasures electronics，當在網際空間的虛擬環境中，常以實際的冰或岩石或金屬牆呈現。

面，而現在這場夢已結束。

「凱斯，你怎麼說？」

凱斯遠眺東京灣，顫抖了起來。

「我說你滿口屁話。」

阿米提點頭。

「然後我要問你有什麼條件。」

「凱斯，跟以前沒太大不同。」

「阿米提，讓這傢伙睡一會。」莫莉坐在蒲團上說，弗萊契槍的零件散置在絲布上，彷佛某種昂貴拼圖。「他快崩潰了。」

「條件，」凱斯說，「現在。立刻說出來。」

他還在顫抖，停不下來。

診所沒有名字，裝設豪華，雅致的涼亭叢聚，以幾何花園區隔彼此。凱斯記得來到千葉的第一個月就是在這裡接受治療。

「嚇壞了，凱斯，你眞的嚇壞了。」現在是週日午後，凱斯和莫莉一起站在某個類似庭院的地方。白色大圓石、一柱綠竹，黑色砂礫耙梳成和緩波紋。一個園丁，像是巨大金屬螃蟹的東西，正在照料竹子。

「凱斯，會成功的。你不知道阿米提有些什麼法寶。像是他會給這些神經男孩一個程式作爲修好你的酬勞，而那個程式會教他們怎麼做。這會讓他們比競爭對手領先三年。你知道那値多少嗎？」莫莉的拇指勾住皮褲的皮帶環，踩著櫻桃紅漆牛仔靴的靴跟往後晃。窄靴尖包覆在亮晃晃的墨西哥銀下。她的鏡片是空無一物的水銀，以昆蟲般的平靜注視著他。

「妳是街頭武士。」凱斯說，「妳替他工作多久了？」

「幾個月。」

「之前呢？」

「替別人工作。上班女郎，懂嗎？」

凱斯點頭。

「有趣，凱斯。」

「什麼有趣？」

「好像我認識你一樣。從他手上的側寫，我知道你上線是什麼樣子。」

「妳不認識我，姊妹。」

「凱斯，你很好。你遇上的，不過就是壞運而已。」

「那他呢？莫莉，他也很好嗎？」機器螃蟹靠近他們，謹愼穿過砂礫波紋。它那青銅甲殼說不定已有千年歷史。螃蟹來到她靴邊不及一公尺處，爆出一陣光，接著凍結片刻，分析著蒐集到的資訊。

「凱斯，通常我最先思考的，是我自己珍貴的生命。」螃蟹改變路線閃過她，但她精準地輕輕踢了它一腳，銀色靴尖敲在甲殼上。那東西仰天摔倒，青銅肢腳很快又將自己翻正。

凱斯坐在一顆大圓石上，鞋尖來回畫過整齊的砂礫波紋。他在口袋內翻找香菸。「在襯衫口袋。」她說。

「妳打算回答我的問題嗎？」他從菸盒拿出一根皺巴巴的葉和圓菸，莫莉用一片德國薄鋼幫他點菸，那東西看似屬於手術檯。

「噯，我會告訴你的，那男人肯定知道些什麼。他現在手上有一大筆錢，之前可沒有，而且還一直變多。」凱斯注意到她的嘴角略微緊繃。「或是，可能有人知道了他在幹什麼勾當……」她聳肩。

「什麼意思？」

「我不知道，真的不知道。只知道我不曉得我們到底爲誰或什麼東西工作。」

凱斯瞪著她那對鏡片。週六早上，離開希爾頓酒店後，他回「廉價旅館」睡了十個小時。然後他沿港口的圍籬漫無目的地走了很長一段路，看著海鷗在鋼絲網眼外盤旋。如果莫莉尾隨在後，那她做得實在天衣無縫。凱斯避開夜城。他在棺材裡等阿米提來電，接著來到這座安靜的庭院，在週日下午，見到這個擁有運動員身體、魔術師手的女孩。

「先生，您可以進來了，麻醉師正在等您。」技術人員鞠躬，轉身再度進入診所，沒多加留意凱斯是否跟上。

冰冷的金屬氣味，寒意愛撫著他的脊椎。

迷失方向，在黑暗中他是如此渺小，手漸漸失去溫度，體形意象（註）沿電視色澤天空的一條條廊道漸漸淡去。

各種聲音。

然後黑色火焰找到神經分支，超越以痛苦爲名的一切痛苦……

穩住。不要動。

瑞茲出現了，還有琳達．李、維吉和朗尼．左恩，霓虹森林裡的一百張臉，水手和皮條客和妓女，那邊的天空染上銀色的毒，在鋼絲網眼與頭骨的牢籠之外。

你他媽的不要動。

天空從嘶嘶作響的靜電褪爲母體的無色，而他瞥見手裏劍，他的星星。

「停下來，凱斯，我得找到你的血管！」

她跨立在他的胸膛上，一手拿著藍色塑膠皮下注射器。「再不乖乖躺好，我割了你該死

註：body image，個人對自己體形的知覺，包括由自己對自己觀察評量所得，和別人的評價，以及社會標準和文化概念。

的喉嚨。你體內還是充滿腦內啡抑制劑。」

凱斯醒來，發現她四肢攤開躺在身旁的黑暗中。

他的脖子像嫩枝那般脆弱，脊椎中段有一股穩定脈動的疼痛。影像成形並改良：蔓生區諸塔和富勒穹頂（註）交織出閃爍不定的蒙太奇影像，黯淡的人影從橋或高架通道下的陰影處朝他走來……

「凱斯？今天是週三，凱斯。」她動了動，翻過身，探身越過凱斯。一邊乳房刷過他的上臂。凱斯聽見她撕去水瓶的錫箔封口喝水。「拿去。」她把水瓶放進他手中，「凱斯，我在黑暗中也看得見。鏡片裡有微電路影像強化器。」

「我的背好痛。」

「因爲他們在那裡替換掉你的體液，包含血液。替換血液是因爲這場交易中你還多拿到一組新胰臟，肝臟也補了一些新組織。神經那些的我不知道。一大堆注射。他們可沒必要把整場主秀都公開。」她躺回他身旁，「凱斯，現在是凌晨三點四十三分十二秒。我的視覺神經裝了讀出晶片。」

凱斯坐起身，試著就水瓶小口喝水。他嗆到，咳了起來，微溫的水噴濺在胸口和大腿。

「我得上線。」凱斯聽見自己這麼說。他摸索著找衣服，「我必須知道……」

她笑了，有力的小手攫住他上臂。「抱歉啦，臭屁的傢伙。等八天。如果現在上線，你的神經系統會脫落，掉在地上。這是醫生的囑咐。而且他們覺得成功了，大概在一天前檢查過你。」凱斯躺下。

「我們在哪裡？」

「家，『廉價旅館』。」

「阿米提呢？」

「在希爾頓酒店，賣珠子給土著之類的。朋友，我們很快就會離開。去阿姆斯特丹、巴黎，然後再回蔓生。」她碰觸凱斯的肩膀，「翻過去，我很會按摩。」

凱斯趴躺，手臂往前伸，指尖抵住棺材牆面。她跨坐在他的下背，膝蓋壓在記憶泡棉上，皮褲觸感涼爽。她的手指刷過他頸間。

「妳爲什麼不在希爾頓酒店？」

她的回答是一手往後探，來到凱斯股間，拇指和食指圈住他的陰囊，在黑暗中輕晃了一分鐘，身體直立在他之上，另一手留在他頸項處。皮褲隨著她的動作發出輕微的咯吱聲。凱斯動了動，感覺自己抵著記憶泡棉變硬了。

他的頭陣陣脈動，但頸部易碎的感覺似乎消退了。凱斯用手肘撐起身子，翻身躺在泡棉

註：巴克敏斯特．富勒（Richard Buckminster Fuller，一八九五～一九八三），美國哲學家、建築師及發明家。「穹頂」是他最知名的建築作品。

上，拉低她，舔舐她的乳房，堅硬的小乳頭濕濕地滑過他的臉頰。他找到她皮褲的拉鍊猛拉下。

「沒關係，」她說，「我看得見。」響起剝下皮褲的聲音。她在凱斯身旁扭動，掙脫皮褲後踢到一旁。她一腿跨過他，而他碰觸她的臉。她植入的鏡片意想不到地堅硬。「不要。」她說，「會留下指印。」

她又跨騎在凱斯身上，拉著他的手到身後，拇指貼著股溝，其他手指覆住陰脣。隨著她壓低身子，影像再度閃現，臉孔、霓虹燈到來又退去的片段。她下滑包覆住他，他的背痙攣拱起。她就這樣騎著他，穿刺自己，一次又一次往下滑，直到他們一起來到最高點。他的高潮像在永恆的太空點燃藍色火焰，像母體一樣無邊無際，在其中，一張張臉孔化爲碎片，被席捲到龍捲風的路徑中，她那抵住他髖部的大腿內側如此強健、潮濕。

仁清路上，平日版較稀薄的人潮穿過舞會的脈動。遊樂場與柏青哥店的音浪隆隆作響。凱斯掃視「嗜呼」內，看見左恩在溫暖、啤酒味的微光中照看他的那些女孩。照料酒吧的是瑞茲。

「瑞茲，看見維吉了嗎？」

「今晚沒有。」瑞茲特意朝莫莉挑了挑眉。

「要是你看見他，跟他說我有錢還他了。」

「時來運轉啊，我的大師。」

「現在這麼說還太早。」

「欸，我得見見這個傢伙。」凱斯說，看著自己反射在莫莉鏡片中的影像。「有些生意要抵銷。」

「阿米提不會喜歡我讓你離開視線範圍的。」莫莉站在狄恩的融化時鐘下，雙手插腰。「妳在場的話，這傢伙不會跟我談。我才不管狄恩。他只在乎他自己。但我有些自己人，如果我徹底離開千葉，他們可是會破產的。都是我的自己人，妳明白嗎？」

她抿嘴，而後搖頭。

「我有人手在新加坡，東京也有一些熟人在新宿和淺草，他們會完蛋，妳懂嗎？」凱斯說謊，一手放在她黑外套的肩上。「五分鐘，就五分種，以妳的表爲準，好嗎？」

「我收錢不是爲了做這種事。」

「妳收錢做什麼是一回事。因爲妳太照字面解釋收到的指令，導致我得讓一些親近的朋友死亡，這又是另一回事。」

「胡扯，什麼狗屁親近朋友。你要進去找你的走私商調查我們。」莫莉把一隻穿著靴子的腳擱在覆滿灰塵的康丁斯基咖啡桌上。

「啊，凱斯，小子，你的同伴除了腦袋裡一堆矽晶片外，看起來顯然還全副武裝呢。這到底是想怎樣？」狄恩鬼魅般的咳嗽聲似乎在他們之間的空氣中勾留不去。

「朱立，等等。無論如何，我會單獨進去。」

「老小子，當然嘍。只能這樣。」

「好吧。」莫莉說，「但只有五分鐘。只要多一秒，我會進去讓你的親近朋友永遠冰冷。你在裡面忙的時候，順便把一件事想清楚。」

「什麼事？」

「我爲什麼要幫你。」莫莉轉身，穿過成堆的白色薑漬貨運包之間離開。

「凱斯，你今天的同伴比平常還怪呢？」朱立問。

「朱立，她走了。可以讓我進去嗎？拜託。」

門閂打開，「凱斯，慢慢來。」

「朱立，把機關都打開，桌子裡的全部打開。」凱斯在旋轉椅坐下。

「永遠都是打開的。」狄恩和善地說，一面從老機械打字機散置的零件後方取出一把槍，小心對準凱斯。那是一把短管左輪槍，原本是麥格農左輪，槍管鋸剩下一小截。扳機護弓的前端也切掉了，槍把用像是舊紙膠帶的東西纏起來。這樣的槍拿在狄恩那雙修剪得宜的粉色手中，凱斯覺得看起來很詭異。「只是保險起見，你懂的。無關個人。現在告訴我，你想要什麼？」

「朱立，我需要上一堂歷史課，還有調查某人。」

「老小子，什麼事情有進展了？」狄恩的襯衫是條紋棉織品，衣領又白又硬，像瓷器一般。

「我。朱立，我要離開了，再也不回來。不過你可以幫我一個忙嗎？」

「老小子，要調查誰？」

「外人，名字是阿米提，住在希爾頓酒店的套房。」

狄恩放下槍。「別動，凱斯。」他在膝上的終端機打了些什麼，「看起來你知道的和我的網路一樣多。這位先生似乎和極道有某種暫時性協議，而透過像我這樣的人，霓虹菊之子有門路掩蔽他們的盟友。就這樣了。接下來，歷史。你剛剛說歷史。」他再度拿起槍，但並沒有對準凱斯。「哪方面的歷史？」

「那場戰爭。朱立，你也在場嗎？」

「那場戰爭？有什麼好說的？持續了三週。」

「『尖叫拳頭』。」

「鼎鼎大名。他們現在都不教歷史了嗎？盛大、血淋淋的戰後政治足球，確實如此。漫長又令人痛苦水門案重演。你們的軍官，凱斯，你們蔓生派的軍官進去，哪裡呢？麥克萊恩郡？碉堡裡，全部都……大醜聞。好多愛國青年被白白糟蹋，只為了測試某種新科技。後來傳出消息，原來他們早知道俄國的防禦。知道有電磁脈衝武器，卻還是把人送進去，只為了看看會怎樣。」狄恩聳肩，「俄國占絕對優勢。」

「有人逃出來嗎？」

「老天，」狄恩說，「好多年了……不過我確實覺得有幾個。其中一支小隊劫持了一架蘇聯武裝直升機。直升機，你知道吧？飛回芬蘭，不過當然沒有進場代碼，於是被芬蘭防衛隊轟得稀巴爛。特種部隊作風。」狄恩嗤之以鼻，「天殺的。」

凱斯點頭。薑漬的味道鋪天蓋地。

「戰爭時我在里斯本，你知道的。」狄恩放下槍，「美好的地方啊，里斯本。」

「服役嗎？」

「稱不上，不過我還是打過仗。」狄恩露出粉色微笑，「戰爭財可眞是美妙。」

「朱立，謝了。我欠你一回。」

「凱斯，這沒什麼。再見嘍。」

之後凱斯會告訴自己在山美店裡的那晚從一開始就不對勁，從他跟著莫莉走過通道，踩著被踏爛的票根與保麗龍杯，他就感覺到了。琳達的死亡在前頭等候……

見過狄恩後，他們去了南蠻，用阿米提給的一捲新日圓付清欠維吉的債。維吉很高興，他手下的男孩沒那麼高興，而莫莉在凱斯身旁咧嘴笑著，帶有一絲狂喜的野性熱切，顯然渴望他們之中有人動手。然後凱斯帶她回「喳呼」喝一杯。

「牛仔，你在浪費時間。」凱斯從外套口袋拿出一顆八角藥丸時，莫莉這麼說。

「怎麼說?要來一顆嗎?」他把藥丸遞給莫莉。

「凱斯，你的新胰臟，還有你肝臟上的插頭。阿米提讓它們繞過那些玩意。」她用一根勃艮地指甲輕點藥丸，「你在生物化學上沒辦法享受安非他命或古柯鹼。」

「媽的。」凱斯看著藥丸，然後看著她。

「吃啊，吃一打下去。什麼也不會發生。」

他吃了，眞的什麼也沒發生。

三杯啤酒下肚後，她向瑞茲問起對打的事。

「山美店裡有。」瑞茲說。

「我不去。」凱斯說，「聽說他們會殺掉對方。」

一小時後，莫莉向一名身穿白汗衫、寬鬆橄欖球短褲的瘦小泰國人買了兩張票。

山美是一座充氣巨蛋，位於一棟港邊倉庫後方，緊繃的灰色纖維以細鋼索網強化。兩端各有一扇門的通道是一個粗陋的氣閘，維持支撐穹頂的壓力差。夾板天花板每間隔一段距離就以螺絲鎖上螢光環燈，但大部分都破了。空氣中有汗水和混凝土的氣味，既濕又悶。

這一切都無助於凱斯面對競技場、群眾、緊繃的沉默，以及穹頂下矗立的光偶。混凝土一層層下傾，直至某種中央舞臺，投射裝置有如閃閃發光的叢林般環繞一座圓形高臺。除了外環不停變換、閃爍的全息影像重現下方兩名男子的動作，全場黯然無光。一層層香菸的煙霧從一層層座位揚起、飄盪，直到碰上支撐穹頂的風扇所吹起的氣流。除了風扇柔和的顫動與鬥士經放大的呼吸聲，全場鴉雀無聲。

男人們繞行彼此，反射的顏色在莫莉的鏡片上流動。全息影像以十倍放大，在這個尺度下，他們手上的刀幾乎有一公尺長。凱斯憶起，刀鬥士的握法和劍士相同，手指蜷曲，拇指對齊刀刃。刀似乎依自身意志而動，像進行儀式般不疾不徐，劃過弧線，隨他們的舞動而滑行，從刀尖到刀尖，男人們等待開場。莫莉揚起的臉上平靜無波，只是看著。

「我去找食物。」凱斯說。她點頭，凝神觀看這場舞。

他不喜歡這地方。

他轉身走入陰影。太黑了。太安靜。

他看見觀眾大多是日本人。不全然是夜城人，有從垂直城市下來的技工。他猜這表示競技場經某種法人娛樂委員會認可。他納悶了片刻，不知道一生都為同一個財閥工作是什麼感覺。公司配給的住家、公司的讚美詩、公司的葬禮。

凱斯幾乎繞了巨蛋一整圈才找到小吃攤。他買了雞肉串和兩大蠟紙盒裝的啤酒。他抬頭瞥了一眼全息影像，看見血從其中一名鬥士的胸口淌下。雞肉串的棕色濃稠醬汁滴落他的指節。

再七天就可以上線。如果現在閉上眼，他已能看見母體。

陰影隨著全息影像舞動擺盪而扭曲。

然後恐懼突然開始在他的肩膀之間糾結。一道冷冰冰的汗水沿肋骨滑下。手術沒用。他還在這裡，仍只是肉，沒有莫莉在等他，她的雙眼鎖定對峙盤旋的刀；沒有阿米提在希爾頓酒店等待，備妥機票、新護照和錢。全都只是一場夢，某種可悲的幻想……熱淚模糊他的視野。

頸靜脈噴灑出鮮血，形成一圈紅光。觀眾開始尖叫、騷動、尖叫——一名鬥士倒地不起，全息影像淡去、搖曳……

嘔吐感湧上喉嚨。凱斯閉上眼，深吸了一口氣，睜開眼，竟看見琳達·李從身旁走過，灰眼因恐懼而盲目。她還是穿著那件法式工作服。

不見了。她消失在陰影中。

純粹出於反射動作，凱斯丟下啤酒和雞肉追了上去。他可能叫了她的名字，但他永遠無法確定。

細如髮絲般一線紅光的殘像。薄鞋底下焦枯的混凝土。

她的白色運動鞋一閃而過，已來到圓弧的牆邊。鬼魅般的雷射光再度燒烙在他眼底，隨著他起步奔跑而在視線中躍動。

凱斯被絆倒，混凝土劃破手掌。

他打滾、踢腿，但什麼也沒摸著。一個瘦男孩，一頭刺蝟般金髮，在後方光源照射下彷彿籠罩一圈彩虹光輪，男孩俯身查看。臺上一名鬥士轉過身，高舉著刀，迎向歡呼的觀眾。男孩微笑，從袖子抽出一個東西。一把剃刀。第三波光束掃過他們，朝暗處而去，在剃刀上映出鮮明的紅。凱斯看見剃刀朝他的喉嚨沉落，彷彿探礦者的探測棒。

男孩的臉被一陣微小爆炸所引發、隆隆響的雲狀物抹去。莫莉的弗萊契槍，每秒二十發子彈。男孩痙攣著咳了一聲，隨即癱倒在凱斯的腿上。

凱斯朝小吃攤走去，走入暗處。他低下頭，預期會看見紅寶石色的尖針從胸口突出。沒有。然後凱斯看見她，被扔在一根混凝柱下，雙眼緊閉。有一股肉煮熟的味道。觀眾在吟誦勝利者的名字。啤酒小販用一條暗色抹布擦拭出酒口。一隻白色運動鞋不知怎地脫落了，躺在她的頭旁邊。

沿著牆走。弧形的混凝土。雙手插口袋，繼續走。經過視而不見的臉，每一雙眼睛都看著舞臺外環上方，看著勝利者的影像。一度有一張縫合過的歐洲臉孔在火柴的火焰中舞動，噘起嘴唇叼住金屬菸斗的短柄。印度大麻的強烈味道。凱斯繼續走，一點感覺也沒有。

「凱斯，」莫莉的鏡片從更深的陰影中冒出來，「你還好嗎？」她身後的暗處有東西低泣、發出冒泡的聲音。

凱斯搖頭。

「對戰結束，凱斯，該回家了。」

凱斯試著從她身旁走過，回到暗處，回到某個東西正在死去之處。她一手抵住他的胸膛，擋下他。「你的親近朋友的朋友，替你殺掉你女友。你在這裡對朋友不算太好，對吧？我們幫你做側寫時，也替那老混蛋做了一部分。只要一點新日圓，他可以幹掉任何人。後面那傢伙說，他們在她試圖賣掉你的記憶體時，就找上她了。對他們來說，幹掉她拿走記憶體比較便宜。省一點錢……我抓住那個拿雷射的傢伙，讓他全盤托出。我們來這裡是巧合，但還是得弄清楚。」她的口氣嚴厲，嘴唇抿成細細一條線。

凱斯覺得腦袋卡住了。「誰？」他問，「誰派他們來的？」

她交給他一袋染血的薑漬。他看見她的雙手沾滿黏稠的鮮血。身後的暗處，有人發出潮濕的聲響，嚥下最後一口氣。

在診所做完術後檢查，莫莉帶他來到港口。阿米提在那裡等著，他租了一艘氣墊船。凱斯最後看見的千葉，是垂直城市的黑暗角落。接著薄霧聚攏在黑色水面與漂流垃圾上方。

# 第二部　購物考察

# 3

家。

家是ＢＡＭＡ，蔓生區，波士頓—亞特蘭大都會軸心（Boston-Atlanta Metropolitan Axis）的縮寫。

寫一支地圖程式，在一個巨大無比的螢幕上顯示出數據交換的頻率，每十億位元組一個像素。曼哈頓和亞特蘭大亮成純粹的白，然後開始脈動，流量的速度讓你的模擬有超載之虞。你的地圖眼看將化爲新星。冷靜下來，放大尺度，改爲每畫素一兆位元組。在每秒一億位元組之下，你漸漸能夠分辨出曼哈頓市中心的幾個街區、環繞亞特蘭大舊核心的百年歷史工業園區輪廓……

凱斯從夢中醒來。夢裡是機場，莫莉穿黑色皮衣走在他的前方，穿過成田、史基浦、奧利（註）等機場大廳。他看著自己在攤販上買扁平塑膠瓶裝的丹麥伏特加，距離破曉還有一小時。

蔓生區下方的鋼筋水泥根之中某處，一列火車載著一管汙濁空氣穿過隧道。火車本身安靜無聲，從電磁減震墊上滑過，但排放出來的空氣讓隧道歌唱，低沉得進入次音速範疇。震動傳送到他躺臥的房間，乾裂的拼花地板縫隙揚起灰塵。

凱斯張開眼，看見莫莉，赤裸躺在大片嶄新的粉色記憶泡棉上，剛好在觸及範圍外。頭頂上，陽光從一片沾滿煤灰的天窗篩落。一片半公尺見方的玻璃被硬紙板取代，粗胖的灰色電纜從中冒出來，垂盪在距離地板幾公分處。他側躺，看著她的呼吸、她的乳房，如戰鬥機機身那樣機能與優雅兼具的側腹曲線以及舞者般的肌肉。

房間偌大。凱斯坐起身。除了寬大的粉色床墊和旁邊兩個一模一樣的簇新尼龍袋，此外空無一物。牆面空白無窗，只有一扇白漆鋼鐵防火門。牆上覆蓋一層又一層白色乳膠漆。工廠空間。他熟悉這樣的房間、這樣的建築。承租者遊走於藝術不全然是犯罪、犯罪也不全然是藝術的中間地帶。

他回家了。

他的腳盪下地板。這片地板以小木塊拼就，此處少了幾塊，那處鬆脫幾塊。頭痛。他想起阿姆斯特丹，另一個房間，在中樞舊城區，百年歷史的建築。莫莉從運河畔帶回柳橙汁和雞蛋。阿米提不在，去祕密突襲某人；他們兩人走在達姆拉克大街上，經過水壩廣場，往一家她熟知的酒吧前進。巴黎是一場朦朧的夢。購物。莫莉帶他去購物。

凱斯站起來，拾起腳邊皺成一團的黑色新牛仔褲穿上，在袋子旁跪下。他先打開的那個

註：Narita、Schipol、Orly，分別是位於東京、阿姆斯特丹與巴黎的機場。

袋子是莫莉的，疊得整整齊齊的衣物和看似昂貴的小玩意。第二個袋子塞滿他不記得自己曾買下的東西，書、磁帶、一個包覆法文與義大利文商標的模刺碟。他在一件綠色棉衫下發現一個施展摺紙手工藝以日本回收紙包裝的扁平包裹。

他拆開時撕破了包裝紙，一枚亮晃晃的九芒星掉了出來——插進拼花地板的一個縫隙，直挺挺立著。

「紀念品。」莫莉說，「我注意到你總是在看這些星星。」凱斯轉過頭，看見她交叉雙腿坐在床上，昏昏欲睡地以勃艮地指甲抓搔腹部。

「晚點會有人來給這地方設置保全。」阿米提站在洞開的門口，手上拿著復古的磁鐵鑰匙。莫莉正用她從袋裡拿出來的德國微型爐煮咖啡。

「我來就好。」她說，「我的裝備買齊了。紅外線掃瞄圍籬，警報器……」

「不，」阿米提關上門，「我想做到滴水不漏。」

「整裝。」她身穿深色網眼衫，衣襬塞進黑色棉垮褲褲腰。

「阿米提先生，你沒趕上熱潮嗎？」凱斯靠坐在牆邊問。

阿米提不比凱斯高，但寬肩與軍人的姿態讓他看似將門口填滿。他身穿暗色義大利西裝，右手拿著一個軟牛皮製的黑色公事包。沒看見特種部隊的耳環。英俊、無表情的臉孔是整形精品店常見的那種美，過去十年主流媒體臉的防腐汞合金。他的雙眼閃爍著蒼白光芒，更強化了面具般的印象。凱斯開始後悔問了那個問題。

「我的意思是，許多兵種最後淪爲警察，或是企業保全。」凱斯不自在地補充。莫莉遞給他一杯熱氣蒸騰的咖啡。「你讓他們亂搞我的胰臟，那很像是警察會幹的事。」

阿米提將門完全關上，橫越房間站在凱斯面前。「凱斯，你是個幸運的男孩。你該感謝我。」

「我該嗎？」凱斯呼呼朝咖啡吹氣。

「你需要新胰臟。因爲我們買給你的那一個，你才擺脫危險的藥癮。」

「謝了，但我很享受那種藥癮呢。」

「很好，因爲你現在有新的癮了。」

「怎麼說？」凱斯的視線從咖啡往上移。阿米提在笑。

「凱斯，你身上有十五個毒囊接合在諸多主動脈內，而且正在融解中。非常緩慢，但絕對在融解無誤。每個毒囊裡都裝有黴菌毒素。你對黴菌毒素的效果應該不陌生，就是你前雇主在曼菲斯給你的那種。」

凱斯抬頭對著那張微笑的面具眨眼。

「你有足夠的時間替我辦事，但就這樣。完成工作，我會幫你注射酵素，在不開啓毒囊的前提下融解接合處。然後你會需要換血，否則等到毒囊融化，你就會回去我找到你的地方。所以，瞧瞧，凱斯，你需要我們。你現在仍迫切地需要我們，就跟當時我們把你從陰溝裡掏出來時一樣迫切。」

凱斯看著莫莉，她只是聳肩。

「現在去運貨電梯把你在那裡找到的東西帶上來。」阿米提將磁鐵鑰匙交給他，「去吧。凱斯，你會喜歡的。就像聖誕節的早晨。」

蔓生區的夏季，商場滿滿都是人，像被風吹拂的青草一樣擺盪，一整片肉林，充斥著隨需求與滿足而突然生成的漩渦。

篩落的陽光下，凱斯坐在乾涸的混凝土噴泉邊上，莫莉在身旁，透過川流不息的一張張臉孔再現他人生的不同階段。首先是一個戴眼罩的男孩，街童，雙手放鬆自然地垂在身側；然後是一個少年，紅眼鏡下的表情平靜難解。凱斯記得十七歲時曾在一處屋頂打架，測地線（註）拂曉玫瑰色光輝下一場沉默的戰鬥。

凱斯在混凝土上動了動，透過黑色薄丹寧褲感覺到下方的粗糙與冰冷。這裡絲毫沒有仁清路的電舞。這是不同的生意，不同的節奏，沉浸在速食、香水與新鮮夏日汗水的氣味中。

凱斯的控制板在閣樓裡等著，那是一部斧仙台網際空間七號（Ono-Sendai Cyberspace 7）。他們丟了滿地形狀抽象的白色泡棉包材沒收拾，還有揉皺的塑膠膜和幾百顆小泡棉球。斧仙台，近年來最昂貴的保坂（Hosaka）電腦，一部索尼顯示器，十二片企業等級的冰磁碟，一部百靈牌咖啡機。阿米提等凱斯對每一件物品都點過頭便離去。

「他會去哪裡？」凱斯問莫莉。

「他喜歡旅館，大型的。如果可以，靠近機場最好。我們下去街上。」莫莉身穿舊軍用裝備背心，附十餘個形狀怪異的口袋。她拉上背心拉鍊，戴上巨大的黑色塑膠太陽眼鏡，完全遮蔽嵌入的鏡片。

「妳先前知道那個狗屎毒囊嗎？」凱斯在噴泉旁問她。

莫莉搖頭。

「妳覺得是眞的嗎？」

「可能是，也可能不是，無論如何都一樣。」

「要怎樣我才能弄清楚？」

「不知道。」她的右手做出閉嘴的手勢，「那種扭結太隱密，掃描不出來。」她的手指又動了：等。「而且你根本也不在乎。我看見你愛撫那部仙台，天，那還眞色。」她大笑。

「那他在妳身上放了什麼？他在上班女郎體內綁了什麼？」

「專業的驕傲，寶貝，就這樣。」又是閉嘴的手勢，「我們弄點早餐吃，好嗎？蛋、貨眞價實的培根。不過說不定會害死你，你吃那些重建的千葉磷蝦太久了。好耶，走吧，我們搭地鐵到曼哈頓吃一頓眞正的早餐。」

註：Geodesics，蔓生區的人造日光。

暗去的霓虹燈以布滿灰塵的玻璃管，拼出「地鐵全息圖像定位」（METRO HOLO-GRAFIX）。凱斯用叉子挑弄著一小片卡在門牙縫的培根。他已放棄詢問莫莉他們要去哪裡以及爲什麼，他得到的回應只會是肋骨上猛力一戳與閉嘴的手勢。莫莉聊著這一季的流行、運動、他聽都沒聽過的加州政治醜聞。

凱斯環顧荒廢、一端是死路的街道。一張新聞紙翻飛飄過路口。東邊吹起怪風，和對流有關，在穹頂匯集。凱斯透過窗戶凝望死寂的招牌。他決定了，她的蔓生不是他的蔓生。她領他走過十幾間他看也沒看過的酒吧、俱樂部，照料生意，通常頂多點個頭。維繫關係。

有東西在「地鐵全息圖像定位」後方的陰影移動。

門只是一片波浪屋頂板。莫莉在門前，雙手翻飛，舞出一連串他無法理解的複雜手勢。他認出「現金」，拇指輕刷食指指尖。門朝內盪開，她帶著他步入灰塵的味道中。他們站在一塊空地，凌亂密集的垃圾從兩邊一路往牆邊堆積，沿牆而立的書架上放滿逐漸碎裂的平裝書。垃圾看似生長於此地，扭曲金屬與塑膠有如眞菌植物。他分辨得出個別物體，但它們旋即又與整片混亂化爲一團模糊：一部電視的內部裝置，年歲久遠，還散布著眞空管的玻璃殘留；一具壓壞的碟形天線；一只棕色纖維罐，塞滿一段段受腐蝕的合金管。巨大的一落舊雜誌瀑布般滑落空地。隨著他跟在莫莉身後穿過塞滿廢物的窄道往後方走，失落夏季的肉體盲目地仰望。他聽見門在他們身後關上。他沒有回頭看。

這條隧道的末端，是一道以大頭針將古老軍毯釘作門簾的門。莫莉低頭穿過，白光湧出。

四方空無一物的白塑膠牆，相襯的天花板，地板鋪設醫院的白色磁磚，模鑄出防滑的突起小圓盤。中央立著一張方形、上了白漆的木桌，與四張白色折疊椅。

那名男子這會站在他們身後的門口眨著眼，軍毯像斗篷般垂掛在一邊肩上，看似設計於風洞。他的耳朵非常小，平貼著窄小的頭骨，嘴巴不像在笑，卻露出嚴重後傾的巨大門牙。他身穿陳舊的花呢外套，左手拿著手槍之類的東西。他凝視著他們，眨了眨眼，槍收入外套口袋。他朝凱斯示意，比了比靠在門附近的白色塑膠板。凱斯走過去，發現那是一塊密實三明治般的電路板，將近一公分厚。他和男子合力抬起電路板擋住門。被尼古丁染色的敏捷手指，隨即拿白色魔鬼氈沿邊貼牢。隱藏的排氣扇開始嗚嗚轉動。

「時間，」男子站直，「還有計數。莫莉，妳知道費率。」

「芬恩，我們需要掃描。植入物。」

「那就過去塔錐之間，站在膠布上。站直，對。現在轉身，露出三十六顆牙給我瞧瞧。」凱斯注視著莫莉在兩個密布感應器、看似脆弱的塔錐間轉動。男子從口袋拿出一個小型顯示器瞇起眼檢視，「腦袋裡有新東西，對。矽製品，外面包著熱解碳。一只鐘，對嗎？妳的眼鏡給的讀數和平常一樣，低溫等向碳。熱解質的生物相容性比較好，但那是妳的事，對吧？跟妳的爪子一樣。」

「凱斯，過來。」他看見白色地板上有一個磨損出來的×字。「慢慢轉身。」

「這傢伙是處男。」男子聳肩，「只有一些廉價的牙醫作品，沒了。」

「你掃掃看生物製品？」莫莉拉開綠色背心的拉鍊，拿下黑色墨鏡。

「妳以為這裡是梅約（註一）嗎？小鬼，爬上桌子，我們做一點切片。」男子大笑，露出更多黃牙。「沒。芬恩保證，甜心，你身上沒有小蟲子，沒有皮質炸彈。要我把屏蔽關掉嗎？」

「芬恩，你離開要花多久時間就關掉多久。然後只要我們想要，就給我們多長時間的全屏蔽。」

「嘿，莫，芬恩沒問題。妳只能以秒計費。」

他離開後他們封上門，莫莉倒轉一把白椅跨坐，下巴擱在交疊的前臂上。「我們現在談談。我最多只能提供這麼多隱私了。」

「談什麼？」

「我們在做的事。」

「我們在做什麼？」

「替阿米提工作。」

「妳的意思是，這不是在幫阿米提？」

「對。我看過你的側寫，凱斯。我也看了購物清單的其他部分。你跟死人打過交道嗎？」

「沒有。」凱斯看著自己在她鏡片上的倒影，「不過我覺得我可以。我對我的工作很在行。」當前的緊繃氣氛令他緊張了起來。

「你知道迪西．平線（註二）（Dixie Flatline）掛了嗎？」

凱斯點頭，「心臟，聽說是這樣。」

「你會跟他的構體打交道。」她微笑，「他教過你一手，嗯？他和昆因。順帶一提，我認識昆因，他是貨眞價實的混蛋。」

「有人拿到麥考依．波利的紀錄檔？誰？」現在凱斯坐下了，雙肘擱在桌上。「我不懂。他不可能乖乖坐著任人宰割。」

「意識網（Sense/Net）。付他天價，千眞萬確。」

「昆因也死了嗎？」

「沒這麼好運。他在歐洲。他弄不到這個。」

「欸，如果我們弄到平線，那肯定能成功。他是最棒的。妳知道他因腦死而死掉三次嗎？」

---

註一：應指美國梅約診所（Mayo Clinic），全球最大的私人資療體系，宗旨是病人的需要優先。

註一：Flatline原指死亡後腦波圖呈現平直線，也就是死亡的意思。考量此人是因爲他腦波圖變直線的經歷有關，因此直譯爲平線。

她點頭。

「死在他的EEG(註)上。給我磁帶。『小子，我掛點了。』」

「聽著，凱斯，我受雇用後，一直在試著弄清楚阿米提的靠山是誰。但感覺不像財閥，不像政府，也不像極道開的公司。有人給阿米提下令。好像有東西要他去千葉，撿起在筋疲力竭的猛擊中做最後掙扎的藥頭，用一個程式換取能把他修好的手術。市場上願意用來支付那個手術程式的錢，都可以買二十個世界級的牛仔了。你是很厲害沒錯，不過沒有那麼厲害……」她抓了抓鼻翼。

「顯然某人覺得值得。」凱斯說，「某個大人物。」

「別因爲我說的話而傷心。」她咧嘴一笑，「我們要大幹一場，凱斯，只爲了拿到平線的構體。意識網把它藏在住宅區一間書庫的地窖，比鰻魚的屁股還密不通風。現在，意識網，他們把秋季所有新材料也藏在那裡。偷到手，我們就富可敵國了。但不行，我們只能拿平線，其他碰不得。詭異。」

「是啊，詭異極了。妳很詭異，這個巢穴也很詭異，外面走廊上那隻詭異的地鼠又是誰？」

「我認識芬恩很久了。大多是買賣贓物。軟體。這個隱私生意只是副業。不過我要阿米提讓他在這裡做我們的技術支援，所以等下他出現時，別說你見過他。懂嗎？」

「那阿米提在妳體內融解了些什麼？」

「我很好搞。」她微笑，「任何人對其所做的事有那麼一點擅長，那就定義了那個人，對吧？你只能上線，而我只能打。」

凱斯凝視她，「那告訴我，妳對阿米提有什麼了解。」

「開胃菜，『尖叫拳頭』裡沒人叫阿米提，我查過。但這沒什麼意義。他看起來和生還者的照片一點都不像。」她聳肩，「可是那又怎樣，我現在只有開胃菜。」她用指甲輕敲椅背。「不過你是牛仔，不是嗎？我是說，或許你可以稍微查查看。」她微笑。

「他會殺了我。」

「可能吧。也可能不會。凱斯，我認爲他需要你，非常需要。而且，你是個聰明的婊子，一定可以挖出些什麼。」

「妳剛剛說的清單裡還有什麼？」

「玩具，大部分都是給你的。還有一個附證明的精神病患者，名字是彼得・瑞維拉，醜得要命的傢伙。」

「人在哪裡？」

「不知道。不過他是個變態，眞的。我看過他的側寫。」她扮了個鬼臉，「令人討厭至極。」她站起來伸展片刻，姿態如貓。「小子，所以我們有條軸線了？我們並肩作戰嘍？夥

註：Electroencephalography，腦波圖。

件？」

凱斯看著她，「我有很多選擇嗎？」

她大笑，「你搞懂了，牛仔。」

「母體源自原始電動遊戲。」旁白說，「早期使用頭骨接口的圖像程式和軍事實驗。」索尼顯示器上，二維太空戰爭在數學演算出來的蕨類森林後方淡去，顯示出對數螺線的空間可能性？冷藍色調的軍事影片燒穿，實驗室動物接上測試系統，頭盔注入坦克和戰鬥機的控火迴路。「網際空間，一種交感幻覺。數十億合法總操作手以及各國正在學習數學概念的學童，每天都會體驗這種交感幻覺。數據抽取自人類系統內每一部電腦的資料庫，而後以圖像表現。複雜得難以想像。光線在心智中的無空間排列，一束束、一群群的數據。像城市燈火，逐漸後退……」

「這是什麼？」莫莉問，而凱斯正在瀏覽頻道選擇器。

「給小孩看的節目。」選擇器輪轉，影像流斷斷續續。「關掉。」凱斯對保坂電腦說。

「凱斯，你想現在試？」

週三，距離和莫莉並肩走在「廉價旅館」八天了。「凱斯，你想要我出去嗎？你是不是自己一個人會比較容易……」他搖頭。

「不，妳待在這裡沒關係。」他將毛圈止汗帶套上額頭，小心不碰到扁平的仙台皮表電極。他低頭凝視放在膝蓋上的控制板，但並沒有眞的看入眼。他看見的是仁清路的商店櫥窗，銘黃手裏劍在霓虹燈照耀下火燒般發光。他抬頭看牆上，就在索尼顯示器上方，他將她送的禮物以黃頭圖釘穿過中央的孔釘在那裡。

凱斯閉上眼。

找到電源鈕凹凸不平的表面。

在他眼睛後方泛血光的黑暗中，銀色光幻視從空間邊緣翻騰湧入，入眠前的影像晃盪而過，彷彿以隨機畫面拼湊而成的電影。符號、人影、臉孔，一幅模糊、破碎的視覺資訊曼陀羅。

拜託，他祈禱，現在——

一個灰色碟狀物，千葉天空的顏色。

**現在**——

灰碟開始旋轉，愈轉愈快，變成一個較淡灰色的球，漸漸膨脹——

接著湧動，爲他而湧動；液態霓虹的摺紙戲法；他那無遠近的家、他的祖國逐漸開展，透明3D棋盤無盡延展。東方沿海裂變管理局（Eastern Seaboard Fission Authority）那附階梯的猩紅金字塔，在美國三菱銀行（Mitusbishi Bank of America）的綠色方塊後方發光，他張開內在之眼看著這座金字塔；而在非常高遠之處，他看見軍事系統的螺旋臂，他永遠無法觸及。

然後他在某處笑著，在一個白漆閣樓，遙遠的手指愛撫控制板，解脫的淚水從臉龐滑落。

凱斯拿下電極時，莫莉不在，閣樓一片漆黑。他查看時間。他進入網際空間五個小時。他把斧仙台拿到一張新的工作桌上，隨即癱倒在床墊上，拉過莫莉的黑絲睡袋蓋住頭。

裝在防火鋼門上的保全軟體嗶嗶響了兩次。「進入請求。」軟體說道，「我的程式判定對象安全。」

「那就打開啊。」凱斯把絲睡袋從臉上推開，門打開時他坐起身，預期會看見莫莉或阿米提。

「老天，」一個嘶啞的聲音說：「我知道那賤人在黑暗中也看得見……」一個矮壯的人影走了進來，並關上門。「開燈，好嗎？」凱斯滾下床墊，找到復古的開關。

「我是芬恩。」芬恩說，並對凱斯露出警告的表情。

「凱斯。」

「很高興見到你，我確定。我幫你老闆處理一些硬體，看起來是這樣。」芬恩從口袋撈出一包帕塔加斯雪茄，點燃一根。古巴菸草的味道霎時充盈房內。他走到工作桌旁瞄了一眼斧仙台，「看起來很老套。很快就能弄好。但這裡有你的問題，小子。」他從外套內掏出一只骯髒的馬尼拉紙信封，將菸灰彈到地上，接著從信封裡抽出一個平凡無奇的黑色長方形物體。「天殺的工廠原型。」他將那東西拋在桌上，「丟進一塊聚合碳裡，用雷射的話會燒掉裡面的東西。他媽的X光和超音波掃描都解不開。天知道還有什麼。我們會進去的，不過邪惡之人永不得安息，對吧？」他小心翼翼地摺起信封，收進內側口袋。

「那是什麼？」

「簡單地說，是正反器開關。接在仙台的這裡，你就可以存取即時或紀錄的模擬刺激，不用退出母體。」

「目的是？」

「沒概念。只知道我要幫莫莉裝上播送裝置，所以你多半是要存取她的感覺中樞吧。」

芬恩搔了搔下巴，「這下你可以弄清楚她的牛仔褲到底多貼身了，嗯？」

# 4

凱斯坐在閣樓，皮膚電極捆綁在額頭，看著塵埃在上方格柵篩落的稀薄陽光中飛舞。其中一個顯示螢幕正在倒數。

牛仔不進入模擬刺激，他暗忖，因爲那基本上只是肉體玩具。凱斯知道他用的電極和從模刺碟垂墜而下的小塑膠頭飾基本上是一樣的，也知道網際空間母體實際上是人類感覺中樞的極度簡化版，至少就表現方式而言是這樣沒錯，但模擬刺激令他覺得像是無端將肉體輸入增殖。商業性的東西都經過編輯，當然了，這樣一來，如果塔莉·依霜在發出一個音節的過程中突然頭痛，你不會感覺到。

螢幕發出持續兩秒的嗶聲警告。

新開關已用一片薄薄的光纖裝上他的仙台。

一、二……

網際空間從基點生成。平穩，他暗忖，但還不夠，得再加點工……

然後他打開新開關。

猛一震進入其他肉體。母體消失，一波聲音與顏色……莫莉正穿行於擁擠的街道，經過販售折扣軟體的攤販，價錢用螢光筆寫在塑膠片上，來自無數擴音器的音樂片段。尿液、自由單體、香水，以及炸磷蝦餡餅的味道。在令人膽寒的幾秒內，他徒勞地想掌控她的軀體。然後他用意志力讓自己轉爲被動，變成她眼睛後方的一名乘客。

鏡片似乎完全沒有阻隔陽光。他納悶著是否內建擴大器自動補償了。藍色文數字（註）顯示出時間，在她左周低處閃動。賣弄，他暗忖。

她的身體語言令人迷失方向，姿態也相當陌生。她似乎總是差點與人碰撞，但路人從她面前躲開，閃到一旁，讓路給她。

「凱斯，感覺如何？」他聽見字句，也感覺到她構句。她一隻手滑進外套，一根指尖繞著溫暖絲綢下的乳頭打轉。那感覺令他屏住呼吸。她大笑，但這連結是單向的，他無法回應。

走過兩個街口後，她潛入回憶小徑的外圍。凱斯不停試著將她的視線轉向地標，想藉此認出自己身在何處。他開始覺得這種被動的處境很討厭。

切入網際空間的過程，在他按下開關的瞬間便已完成。他讓自己撞向屬於紐約公立圖書館的遠古冰牆，自動計算起電位視窗。切回她的感覺中樞，進入肌肉的蜿蜒之流，感覺強烈又明亮。

註：Alphanumeric，指拉丁字母及數字字元的字元集，若考慮大小寫字母及數字，共有六十二個，若不區分大小寫字母，共有三十六個。

凱斯發現自己對與她共享感覺的這個心智感到疑惑。他對莫莉有什麼認識？她是其他事的好手，她曾說，和他一樣，靠什麼維生她就是什麼。凱斯知道她是怎麼貼著他移動，稍早，她起床時，當他進入她，他們發出合而為一的同聲呻吟，事後她喜歡喝黑咖啡……

可疑的軟體租賃集團沿回憶小徑排列，她的目標是其中之一。四下平靜，寂然無聲。攤販沿中堂而立。顧客都很年輕，幾個剛滿二十歲。似乎所有人都在左耳後植入了碳接口，但她沒加以理會。攤販的櫃檯上展示著數百個窄小的微軟碟（註），一片片稜角分明的繽紛矽片裝在白色方形紙板上，上面覆蓋透明橢圓形遮罩。莫莉走向南面牆的第七攤。櫃檯後一名頭髮剃個精光的男孩茫然凝望空中，耳後的接口如牆頭釘般突出十多個微軟碟。

「賴瑞，你進去了，夥伴？」她站在男孩面前。男孩聚焦，在椅子上坐正，用骯髒的拇指指甲從他的接口撬出一個亮洋紅色晶片。

「嗨，賴瑞。」

「莫莉。」他點點頭。

「我有些工作給你那些朋友。」

賴瑞從紅色運動衫口袋拿出一個扁平的塑膠盒，「啪」地打開後，將手上的微軟碟塞入其他十數個微軟碟旁的空隙。他的手盤桓片刻，揀出一個比其他略長的亮黑色晶片，平穩地插進自己的頭殼。他瞇起眼。

「莫莉有了個乘客。」他說，「賴瑞不喜歡這樣。」

「嘿，」莫莉說，「我不知道你這麼……敏感。眞感動。這樣的敏感所費不貲。」

「我認識妳嗎？」他臉上茫然的神情回來了，「想買什麼軟體？」

「我要找馬登黨的人。」

「莫莉，妳有了個乘客。這個說的。」他輕敲黑色晶片，「有人用妳的眼睛看。」

「是我的夥伴。」

「叫妳的夥伴滾。」

「賴瑞，我有東西要給黑豹．馬登黨的人。」

「小姐，妳說的是什麼？」

「凱斯，你先退出。」她一說，凱斯便按下開關，隨即回到母體。軟體複合體殘留的幽靈印象，在網際空間嗡鳴的平靜中多停留了幾秒才淡去。

「黑豹．馬登黨。」他對著保坂電腦說，一面取下電極。「五分鐘簡報。」

「準備就緒。」電腦說。

凱斯沒聽過這個名字。新玩意，在他逗留千葉時出現。短暫的潮流光速席捲蔓生區的年輕族群，一整個次文化可能在一夜之間崛起，熱鬧個十幾週，接著戛然消逝。「啓動。」保

註：microsoft，微軟體，或指用來裝微軟體、類似隨身碟的小裝置，插入頭部的接口後可提供使用者特定主題的資料或特殊能力。在吉布森創作本書的時期，現今知名的科技巨人微軟Microsoft還只是一個爲微電腦開發軟體的小公司，於一九七六年註冊Microsoft爲公司名。

坂電腦存取了它的圖書館、期刊與新聞服務陣列。

簡報開頭停留在一張彩色靜照，凱斯起初以為是某種拼貼，從另一個影像中剪下一張男孩的臉，貼在一張塗鴉牆的照片上。黑眼睛，單眼皮顯然是手術的結果，一片發炎的青春痘橫越蒼白瘦窄的雙頰。保坂電腦釋放凍結的畫面，男孩動了，流露出扮演叢林掠食者的默劇演員那般的優雅陰森。他的身體幾乎隱而不見，近似於後方塗鴉牆的抽象圖形平順地滑過他的貼身連身衣。擬態聚合碳。

切換為紐約大學群體生態學博士維吉尼亞．蘭百里，粉色文數字顯示出她的名字、所屬科系和學院，在螢幕上脈動著。

「考量到他們對這些超現實暴力的隨機行為存有強烈愛好，」某人說，「我們的觀看者可能難以理解何以妳繼續堅持這種現象不屬於一種恐怖主義。」

蘭百里博士微笑，「恐怖分子總會在某個點停止操弄媒體完形。在某個點暴力開始充分升級，但在這個點之後，恐怖分子也開始出現媒體完形本身的徵狀。我們一般所知的恐怖主義，其本質就與媒體相關。而黑豹．馬登黨人和其他恐怖分子之所以不同，恰恰在於他們的自我覺知程度，在於他們對媒體使恐怖主義的行為與原始的社會政治意圖脫鉤有多少體察……」

「跳過。」凱斯說。

播放保坂電腦的簡報兩天後，凱斯首度接觸馬登黨人。在他快二十歲的時候，曾有個「大科學家派」，他判定馬登黨是大科學家派的當代版本。蔓生區的工作具備某種鬼魅般的青春期DNA，夾帶諸多短命次文化編成密碼的戒律，並在長短不一的時間後複製。黑豹・馬登黨是大科學家派的愚蠢版變體。只要弄得到相關科技，大科學家派會全體將接口都塞滿微軟碟。重要的是風格，而風格是相同的。馬登黨是傭兵，實用的小丑，虛無主義的技術專家。

一個說話輕聲細語的男孩帶著來自芬恩的一盒磁碟出現在閣樓門口，他的名字是安傑洛。他的臉是從膠原蛋白和鯊魚軟骨多醣培植的簡單移植物，平滑但醜陋。那是凱斯僅見最令人生厭的選擇性手術。安傑洛微笑時，露出剃刀般尖銳的犬齒，應屬於某種大型動物。凱斯竟鬆了一口氣，牙胚移植，這他見過。

「你不能讓那些傻小子給你挖代溝。」莫莉說。凱斯點頭，沉浸在意識網冰牆的圖形中不可自拔。

就是這個。這就是他，他的身分、他的存在。他忘記進食。莫莉在長桌的角落替他留了幾盒飯和放在保麗龍盤上的壽司。他偶爾會爲必須離開控制板到他們在閣樓一角設置的化學廁所解放而感到惱怒。他探查漏洞、繞過最顯而易見的陷阱、將他通過意識網冰牆的路徑繪成地圖，同時冰牆圖形在螢幕上成形，而後重新成形。眞是好冰牆。美妙的冰牆。他躺臥，手臂放在莫莉肩膀下，透過天窗的鐵柵看著紅色黎明，冰牆的圖形在那裡發光。睡醒時，冰牆的彩虹像素迷宮是他看見的第一個東西。他會逕直走到控制板前，沒浪費時間穿衣服，就這麼上線。他在拆解。他在工作。他沒注意到時間一日日流逝。

有時候，尤其是莫莉帶著她租來的馬登黨核心小隊出去偵查時，他即將進入夢鄉，千葉的影像如潮水般湧來。一張張臉與仁清路的霓虹。有一次他夢見琳達·李，從這場令人困惑的夢中醒來時，卻想不起她是誰、對他來說有什麼意義。他想起來後，上線一連工作了九小時。

拆解意識網冰牆花了整整九天。

「我原本說一週。」阿米提說。凱斯展示他的計畫給阿米提看時，阿米提喜形於色。

「你還眞是好整以暇啊。」

「胡扯。」凱斯對著螢幕微笑，「阿米提，我做得不錯了。」

「確實。」阿米提坦承，「不過你可別得意忘形。跟你最後要面對的比起來，這只是電玩而已。」

「愛你喔，貓媽媽。」黑豹·馬登黨的聯絡人低語。從凱斯的耳機聽來，他的聲音是變調過的靜電干擾。「亞特蘭大，布魯德。看起來可行。行動，聽到了嗎？」莫莉的聲音略微清晰一些。

「聽令行事。」馬登黨人在紐澤西用了某種雞網碟（chickenwire dish），將聯絡人的不規則訊號彈到一顆基督君王之子衛星（Sons of Christ the King satllite），位於曼哈頓上空的地球同步軌道。他們寧可將這整場行動視爲一個巧妙的私密玩笑。莫莉的信號是用一個直徑一公尺的傘狀碟傳出去。傘狀碟以環氧樹脂黏在一棟幾乎和意識網大樓等高的黑色玻璃帷幕銀行大廈屋頂。

亞特蘭大。識別碼很簡單。亞特蘭大到波士頓到芝加哥到丹佛，每個城市五分鐘。如果有人成功攔截並解譯莫莉的訊號、合成她的聲音，這個識別碼會警示馬登黨人。如果她待在這棟建築裡超過二十分鐘沒出來，非常可能就不會再出來了。

凱斯一口喝乾剩下的咖啡，貼上電極，抓了抓黑色棉衫下的胸口。對於黑豹．馬登黨人計畫如何分散意識網保全的注意力，他只有約略的概念。他的任務是在莫莉需要時，確保他寫的侵入程式連上意識網的系統。他看著螢幕角落的倒數。二、一。

凱斯上線，啓動他的程式。「主線。」聯絡人用氣音說。凱斯層層深入意識網冰牆的過程中，這是他唯一能聽見的聲音。很好。莫莉過關。他點擊模刺，輕輕躍入她的感覺中樞。

視覺輸入因擾頻器而略顯模糊。她站在大樓的寬闊白色大廳，面對一堵點點金斑的鏡牆，嚼著口香糖，顯然被自己的倒影迷住了。儘管戴了一副巨大的太陽眼鏡遮住鏡片嵌入物，她看起來仍十分融入環境，像是另一個希望能一睹塔莉．依霜風采的觀光女孩。她身穿粉色塑膠雨衣，白色網眼上衣，寬鬆白褲，剪裁是去年東京流行的款式。她心不在焉地咧嘴笑著，「啪」地一聲弄破口香糖泡泡。凱斯想笑。他感覺得到纏在她肋間的透氣膠帶，還有膠帶下的小組件，無線電、模刺組，還有擾頻器。喉部麥克風貼在她頸間，盡可能弄得像皮表止痛貼。她的雙手插在粉紅外套口袋，正有系統地屈曲，利用一連串動作釋放壓力。他花了幾秒才理解她指間那特殊的感覺是源自半伸出後又收回的刀刃。

凱斯又跳出。他的程式抵達第五個閘門。他看著他的破冰者在眼前閃爍、移動，僅微弱覺知他的手正在控制板上舞動，進行細部調整。單一顏色構成的多個半透明平面，有如魔術撲克牌。選一張牌，他心想，任何一張。

閘門變得模糊後掠過。凱斯大笑。意識網冰牆接受他進入，視爲來自聯盟所屬洛杉磯中心的例行傳輸。他進來了。在他後方，病毒子程式脫隊，與閘門的密碼結構嚙合，準備在眞正來自洛杉磯的數據到來時加以感染。

他再度進入莫莉。她正晃過大廳後方巨大的環形接待桌。

**12:01:20**，讀數在她的視覺神經大放光明。

午夜，和莫莉眼睛後方的晶片同步中，位於澤西的聯絡人下達指令。「主線。」九名馬登黨人沿蔓生區散布兩百英里，他們同時用付費電話撥打「最緊急專線」，說出一小段設定好的話，掛上，接著遁入黑夜，脫掉手術手套。九個不同的警察部門和政府安全單位正在吸收資訊，內容提及一個隱匿的激進基督教基本教義分支承認在意識網金字塔的通風系統引入一種臨床層級的違法藥劑，稱爲「藍九」。藍九在加州稱爲「悲傷天使」，已顯示出在百分之八十五的受試者身上造成劇烈的妄想與殺人魔傾向。

凱斯的程式湧過控制意識網研究圖書館保全的子系統各閘門，他按下開關。他發現自己正步入升降梯。

「抱歉，妳是員工嗎？」警衛揚眉。莫莉吹爆口香糖泡泡，「不是。」她用右手的前兩個指節槌向男人的心窩。保全彎下腰，扒抓著腰帶上的警報器；莫莉猛力一擊，打得他的頭偏向一邊，抵著升降梯的牆壁。

她嚼得更快些，碰觸發光面板上的「關門」與「停止」鍵。她從外套口袋拿出一個黑盒子，將引線插入保護面板電路的鎖孔。

黑豹．馬登黨人等了四分鐘讓第一波行動生效，接著注入第二劑小心安排的誤導資訊。這次，他們直接攻擊意識網大樓的內部影像系統。

12:04:03，建築內的所有螢幕閃爍了十八秒，閃爍的頻率造成意識網員工中較敏感的人癲癇發作。接著，一個僅約略像人臉的圖像占據所有螢幕，五官在不對稱排列的大塊骨頭上延展，有如某種猥褻的麥卡托投影。隨著扭曲、拉長的下顎挪動，藍色雙唇濕淋淋地打開。某個東西，或許是一隻手，一坨紅色塊根狀的東西笨拙地朝鏡頭摸索，而後變得模糊，隨即消失。潛意識中的快速汙染影像，大樓供水系統圖、戴手套的手操弄實驗室瓶瓶罐罐、某物跌入黑暗中、一道蒼白的濺痕……聲道的音高調整爲以恰恰低於兩倍的標準錄放速度播放，內容是一個月前的新聞廣播，詳細講述可能將一種稱爲HsG的物質用於軍事，這種生物化學物質控制人類骨骼生長因子。過量使用HsG將使某些骨骼細胞過度激化，加速生長高達百分之一千倍。

12:05:00，覆蓋在玻璃下的意識網聯盟核心擁有的員工人數略多於三千。午夜後過了五分鐘，隨著馬登黨的訊息結束於白燦燦的畫面，意識網金字塔發出尖叫。

因應「藍九」進入大樓通風系統的可能性，六架紐約警方戰術直升機於意識網金字塔會合，鎮暴燈全開。一架BAMA快速布署直升機從Riker's的停機坪起飛。

凱斯啓動他的第二個程式。一隻謹愼設計的病毒攻擊了保護主監護指令的密碼結構，這個指令掌管意識網研究資料所在的下層地下室。「波士頓。」連結傳來莫莉的聲音，「我要下樓了。」凱斯切換，看見升降梯的白牆。她正在拉開白色褲子的拉鍊。一個笨重的包裹，顏色恰如她蒼白的腳踝，以透氣膠帶纏在她的腳踝上。她跪下剝掉膠帶。隨著她展開馬登裝，一道道勃艮地紅閃過擬態聚合碳。她脫下粉紅色雨衣，丟在白褲旁，將馬登裝罩在白色網眼上衣外穿上。

12:06:26

凱斯的病毒在圖書館的主控冰牆上開了扇窗。他用力擠進去，發現裡面是一個無垠的藍色空間，懸在淡藍色細密霓虹燈柵上的色標球排列其中。在母體的無空間中，特定數據構體的內部皆擁有無限的主觀維度。一個孩童的玩具計算機，若以凱斯的仙台存取，也會呈現出無限的虛無深淵，幾個基本指令懸掛其中。凱斯鍵入芬恩向有嚴重藥癮的中階上班族買來的序號，他彷彿乘在隱形軌道上般滑過各個球體。

這裡。這一個。

凱斯用力擠進球體內，頭頂的冷藍色霓虹穹頂無星平滑，彷若結霜的玻璃，他觸發會修改核心監護指令的子程式。

現在出去。平穩地後退，病毒重新編織窗洞的纖維。

完成。

意識網大廳，兩名黑豹．馬登黨人警戒地坐在一座低矮的方形花架後，用攝影機拍下騷亂。他們都穿著變色龍裝。「戰術直升機在噴灑泡沫路障。」其中一人加以說明，透過喉部麥克風說話：「快速布署直升機還在設法降落。」

凱斯按下模刺開關，躍入斷骨的劇痛中。莫莉靠在一條長廊的空白灰牆上，氣息紊亂不平穩。凱斯立即回到母體，左大腿一道白熱的疼痛漸漸消失。

「布魯德，發生什麼事了？」他問聯絡人。

「不知，卡特。媽媽沒講話。等等。」

凱斯的程式自動循環。一線細如髮絲的深紅色霓虹從已修復的窗口中央，延伸到破冰者變換不休的輪廓。他沒時間再等。深吸一口氣，他再度躍入。

莫莉跨了一步，試著靠長廊的牆支撐她的體重。閣樓裡，凱斯呻吟。她的第二步前進了比一臂之長還遠一點的距離。制服袖子染上亮紅色鮮血。微露破碎的玻璃纖維電擊棍。她的視野似乎縮窄爲一條隧道。第三步，凱斯尖叫，發現自己回到母體。

「布魯德？波士頓，寶貝……」莫莉的聲音因疼痛而緊繃。她咳了咳，「跟當地人起了點衝突。其中一個應該打斷我的腿了。」

「貓媽媽，妳現在需要什麼？」聯絡人的聲音模糊難辨，幾乎淹沒在靜電干擾中。

凱斯強迫自己翻躍回去。莫莉靠在牆上，右腿支撐著全身重量。她翻找擬態裝的袋鼠口袋裡的內容物，掏出一片釘滿五彩繽紛皮表止痛貼的塑膠。她挑出三枚，用拇指按壓在左腕的血管上。六千微克的腦內啡類似物像槌子般落在疼痛之上，敲碎疼痛。她的背痙攣拱起。粉色的溫暖浪潮舔舐她的大腿。她嘆氣，緩緩地放鬆了。

「沒事，布魯德。我現在沒事了。不過我出去的時候需要醫療團隊。告訴我的人。卡特，我距離目標兩分鐘，你可以等嗎？」

「跟她說我在裡面，我會等。」凱斯說。

莫莉開始沿著長廊跛行。當她回頭看，就這麼一次，凱斯看見三名意識網保全癱倒的軀體。其中一人似乎沒有眼睛。

「貓媽媽，戰術和快速封鎖了一樓。泡沫路障。大廳愈來愈刺激了。」

「這裡就夠刺激了。」莫莉搖擺著穿過黑色雙開鐵門，「卡特，我快到了。」

凱斯翻躍進母體，拔掉額頭的電極。他滿頭大汗，拿了條毛巾抹了抹額頭，從保坂電腦旁的自行車水壺快速抿了一口水，檢查螢幕上的圖書館地圖。脈動的紅色游標緩緩穿過一道門的略圖。距離標示出迪西．平線構體所在位置的綠點只有幾公釐。他不知道止痛貼對莫莉的腿做了什麼，她才能夠像這樣繼續用斷腿走路。腦內啡類似物下得夠重，她甚至能靠一雙血淋淋的殘肢行走。他束緊將他固定在椅子上的尼龍安全帶，換上新電極。

變成例行程序了：電極、上線、翻躍。

意識網的研究圖書館是一個死氣沉沉的儲存區，存在這裡的資料必須先搬動實體後才能接合。莫莉在一排排完全一樣的灰色儲藏櫃之間蹣跚前進。

「布魯德，告訴她再往前五格，左手邊第十格。」凱斯說。

「貓媽媽，再五格，左邊第十格。」聯絡人說。

莫莉轉向左邊。一個臉色蒼白的圖書館員蜷縮在兩座儲藏櫃之間，臉頰濕淋淋，眼神空洞。莫莉沒理她。凱斯納悶著馬登黨人究竟做了什麼，竟引發如此恐懼。他知道是什麼唬人的威脅，但他太沉溺於冰牆，聽不進莫莉的說明。

「就是它。」凱斯說，不過莫莉已停在收納那個構體的櫃子前。這座櫃子的線條令凱斯回想起朱立．狄恩位於千葉前廳內的那座新阿茲提克風書櫃。

「卡特，動手。」莫莉說。

凱斯翻躍進入網際空間，送出指令沿穿透圖書館冰牆的暗紅絲線產生脈衝。五個彼此分隔的警報系統都確信自己仍在運作中。三道精巧的鎖遭撤銷，但以爲自己仍是鎖上的。圖書館中央儲存庫的永久記憶體遭細微變動：一個月前，構體在執行命令之下已遭移除。如果檢查是誰授權移除構體，圖書館員會發現相關紀錄已遭抹消。

門無聲盪開。

「零四六七八三九。」凱斯說，而莫莉從架子取下一個黑色儲存單元。這個儲存單元相似於大型突擊步槍的彈盒，表面覆滿警示貼紙與安全層級。

莫莉關上櫃子，凱斯翻躍。

他退出穿過圖書館冰牆的線，像鞭子般甩回他的程式中，自動觸發全系統反轉。他退出時，意識網的一道道閘門從他身旁疾射而過；他通過部署子程式的閘門時，子程式則捲回破冰者核心。

「布魯德，我出來了。」凱斯癱坐在椅子上。經歷過全神貫注的一次實際行動，他還能保持上線，並維繫對自己身體的覺知。意識網可能要過幾天才會發現構體遭竊。關鍵是洛杉磯的傳輸偏向，太恰到好處地與馬登黨的恐怖行動同時發生。他覺得莫莉在長廊對上的三名保全不會活下來講述來龍去脈。他翻躍。

升降梯，莫莉的黑盒子還黏在控制面板，仍停留在她離開時的位置。保全依舊蜷縮在地板上。凱斯這才注意到保全頸肩的表皮貼片。是莫莉的，好讓保全繼續躺著。莫莉跨過他，取下黑盒子，然後按下「大廳」的按鈕。

電梯門「嘶」地滑開，一個女人朝後方衝出人群進入電梯，一頭撞在後牆上。莫莉沒理她，彎下腰查看保全頸上的貼片。接著她將白褲與粉紅雨衣踢出電梯，墨鏡丟在這堆衣物後面，拉上擬態裝的兜帽蓋到額頭。構體裝在擬態裝的袋鼠口袋中，隨著她移動，戳進她的胸骨。她走出去。

凱斯見識過恐慌，但都不是在封閉之處。

意識網員工從升降梯湧出，奔向通往街道的門，卻只遇上戰術小隊的泡沫路障和BAMA快速布署小隊的沙袋槍。兩組人馬都深信自己正在遏止一幫潛在殺人魔，以高得出奇的效率攜手合作。大門破碎的殘骸之外，路障上疊了三堆屍體。鎮暴槍空洞的巨響成了持續不斷的背景音，襯著人群在大廳的大理石地板上衝進衝出的聲音。凱斯沒聽過像這樣的聲音。

顯然地，莫莉也沒有。「天啊。」她遲疑了。那像是某種哀號，漸漸增強爲赤裸、純然恐懼的尖嘯，汨汨沸騰。大廳地板覆滿人體、衣物、鮮血，以及被踏爛的長卷黃色印出資料。

「過來，姊妹。我們帶妳出去。」兩名馬登黨人的眼睛從聚合碳裝上瘋狂旋轉的明暗變化中朝外瞪視，擬態裝跟不上在後面肆虐的色調與色彩騷亂。「妳受傷了？來。湯米扶妳。」湯米把某個東西交給說話的人，那是一部包在聚合碳中的攝影機。

「芝加哥。」莫莉說，「我上路了。」然後她跌落了，不是跌在因血液和嘔吐物而滑溜的大理石地板上，而是跌入一口鮮血般溫暖的井，跌入寂靜與黑暗中。

黑豹．馬登黨的首領自稱天狼座．遠方男孩，身穿附錄影功能的聚合碳裝，他可以藉此任意回放背景。他蹲在凱斯的工作桌桌緣，彷若某種狀態下的藝術滴水獸，用那對內雙眼皮的眼睛打量著凱斯和阿米提。他露出微笑。他的髮色粉紅，左耳後彩虹森林般的微軟碟張揚；耳朵削尖了，植上更多粉紅毛髮。他的瞳孔也經過改造，能像貓眼一樣捕捉光線。凱斯看著色彩和質感緩緩爬上他的擬態裝。

「你讓情況失控了。」阿米提說。他有如雕像般矗立在閣樓中央，裹著一件黑色油亮層層皺褶、看似相當昂貴的軍用風衣。

「無名先生，混亂，」天狼座．遠方男孩說：「是我們的行事之道，我們的臨門一腳。你的女人懂。我們跟她談，不跟你，無名先生。」他的擬態裝換上米色與淺鱷梨色的詭異尖角圖形。「她需要醫療團隊。她跟他們在一起。我們會照看她。萬事順利。」他再次微笑。

「付他錢。」凱斯說。

阿米提怒瞪他一眼，「我們沒拿到貨。」

「在你的女人手上。」遠方男孩說。

「付他錢。」

阿米提僵硬地走到桌旁，從軍用風衣口袋拿出三綑厚厚的新日圓。「要點一下嗎？」他問遠方男孩。

「不用。」黑豹．馬登黨人說，「你會付錢。你是一個無名先生。你付錢繼續無名，而不是變成有名先生。」

「我希望這不是一個威脅。」阿米提說。

「這是生意。」遠方男孩把錢塞進擬態裝前面唯一的口袋內。

電話響起，凱斯接了起來。

「是莫莉。」他告訴阿米提，並遞出電話。

凱斯離開那棟建築時，蔓生區的測地線正漸漸轉亮為黎明前的灰。他覺得四肢冰冷，手腳彷彿不是自己的了。他睡不著，對閣樓感到厭煩。天狼座離開了，然後阿米提也走了，莫莉則在某處接受手術。一輛列車「排咻」地經過，腳底一陣震動。警報器在遠方引發都卜勒效應(註)。

凱斯隨意轉彎，領子豎起，縮在新皮外套裡，葉和圓菸一根接著一根，第一根剛彈進水

註：Doppler Effect，波源和觀察者有相對運動時，觀察者接受到波的頻率與波源發出的頻率並不相同的現象。遠方急駛過來的火車鳴笛聲變得尖細（即頻率變高，波長變短），而遠去的火車鳴笛聲變得低沉（即頻率變低，波長變長），就是都卜勒效應的現象。

溝，隨即點燃下一根。他試著想像阿米提的毒囊在他的血管內融解，顯微薄膜隨著他走動而愈變愈薄，一點眞實感也沒有。他在意識網大廳透過莫莉雙眼目睹的恐懼與劇痛，同樣沒有眞實感。他發現自己正試著憶起在千葉殺的那三個人，但對兩個男人毫無印象，女人則讓他回想起琳達·李。一輛附鏡面車窗、傾斜的三輪貨車顚簸駛過，空塑膠圓筒在車斗喀喀滾動。

「凱斯。」

他閃到一旁，直覺地找面牆靠背。

「給你的訊息，凱斯。」原色在天狼座·遠方男孩的擬態裝上輪轉，「抱歉，不是故意嚇你。」

凱斯站直，雙手插在口袋。他比這馬登黨人高一顆頭，「遠方男孩，你得當心點。」

「一個訊息。冬寂。冬天的冬，靜寂的寂。」

「你給的？」凱斯往前一步。

「不，給你的。」遠方男孩說。

「誰給的？」

「冬寂。」遠方男孩又說了一次，一面點頭，甩動一頭粉色毛髮。他的擬態裝轉爲消光黑色，襯著老舊混凝土的一抹碳色陰影。他跳了一小段詭異的舞，細瘦的黑色手臂旋動，然後就消失了。不對，他還在那裡。拉上兜帽掩蓋粉色，擬態裝呈現出最恰到好處的灰，和他腳下的人行道一樣斑駁。那雙眼睛朝紅燈眨了眨，隨後眞的消失無蹤。

凱斯閉上眼，用痲痺的手指加以按摩，背靠著剝落的磚牆。仁清路單純多了。

# 5

莫莉雇用的醫療團隊占據一棟徒具骨架的公寓兩層樓，靠近舊巴爾的摩港市中心。這是一棟模組式建築，像某種巨人版本的「廉價旅館」，每格棺材四十公尺長。凱斯遇見莫莉時，她正從其中一格走出來，門口的招牌上是巧手處理過的商標：傑若．秦，牙醫。她一瘸一拐地走著。

「他說要是我踢東西，腳就會掉下來。」

「我剛剛遇到妳的一個伙伴。一個馬登黨人。」

「是嗎？哪一個？」

「天狼座．遠方男孩，說有一個訊息。」凱斯遞給她一張餐巾紙，上面是他用紅色氈頭筆以工整、生硬筆跡寫下的「冬寂」二字。「他說——」但她抬手比出閉嘴的手勢。

「弄點螃蟹吃吃。」她說。

在巴爾的摩吃完午餐後，莫莉以令人心慌的自在態度拆解著她的螃蟹，他們搭地鐵進紐約。凱斯學會不問問題，問題只會換來閉嘴的手勢。莫莉似乎覺得她的腿很煩，不太說話。

一名瘦削的黑女孩，木珠和骨董電阻器緊緊編進髮中，她打開芬恩家的門，領他們走過垃圾通道。凱斯覺得塞在這裡的東西似乎趁他們不在時又增長了些。或者說似乎歷經微妙變化，在時間的擠壓下獨自熬煮，無聲、不顯眼的微片落定爲護蓋層，廢棄科技的結晶質，在蔓生區的各個廢棄場所祕密開花。

軍毯那邊，芬恩在白桌旁等候。

莫莉開始快速打手勢，找出一張碎紙片，寫了些東西後遞給芬恩。他用拇指和食指接下，像怕爆炸似地伸長了手。他打了一個凱斯看不懂的手勢，似乎混合了不耐與憂鬱的認分。他起身，撢掉陳舊花呢外套正面的碎屑。一罐裝在玻璃罐內的醃鯡魚擺在桌邊，旁邊有一包塑膠包裝破裂的薄餅，還有一個堆滿帕塔加斯雪茄菸蒂的鍍錫菸灰缸。

「等。」芬恩說完便走出房間。

莫莉在他的位子坐下，伸出食指的刀刃，插起一塊灰溜溜的鯡魚。凱斯在房內漫無目的地亂晃，經過塔錐時，手指撥弄著上頭的掃描儀器。

十分鐘後，芬恩匆匆忙忙跑了進來，咧嘴露出一個滿口黃牙的笑容。他點頭，對莫莉豎起大拇指，示意凱斯幫他抬起門板。凱斯將魔鬼氈貼整齊，芬恩則從口袋拿出一個扁平的小控制板，輸入一串複雜的序列。

「甜心，」芬恩對莫莉說，一面收起控制板：「妳弄到手了。錯不了，我聞得出來。要跟我說說從哪弄來的嗎？」

「遠方男孩。」莫莉將鯡魚和薄餅推到一旁，「我跟賴瑞做了一筆交易，附帶的。」

「聰明，」芬恩說，「它是一個ＡＩ。」

「慢一點。」凱斯說。

「伯恩。」芬恩沒理他，「伯恩。瑞士有一條等同五十三號法案的法案，因此它擁有有限的瑞士公民權。爲塔希爾—艾希普ＳＡ（註）而製。他們擁有主機和原始軟體。」

「什麼在伯恩？講清楚，好嗎？」凱斯特意站到他們兩個中間。

「冬寂是一個ＡＩ的識別碼。我拿到圖靈登錄碼了。ＡＩ即爲人工智慧。」

「很好。」莫莉說，「但它怎麼會找上我們？」

「如果遠方男孩是對的，」芬恩說，「那麼阿米提背後就是這個ＡＩ。」

「我付錢給賴瑞讓馬登黨稍微打探了一下阿米提。」莫莉解釋，轉向凱斯。「他們有些非常詭異的通信線路。條件是，想拿錢得回答一個問題：是誰在指使阿米提？」

「而你覺得是這個ＡＩ？那些東西一點自主權也沒有。所以會是母公司，這個塔縮爾……」

「塔希爾—艾希普ＳＡ。」芬恩說，「我剛好有些跟他們有關的故事，想聽嗎？」他坐下，往前拱起身子。

「芬恩，」莫莉說，「他就喜歡故事。」

「還沒跟別人說過這一個。」芬恩開始述說。

芬恩是個買賣贓物的商人，主要經手軟體。在他做生意的過程中，有時得跟其他贓物商打交道，其中有些人交易的是業界較傳統的商品。貴金屬、郵票、稀有錢幣、寶石、珠寶、毛皮、畫作與其他藝術品。他告訴凱斯和莫莉的故事，始自另一個男人的故事，一個他稱爲史密斯的男人。

史密斯也是一個贓物商，淡季時表面上是藝品商。他是芬恩所知第一個「矽化」的人——凱斯覺得這個詞聽來十分老氣——他購買的微軟都是些藝術史程式和藝廊銷售目錄。新接口插上半打晶片，史密斯在藝術生意方面的知識淵博得嚇人，至少就他同行的標準來說是這樣沒錯。但史密斯來找芬恩幫忙，一個友好的請求，生意人對生意人。他說想要調查塔希爾—艾希普家族，而且目標絕對不可追查到調查的源頭。芬恩表示，確實有可能，但史密斯必須給一個解釋。「有股味道。」芬恩對凱斯說：「錢味。史密斯非常小心，幾乎可說是太過小心。」

隨著事態發展，芬恩才知道原來史密斯還有一個名叫吉米的的供貨人。吉米專門幹些小偷小摸，剛在高軌道待了一年，帶著一些東西回重力井。吉米在群島間晃蕩時弄到最稀罕的事物是一顆頭，一尊作工極爲精巧的半身像，白金外覆景泰藍，點綴著小珍珠與青金石。

---

註：Société anonyme的縮寫，是一種公司型態，多存在於採行民法法系（civil law）的國家。意指「匿名公司」，原本的股東可眞正匿名，透過股票上的配給券（surrendering coupon）收取股息，因此無論誰持有股票，皆可收取股息。因股票可私下交易，如此一來，公司的管理階層不必然知道誰持有公司股份。

史密斯嘆著氣，放下他的隨身顯微鏡，建議吉米把這玩意融了。半身像是當代製品，不是骨董，收藏家不屑一顧。吉米笑了。這是一部電腦終端機，他說。它會說話，而且不是合成人聲，用的是一組齒輪和小型器官導管組成的美麗機械。無論製作者是誰，總之將它做成了一個巴洛克風格的物件、一件任性之作，因爲合成人聲幾乎花不了什麼錢。這是一件珍品。史密斯將頭像接上他的電腦，聆聽那動聽的非人聲奏出去年納稅申報的數字。

史密斯的客戶中有一位東京億萬富翁，對發條自動機械裝置的熱情幾近迷信了。史密斯聳聳肩，對著吉米攤開雙掌，一個如當鋪般古老的姿態。史密斯說他會試試，但他不覺得能拿到多少錢。

吉米離開，沒帶走頭像，史密斯仔細查看，發現幾個戳記。最後可以追溯到兩名蘇黎世工匠間不太可能存在的合作、一名巴黎瓷釉專家、一名荷蘭寶石匠，還有一名加州晶片設計師。他發現，這是一件委託案，案主是塔希爾—艾希普ＳＡ。史密斯開始丟餌給東京收藏家，暗示他握有某個值得一看的物件。

然後有人上門。這位訪客無人通告，就這樣穿過史密斯的保全設下的精巧迷宮，如入無人之境。一個矮小的男人，日本人，極度有禮，身上帶著植育忍者刺客的所有印記。史密斯動也不動，越過光亮的越南玫瑰木桌凝視著死神平靜的棕眼。溫和地，幾乎語帶抱歉地，這名複製人殺手解釋他的任務是找回一件藝術品，一具極美的機械，被人從他主人的宅邸取走。忍者說，他注意到，史密斯或許知道這件物品的下落。

史密斯跟那男人說他不想死，並拿出頭像。訪客問，那你預期靠賣這物件賺多少？史密斯說出一個遠低於他預設價碼的數字。忍者拿出一張信用晶片，輸入金額，從一個不具名的瑞士帳戶轉出。忍者問，那麼是誰，帶這物件給你的？史密斯說了。沒幾天，史密斯聽聞吉米的死訊。

「所以就輪到我出場了。」芬恩接著說，「史密斯知道我常和回憶小徑的人打交道，而回憶小徑正是你想暗中調查、避免被追蹤時會去的地方。我雇了一個牛仔。我是中間的保險開關，所以我分一些錢。史密斯，他很小心。他剛經歷一場詭異的交易，而且還贏了，但一點也說不通。從瑞士帳戶付的是誰的錢？極道？不可能。他們對這種情況有非常一板一眼的規定，總是把接收者也殺掉。那是間諜事務嗎？史密斯不覺得是。間諜生意有一種氣氛，遇到了肯定聞得出來。所以嘍，我讓我的牛仔去新聞資料庫裡查，最後發現塔希爾—艾希普在訴訟中。案子沒什麼大不了，但我們掌握了律師事務所。然後他突破律師的冰牆，於是我們拿到家族地址。這可幫上大忙了。」

凱斯揚眉。

「自由面（Freeside）。」芬恩說，「紡錘。結果幾乎整個都是他們的。有趣的是牛仔在例行調查新聞資料庫、做摘要時找到的描述。家族組織。公司結構。據說你可以買下匿名公司股份，但公開市場上已超過一百年沒交易過塔希爾—艾希普的股票。就我所知，任何市場都沒有。你看到的是一個非常安靜、反常的初代高軌道家族，像一家公司那樣運作。錢多，非常羞於面對媒體。一堆複製。軌道法律對基因工程溫和太多了，對吧？很難掌握在特定時間內是由哪一代，或是哪幾代聯手管事。」

「怎麼說？」莫莉問。

「他們有自己的低溫設施。就算是在軌道法律下，你在一次冷凍的過程中仍屬法定死亡。看來他們做了些交易，雖然創父已大約三十年沒人見過。創母死於實驗室意外……」

「所以你的贓物交易怎樣了？」

「沒了，」芬恩皺眉，「終止交易。我們看了塔艾家掌握的神奇律師勢力網，所以就這樣。吉米一定是潛入雜光，拿起頭像，塔希爾—艾希普就派出忍者追回。史密斯決定忘掉這件事，他可能還算聰明。」他看著莫莉，「雜光別墅，紡錘太空站頂端。插翅難入。」

「芬恩，你覺得忍者是他們的人？」莫莉問。

「史密斯是這麼認為。」

「貴。」她說，「芬恩，不知道小忍者後來怎麼了？」

「大概冰起來了吧，有需要時再解凍。」

「好。」凱斯說，「我們現在知道阿米提的好東西，都來自一個叫冬寂的人工智慧。接下來呢？」

「暫時什麼也沒有。」莫莉說，「倒是你現在有一個小小的支線任務。」她從口袋拿出一張折起的紙片交給他。他打開。是方格座標與登入密碼。

「這是誰？」

「阿米提。他的某個資料庫。跟馬登黨買的。個別交易。在哪裡？」

「倫敦。」凱斯說。

「破解它。」她大笑，「換點不同口味的營生吧。」

凱斯在擁擠的月臺上等待橫貫BAMA的區間車。莫莉幾個小時前回閣樓，平線的構體在她的綠色袋子裡，凱斯則是從那時開始不停喝酒。

他覺得心神不寧，居然要把平線想成一個構體，一個固線式唯讀記憶體磁碟，複製了一名死者的技能、執念、膝反射……區間車沿黑色引入帶隆隆駛入，隧道天花板裂口撒下細沙。凱斯拖著腳步走進最近的一道門，搭車的過程中觀察著其他乘客。一對貌似掠食者的基督教科學派信徒慢慢靠近一群共三名年輕的辦公室技師，她們的手腕上佩戴理想化的全息陰道，濕潤的粉紅色在刺目的燈光下閃閃發光。技師緊張地舔舐完美的嘴唇，透過低垂的金屬眼皮覷看基督教科學派信徒。女孩們看似高挑的外來種牧場動物，隨著列車的震動優雅、不自覺地晃動，踩在列車灰色金屬地板上的高跟鞋彷若打磨過的蹄子。在她們能夠潰散、逃離傳教者之前，列車已抵達凱斯的站。

凱斯下車，看見雪茄的白色全息影像懸浮在車站牆前，「自由面」三個模仿日文印刷字體的扭曲大字在下方脈動。他穿過人群，站在影像下細細研究。「何苦等待？」文字再度脈動。一個白色的鈍紡錘，附凸緣，點綴著格網與發射天線、對接艙、穹頂。他看過這個廣告，或類似的東西，有幾千次了吧，只是向來入不了他的眼。有了他的控制板，他可以觸及自由面的資料庫，就像去亞特蘭大一樣輕鬆。旅行是肉體的事。但現在他注意到那個小印記，硬幣大小，編入廣告光結構的左下角：塔艾。

凱斯走回閣樓，沉浸在平線的回憶中。他的第十九個夏天大半耗在「紳士敗犬」酒吧，把昂貴的啤酒當奶水喝、觀看牛仔們。當時他還沒碰過控制板，但他知道自己想要什麼。有至少二十個希望獲得成功的人像鬼魂般在「敗犬」裡遊蕩；那個夏天，每個人都下定決心要當上某個牛仔的學徒。如果想學沒其他辦法。

他們都聽過波利，來自亞特蘭大外圍地區的鄉下騎手，曾在黑冰牆（註一）造成的腦死後存活下來。祕密情報網——細長，街道等級，而且就只有這麼一個——裡沒多少波利的資料，只知道他曾化不可能爲可能。「大案子。」另一個想成爲牛仔的傢伙告訴凱斯，代價是一杯啤酒。「但誰知道是什麼呢？我聽說可能是一個巴西薪資網。總之，那男人死了，腦死。」凱斯的視線越過擁擠的吧檯，凝視著一名穿襯衫的粗壯男子，他的膚色有一抹鉛灰。

「小子，」平線幾個月後在邁阿密會這樣跟他說：「我跟那些天殺的大蜥蜴一樣，知道嗎？有他媽的兩個腦，一個在腦袋裡，一個在尾椎骨，好讓後腿動。按下黑色玩意，尾椎腦就這樣繼續繼續下去。」

「敗犬」裡的牛仔菁英因爲某種詭異的團體焦慮而躲避波利，幾乎成了種迷信。麥考依．波利，網際空間的拉撒路（註二）……

而最後幫他一把的，是他的心臟。那多餘的俄國心臟，戰時在戰俘營植入。他拒絕換掉，說他需要這顆心臟獨特的跳動，好維持他的時間感。凱斯用手指撥弄莫莉給的紙片，一面拾級而上。

莫莉在睡墊上打呼。一個透明盒子從她的膝蓋往上包覆到距離胯部幾公釐處，硬挺透氣膠帶下的肌膚瘀痕斑駁，黑色褪爲醜陋的黃。八片止痛貼片，尺寸與顏色各異，沿左腕排成整齊的一列。一部赤井（註三）滲透儀躺在她身旁，細緻的紅色導線連結到盒子底下的輸入電極。

凱斯啓動保坂電腦旁的張量。蜷曲的光圈直接落在平線的構體上。他在冰牆上打開一條細縫，連上構體，上線。

完全就是有人越過他肩頭閱讀的感覺。

他輕咳，「迪西？麥考依？老兄，是你嗎？」他的喉嚨緊縮。

「嘿，老弟。」一個不知來自何方的聲音說。

---

註一：Black ICE，會視情況殺掉入侵者的入侵反制電子設備。

註二：Lazarus，耶穌的門徒與好友，經由耶穌，奇蹟式地復活。

註三：Akai，日本赤井電機株式會社，成立於一九二九年，一九五四年開發出日本最初的磁帶錄音機。一九九五年遭收購。

「我是凱斯，還記得嗎？」
「邁阿密，學徒，學得很快。」
「迪西，我跟你說話前，你記得的最後一件事是什麼？」
「啥都沒有。」
「等等。」凱斯切斷構體的連線。現體消失。他重新連接，「迪西？我是誰？」
「可真是難倒我了呢，老弟。你他媽的是誰？」
「凱——你的兄弟。伙伴。你發生什麼事了？」
「好問題。」
「你記得我來過嗎？一秒前？」
「不記得。」
「知道ＲＯＭ人格母體是怎麼回事嗎？」
「當然嘍，老弟，韌體構成。」
「所以我連上我在用的資料庫，我可以給它連續性的即時記憶？」
「大概吧。」構體說。
「好，迪西，你**就是**一個ＲＯＭ構體。懂嗎？」
「你說是就是。」構體說，「你是誰？」
「凱斯。」

「邁阿密。」那聲音說，「學徒，學得很快。」

「對。作爲開始，迪西，你和我，我們要潛入倫敦網格，存取一點點數據。你願意嗎？」

「小子，你想告訴我，我可以選擇，是嗎？」

# 6

「你得給自己一個天堂。」凱斯解釋他的情況後，平線這麼跟他說。「檢查哥本哈根，大學區外圍。」那聲音念出座標，他同時鍵入。

他們找到了他們的天堂，一個「私人天堂」，位於一個低安全度校園網格的混亂邊界上。初入眼，看起來很像學生操作手偶爾留在網格線交叉點的塗鴉，彩色光線的黯淡字符閃爍微光，映襯在十數個藝術系所令人困惑的輪廓上。

「那裡。」平線說，「藍色那個。看得清楚嗎？那是貝爾．歐羅巴公司的一組登入密碼。也很新鮮。貝爾的人很快會進來讀這整個該死的布告欄，變更他們找到的所有已張貼代碼。小鬼明天會偷走新的那些。」

凱斯長驅直入貝爾．歐羅巴公司，並切換爲標準區域碼。在平線的幫助下，他連上莫莉聲稱爲阿米提所有的倫敦資料庫。

「這裡。」那聲音說，「我來幫你做。」平線念出一連串數字，凱斯用他的控制板輸入，試圖跟上構體用來指涉時間的停頓。試了三次才成功。

「沒什麼嘛。」平線說，「一點冰也沒有。」

「掃描這狗屎。」凱斯下指令給保坂電腦，「過濾所有者的個人歷史。」

天堂的神經電子塗鴉消失，取而代之的是發散白光的簡單菱形。「內容主要是戰後軍事試驗的影片紀錄。」保坂電腦淡漠的聲音說道，「中心人物是威利斯．寇托上校。」

「直接顯示出來。」凱斯說。

一張男人的臉填滿螢幕。那是阿米提的眼睛。

兩小時後，凱斯在莫莉身旁躺下，床墊的記憶泡棉配合他的身形成型。

「找到東西了嗎？」莫莉問，聲音因睡眠與藥物而顯得含糊。

「晚點告訴妳。」凱斯說，「我累慘了。」他宿醉且腦袋裡亂七八糟。他躺在那裡，眼睛閉著，試著釐清一個故事的諸多片段，這個故事關乎一個名叫寇托的男人。保坂電腦整理出微薄的資料，並製作出簡報，卻充斥一塊塊空白。有些資料是印出的紀錄，順暢捲下螢幕，太快了，凱斯得叫保坂電腦讀給他聽。其他部分是「尖叫拳頭」聽證會的錄音。

威利斯．寇托上校墜落進俄國在基廉斯克的防禦基地。穿梭機利用脈衝彈打出洞，然後寇托的小隊從夜翼微型飛機墜入，他們的飛行翼在月光中繃緊拍打，沿安加拉河和通古斯河反射出鋸齒狀的銀光，這是寇托在接下來的十五個月內唯一見著的光。凱斯試著想像，在一片冰凍草原的上空高處，這些微型飛機綻放出他們的降落艙。

「老闆，他們肯定騙了你。」凱斯說，莫莉在他身旁動了動。

微型飛機沒有武裝，脫得精光以容納一名機臺操作手、一個原型控制板，還有名叫「鼴鼠九號」的病毒程式，這是模控學有史以來第一個眞正的病毒。寇托和他的小隊爲這項任務受訓了三年。他們通過冰牆，準備注入「鼴鼠九號」，電磁脈衝卻在這時候發射。俄國脈衝槍把騎手拋入電子黑暗中；微型飛機系統當機，飛行電路系統被清得一乾二淨。

然後雷射啓動，以紅外線瞄準，收拾掉脆弱的東西，用雷達看得一清二楚的突擊機，寇托和他那死去的操作員墜出西伯利亞天際。墜落，持續墜落……

故事中有幾處空白，一架俄國武裝直升機遭強占，後來勉力抵達芬蘭，凱斯掃描了有關這架直升機航程的文件以補上空白。直升機降落在雲杉樹叢時，竟被打得稀爛，下手的是後備軍人本部，聽見黎明的警報，遂以古董二十公釐大砲招呼。對寇托來說，「尖叫拳頭」終結於赫爾辛基郊區，芬蘭傘兵醫務員鋸開直升機扭曲的機腹拉出他。戰爭在九天後結束，寇托被運送到猶他的一個軍事設施，瞎眼、無腿，大部分的下顎也不見了。美國國會助理花了十一個月才找到他。他聽著導管排出液體的聲音。作秀的審判在華盛頓與麥克萊恩郡進行中。五角大廈和ＣＩＡ四分五裂，部分遭廢除，國會正針對「尖叫拳頭」加以調查。渴望水門事件重演，助理這麼跟寇托說。

他會需要眼睛、腿，和大規模整容，助理說，但都可以安排。新管線，這男人補充，隔著汗濕的床單捏了捏寇托的肩膀。

寇托聽見輕柔、不間斷的滴水聲。他說他偏愛以自己原本的樣貌出庭作證。

不，助理解釋，審判會經電視轉播。這場審判需要觸及投票人，助理有禮地輕咳。

修理、整新，並大量彩排，寇特隨後的證詞既詳細又動人，而且清楚易懂，很大程度屬於某國會陰謀集團的創作，因為如果能挽救五角大廈基礎設施的特定部分，他們就成了既得利益者。寇托慢慢理解，他的證詞其實是一種手段，用以保住三名官員的飯碗，而呈報基廉斯克那棟大樓裝有EMP的報告之所以被壓下，是因為他們根本就是始作俑者。

他在審判中的戲分結束，對華盛頓來說他成了多餘的人。M街（註一）上的一家餐廳裡，在蘆筍捲餅之上，助理解釋跟不對的人談話會招致哪些致命危險。寇托用堅硬的右手手指擊碎了這男人的喉頭。國會助理窒息而死，臉埋進蘆筍捲餅裡，而寇托離開餐廳，步入寒冷的華盛頓九月。

保坂電腦喋喋不休地讀出警察報告、企業間諜紀錄，還有新檔案。凱斯觀看寇托在里斯本與馬拉喀什（註二）煽動企業叛徒，他似乎在這些地方迷上背叛的概念。寇托誘使叛徒憎恨他為雇主買下的科學家與技術人員。有一回喝醉，在新加坡，寇托在一家旅館把一名俄國工程師活活打死，隨後放火燒了他的房間。

接下來寇托在泰國露面，成了海洛因工廠的照看者，然後是加州賭博同業聯盟的執行

---

註一：M Street，因為用於替華盛頓街道命名的笛卡爾坐標系，M街可以代表美國國會大廈以北或以南十二個街廓內任一東西向的街道。

註二：Marrakesh，摩洛哥王國第四大城。

者，然後是波昂（註一）廢墟的受雇殺手。他在威奇塔（註二）搶了一家銀行。紀錄變得曖昧模糊，空白愈拉愈長。

有一天，寇托在一段聽似化學審訊的錄音片段中說，一切都變灰了。

翻譯過的法語醫療紀錄說明一名身分不明的男子被送到巴黎心理健康機構，並診斷為思覺失調症。他轉為緊張性思覺失調症，被送到土倫（註三）郊區的一個政府機構。他成為實驗計畫的受試者，計畫的目標是透過模控模型反轉思覺失調。隨機選擇的病患獲得微電腦，並受到鼓勵在學生的幫助下設計程式。他被治癒了，是整個計畫中唯一的成功案例。

紀錄結束於此。

凱斯在床墊上翻過身，被吵醒的莫莉輕聲咒罵。

電話響起。凱斯把電話拉到床上，「喂？」

「我們要去伊斯坦堡。」阿米提說，「今晚。」

「那雜種想幹麼？」莫莉問。

「他說我們今晚要去伊斯坦堡。」

「那眞是太好了。」

阿米提念出航班號碼與起飛時間。

莫莉坐起，打開燈。

「我的裝備怎麼辦？」凱斯問，「我的控制板。」

「芬恩會處理。」阿米提隨即掛斷。

凱斯看著莫莉打包。她有黑眼圈，但就算腿上套著盒子，她的姿態依然像舞蹈，沒有多餘的動作。凱斯的衣物在他的袋子旁堆成凌亂的小山。

「妳會痛嗎？」

「在秦那邊多待一晚會有點幫助。」

「妳的牙醫？」

「沒錯，他非常謹慎。那一格一半是他的，是正式診所。幫武士修修補補。」她拉上袋子的拉鍊，「你去過伊斯坦堡嗎？」

「一次，待了幾天。」

「不曾改變。」她說，「壞老城。」

「我們去千葉的時候也是像這樣。」莫莉說，視線穿透火車車窗，凝望著外面的乾枯工業月球表面，地平線上的紅色燈標提醒飛機遠離核融合電廠。「我們原本在洛杉磯。他回

---

註一：Bonn，德國歷史文化古城。

註二：Wichita，美國堪薩斯州最大城。

註三：Toulon，南法地中海海岸的一個港口兼海軍基地。

來，然後說打包，我們安排好要去澳門。我們到了以後，我在新葡京酒店玩番攤（註一），他跨過邊界進入中山市。隔天我就到夜城跟你玩鬼抓人。」她從黑色外套的袖子裡拿出一條絲巾擦亮嵌入的鏡片。北蔓生的地貌喚醒凱斯混亂的童年記憶，高速公路混凝土的歪斜斷塊上，死去的野草一簇簇從裂縫竄出。

距離機場十公里，列車開始減速。凱斯看著朝陽在童年的地表、破碎爐渣與精煉廠生鏽的外殼上升起。

註一：過去中國兩廣一帶流行的一種賭博。

# 7

貝伊奧盧（註二）在下雨，租來的賓士車滑過希臘與亞美尼亞珠寶店一格格黯淡的窗。街道幾乎全空，只有人行道上寥寥幾個穿深色大衣的人轉頭凝望駛過的車。

「這裡從前是奧圖曼土耳其繁榮的歐洲區。」賓士車愉快地說。

「所以是走下坡了。」凱斯說。

「希爾頓酒店在共和國街。」莫莉說著，靠躺回賓士車的灰色仿麂皮上。

「爲什麼阿米提自己一個人飛？」凱斯問。他頭痛。

「因爲你惹他生氣，你肯定也惹我生氣了。」

凱斯想告訴她那個寇托的故事，但決定算了。他在飛機上用了睡眠貼片。進入機場的道路筆直，像一道整齊的切口劃開這座城市。他看著木造廉價公寓拼湊而成的瘋狂牆面滑過，大樓、垂直城市、陰森的國宅，更多層壓板和浪紋金屬板牆面。

芬恩穿著一套嶄新的新宿西裝，上班族的黑，正乖張地在希爾頓大廳等待，坐困孤島般坐在淡藍色地毯之海上的一張天鵝絨扶手椅。

註二：Beyoğlu，土耳其伊斯坦堡的一個區，位於歐洲。

「老天，」莫莉說，「老鼠穿西裝。」

他們穿過大廳。

「芬恩，付你多少錢才請得到你來這裡？」莫莉將袋子放在扶手椅旁，「我打賭，比讓你穿上這身西裝少，嗯哼？」

芬恩縮起上唇。「不夠多，甜心。」他遞給莫莉一把附黃色圓形標籤的磁匙。「替你們登記好了。老大在樓上。」他環顧四周，「這城市爛透了。」

「他們把你從拱頂下弄出來，你得了曠野恐懼症。假裝你在布魯克林之類的地方。」她用一根手指旋轉鑰匙，「你是來當貼身小弟之類的嗎？」

「我得檢查幾個人的植入物。」芬恩說。

「我的控制板呢？」凱斯問。

芬恩一縮，「監視通訊協定。問老闆。」

莫莉的手指在外套暗處舞動，一閃而過的暗號。

芬恩注視，然後點點頭。

「噢，」莫莉說，「我知道那是誰。」她的頭朝升降梯的方向歪了歪。「來吧，牛仔。」凱斯提著兩個袋子跟上。

他們的房間可能就是凱斯在千葉第一次見阿米提時的那一間。早晨，凱斯走到窗邊，幾乎要期待看見東京灣。對街是另一家旅館。雨未停。幾個寫字者躲在門廊下，他們的聲紋器裹在乾淨的塑膠布下，顯然書寫文字在這裡仍享有一定地位。這是一個蕭條的國家。他看著一輛暗黑色的雪鐵龍轎車，原始的氫電池轉化，看著它吐出五名身穿凌亂的綠色制服、繃著臉的土耳其軍官。他們走進對街的旅館。

凱斯回頭看著床，看著莫莉，她的蒼白令他心驚。她的透氣膠帶扔在閣樓的床墊上，就在滲透導管旁。她的鏡片映照出房內部分燈座。

凱斯在電話響第二聲前接起。「眞高興你起床了。」阿米提說。

「剛醒。小姐還在睡。聽著，老闆，我覺得我們該談談了。我覺得如果我對自己在做什麼更加了解，我會做得更好。」

線路安靜無聲，凱斯咬住下唇。

「你已知道你該知道的，說不定還多了些。」

「你這麼想？」

「凱斯，著裝。叫醒她。大概十五分鐘後你們有個訪客，他名叫特齊巴胥江（Terzibashjian）。」電話發出羊叫聲般的輕柔聲響，阿米提掛斷了。

「寶貝，起床。」凱斯說，「上工了。」

「我醒一小時了。」莫莉的鏡片轉向。

「有個澤西·巴斯欽（Jersey Bastion）要來了。」

「凱斯，你很有語言天分。你肯定有亞米尼亞血統。那是阿米提放在瑞維拉身邊的眼線。扶我一把。」

結果特齊巴胥江是一名身穿灰西裝，戴金框鏡面眼鏡的年輕男子。他的襯衫領口沒扣上，露出一叢黑色毛髮，濃密得讓凱斯一時誤以爲是某種棉衫。他帶著一個黑色的希爾頓托盤到來，上頭有三杯香氣馥郁的極小杯濃黑咖啡，以及三塊黏呼呼、稻草色的東方甜食。

「用你們的語言（註一）來說，我們必須盡可能緩著來。」他似乎直瞪著莫莉，但至少取下了銀色眼鏡。他的眼珠是深棕色，和軍人般極短的頭髮髮色相襯。他露出微笑。「這樣比較好，對吧？否則我們會讓隧道（註二）變得無窮無盡，如鏡中鏡……尤其是妳，」他對莫莉說，「一定要小心。在土耳其，我們並不允許女人接受如此改造。」

莫莉把一塊酥皮點心咬下一半。「我就是這個樣子，傑克。」她滿嘴食物，咀嚼、嚥下，然後舔了舔嘴唇。「我知道你。軍方的囮子，對吧？」她的手慢吞吞地伸入外套前襟，拿出弗萊契鏢彈槍。凱斯不知道她帶在身上。

「請放輕鬆。」特齊巴胥江說，他的白瓷頂針定在嘴唇旁幾公分處。

莫莉伸出槍，「或許你有炸藥，一大堆，或許你得了癌症。一槍，屎臉人。你幾個月都不會有感覺。」

「拜託，用你們的語言來說，妳讓我非常緊張……」

「我說這是個糟糕的早晨。現在和我們說說你跟的那個人，然後滾蛋。」莫莉收槍。

「他住在芬內耳（註三），庫楚克居爾哈尼街十四號。我有他的隧道路線，每晚到市場。他近來最常在耶尼謝希爾宮酒店表演，一個土耳其風格的時髦地方，但經過整理後，警察一直對這些表演表現出某些興趣。耶尼謝希的管理階層愈來愈緊張。」他微笑，散發出一股鬍後水的金屬味。

「我想知道植入物的事。」莫莉一面說一面按摩大腿，「我要知道他到底能做些什麼。」特齊巴胥江點頭，「用你們的語言來說是最糟的，潛意識。」他小心翼翼地念出最後那三個音節。

「我們的左方，」賓士車說著，一面在雨街迷宮中穿行：「是有頂大市集。」

凱斯身旁的芬恩嘖嘖稱奇，但根本看錯方向。街道右側是一排小型廢料場。凱斯看見一輛開膛破肚的火車頭，壓在鏽跡斑斑、斷掉的長條附槽溝大理石上。無頭大理石雕像如柴火般堆成一堆。

「想家了？」凱斯問。

「爛地方。」芬恩說。他的黑絲領帶愈來愈像磨損的碳色帶。新西裝的翻領上還多了幾

---

註一：原文爲波蘭文的「英文」。

註二：原文爲波蘭文。

註三：Fener，土耳其伊斯坦堡法提赫區的一個街區。

個烤肉醬和炒蛋組成的大徽章。

「嘿，澤西。」凱斯對坐在他們後面的亞美尼亞人說：「這傢伙在哪裡移植的？」

「千葉市。他沒有左肺，另一邊強化過，你們是這樣說的嗎？任何人都可以買這些植入物，但這一個是最天才的。」賓士車轉彎，避開一輛裝低壓輪胎、堆滿皮革的板車。「我在街上跟過他，看見十幾輛摩托車摔倒，一天內喔。我去醫院找出這些騎士，故事都一樣。剎車桿上掛了一隻蠍子……」

「所見即所得，對吧。」芬恩說，「我在這傢伙的矽片上看見示意圖。一閃而過。他幻想出來，你就會看見。我認爲他可以聚焦爲一波脈衝，把視網膜煎成荷包蛋。」

「你跟你的女性朋友說過了嗎？」特齊巴胥江往前靠在仿麂皮凹背單人座之間，「在土耳其，女人仍然只是女人。這一個……」

芬恩哼了一聲，「要是你敢斜眼看她，她會讓你用你自己的卵蛋當領結。」

「我不懂這個說法。」

「沒關係，」凱斯說，「就是閉嘴的意思。」

亞美尼亞人坐回去，留下鬍後水的金屬餘味。他開始混雜著希臘語、法語、土耳其語與不相連的英語片段，對一部三洋無線電收發機低語。收發機以法語應答。賓士車平順地彎過街角。「香料市場，有時也稱爲埃及市場。」汽車說道，「建立於哈提斯蘇丹（註一）在一六六〇年蓋的一個市場舊址，是這城市交易香料、軟體、香水、藥物等的中央市場。」

「藥物。」凱斯說，看著雨刷來回刷過防彈多碳酸塑膠。「澤西，你之前是怎麼說的，有關這個瑞維拉都嗑些什麼？」

「混用古柯鹼和鹽酸配西汀（註二），對。」亞米尼亞人繼續和三洋收發機對話。

「地美露（註三），以前是叫這名字。」芬恩說，「他是快速球（註四）大師。凱斯，你都跟些有趣的傢伙混在一起。」

「別擔心。」凱斯說著，拉起外套的領子。「我們會幫這可憐的混蛋弄一個新胰臟之類的。」

一進入市場，芬恩明顯開心起來，彷彿人群的密度和封閉的感覺撫慰了他。他們和亞美尼亞人一道沿寬廣的廣場往前走，頭頂是被煤煙燻髒的塑膠布和蒸氣時代遺留下來的綠漆鐵架。一千幅懸掛的廣告翻飛。

「嘿，老天。」芬恩抓住凱斯的手臂。「你看那個。」他手指著，「一匹馬耶，老兄。你看過馬嗎？」凱斯瞥了一眼那頭經過防腐處理的動物，搖搖頭。馬放在臺座上展示，靠近

---

註一：原文為Sultan Hatice，但以此為名的奧圖曼公主應生於一四九四年之前。

註二：Meperidine，管制性藥品，可鎮痛。

註三：Demerol，白色、無嗅、結晶狀的粉末，能融於水，一般製成針劑的形式。用作麻醉藥。

註四：Speedball，一種古柯鹼和海洛因的混合物。

一家賣鳥和猴子的店鋪門口。經過數十年人手撫觸，那東西的腿都磨黑、脫毛了。「我在馬里蘭州看過一隻。」芬恩說，「疫病結束整整三年時。阿拉伯人還想用DNA複製，不過他們老是搞死。」

他們經過時，那動物的棕色玻璃眼睛似乎緊緊跟隨。特齊巴胥江帶他們走進一家靠近市場中心的咖啡店，一個天花板低矮的空間，看似連續營業幾世紀了。穿著骯髒白袍的瘦男孩們在擁擠的桌子間穿梭，手裡的鋼托盤上擺著土耳其土博啤酒和一小杯一小杯的茶，小心保持平衡。

凱斯跟門旁的攤販買了一包葉和圓菸。亞美尼亞人還在對著三洋收發機低語。「來。」他說，「他在移動了。他每晚都搭隧道來市場，跟阿里買他的藥。你的女人很接近了。來。」

這條小巷是個老舊的地方，太老舊了，牆壁由一塊塊黑岩砌成。人行道高高低低，聞起來像是一整個世紀以來汽油都不停滴落於此，被古老的石灰岩吸收。「什麼鬼也看不見。」他低聲對芬恩說。

「對甜心來說不成問題。」芬恩說。

「安靜。」特齊巴胥江說得太大聲了。

木材在岩石或混凝土上嘎吱作響。巷子內十公尺處，濕卵石地上灑落一片楔形黃色燈光，逐漸加寬。一個人影走出來，門嘎吱關上，窄巷再度陷入黑暗。凱斯顫抖了起來。

「現在。」特齊巴胥江說，一束明亮的白光從市場對面的建築屋頂直射而出，正圓形的光圈釘住舊木門旁的纖細人影。亮晃晃的眼睛左右掃視，男人倒下。凱斯覺得男人被人射中了，他趴臥著，金髮在舊石牆上顯得蒼白，無生氣的雙手慘白。

泛光燈不曾動搖。

倒地的男人背後的外套鼓起、爆炸，血濺上牆與門口。一對長得不可思議、肌腱似繩的手臂在強光下屈曲，呈現灰粉紅色。那東西似乎將自己從人行道拉起，穿過曾爲瑞維拉、現已毫無生氣的血淋淋殘骸。它有兩公尺高，以雙腿站立，看似無頭。接著它緩緩轉動面對他們，凱斯才看見它有一顆頭，但無頸。它沒有眼睛，腸子般粉色的外皮閃爍水光。它的嘴，如果那是嘴，是圓形的，圓錐形，不深，圍著一圈翻騰生長的毛髮或鬃毛，閃爍著黑鉻般的光彩。它將化爲破塊的衣服和肉體踢到一旁，往前一步，移動時，嘴似乎在審視他們。

特齊巴胥江用希臘語或土耳其語說了些什麼，接著襲擊那東西，手臂像要躍出窗戶般展開。他穿過那東西，迎向從光圈外的黑暗擊發的槍口火光。碎石颼颼掠過凱斯的頭，芬恩拽著他伏低。

屋頂的光滅了，只留下槍口火光、怪物與白色光束的不協調殘影。凱斯一陣耳鳴。

燈光再度亮起，這次來回擺動搜尋陰影處。特齊巴胥江靠著一扇鋼門，強光中的臉色極白。他捧著自己的左腕，看著血從左腕上的傷口滴落。金髮男人又完整了，不再流血，躺在他腳邊。

莫莉走出陰影，一身黑，弗萊契鏢槍彈在手。

「用無線電，」亞美尼亞人咬著牙說，「聯絡馬哈馬特。我們得把他弄出去。這裡不安全。」

「討厭鬼差點得手。」芬恩說，他站起身時膝蓋發出巨大的嘎吱聲，徒勞無功地拍著褲腿。「你在看恐怖秀，對吧？被扔到視線外的可不是牛紋肉。差遠了。噯，幫他們把他弄走吧。我得在他醒來之前掃描整套裝置，確保阿米提花的錢值得。」

莫莉彎腰撿起某物，一把手槍。「南部（註一），好槍。」

特齊巴胥江嗚咽。凱斯看見他大部分的中指都不見了。

黎明前的藍浸潤這座城，莫莉要賓士車送他們去托普卡匹宮（註二）。芬恩和名叫馬哈馬特的巨大土耳其人在巷子裡帶走瑞維拉，他仍未清醒。數分鐘後，一輛滿是灰塵的雪鐵龍轎車來接亞美尼亞人，他似乎瀕臨暈厥。

「你這個白痴。」莫莉替他打開車門，「你應該躲著就好。他一走出來，我就鎖定他了。」特齊巴胥江怒瞪著她。「總之我們跟你完事了。」她推他入車並甩上車門，「再讓我碰上就幹掉你。」她對暗色車窗後的那張白臉說。雪鐵龍轎車開出巷子，笨拙地轉上街道。

現在賓士車颯颯駛過伊斯坦堡，城市正在甦醒。他們經過貝尤魯隧道出口，加速穿過荒僻街道與破敗公寓構成的迷宮，凱斯覺得這景象有點像巴黎。

「這是什麼東西？」他問莫莉，賓士車這時自動在圍繞瑟拉格里奧（註三）的花園邊停妥。他呆滯地盯著托普卡匹宮集合多種風格的建築。

「像是國王的私人倉庫。」莫莉下車伸展，「收藏了一大堆女人，現在是博物館。有點像芬恩的店，各種東西只是亂堆在這裡，大鑽石、劍、施洗者約翰的左手……」

「放在維生槽裡嗎？」

「沒。是死的。放在旁邊的小艙，黃銅手裡，好讓基督徒親吻以求好運。大概一百萬年前從基督徒那裡弄來，不曾給這鬼東西撣過灰塵，因爲是異教徒的遺物。」

黑色金屬鹿在瑟拉格里奧的花園裡生鏽。凱斯走在莫莉身旁，看著她的靴尖嘎扎壓過無人照看、被早霜凍硬的草。他們走在一條冰冷八角石板小徑旁。冬天在巴爾幹半島的某處伺機而動。

「那個特齊，他是一等一的廢渣。」莫莉說，「他是祕密警察，專門負責拷打。而且要

---

註一：Nambu，應指「南部十四年式手槍」，二戰期間日軍主要配發予校級軍官，設計者爲南部騏次郎，大正十四年列爲日本陸軍制式武器，因而得名。實際上算是二戰時期最差的槍，撞針設計有嚴重缺陷，且容易走火。

註二：Topkapı Sarayı，位於伊斯坦堡的一座皇宮，一四六五年至一八五三年間皆爲蘇丹在城內的官邸。

註三：Seraglio，指托普卡匹宮。

是用阿米提給的那種錢，還很容易買通。」周遭潮濕的林間，鳥兒開始歌唱。

「我為妳做了那件事。」凱斯說，「倫敦那件事。我得到某個東西，但我不知道它的意義。」他將寇托的故事告訴她。

「嗯，我知道『尖叫拳頭』裡沒人叫阿米提，查過了。」莫莉拍拍一匹生鏽金屬鹿的側腹，「你覺得是那個小電腦把他弄出來？在那家法國醫院？」

「我覺得是冬寂。」凱斯說。

莫莉點頭。

「問題是，」凱斯說，「妳覺得他之前知道自己是寇托嗎？我是說，他到達精神病院時，其實誰也不是，所以冬寂只是……」

「是啊。意外造就他。是啊……」莫莉轉身，他們繼續往前走。「不意外。你知道嗎？那傢伙完全沒在過日子，我是說私底下。至少就我所知沒有。看到那樣的傢伙，你以為他獨自一人時總會做些什麼。但阿米提沒有，只是坐著凝視牆壁，老天。然後什麼東西『喀答』一聲，他就風風火火地開始為冬寂高速運轉。」

「那他為什麼要在倫敦藏東西？懷舊？」

「可能他不知道此事。」莫莉說，「可能只是用他的名字，對吧？」

「我不懂。」凱斯說。

「只是放聲思考……凱斯，ＡＩ有多聰明？」

「看狀況，有些不比狗聰明多少。寵物，還是所費不貲。眞正聰明的，就要看圖靈熱容許它們多聰明了。」

「喂，你是個牛仔，爲什麼你沒有立刻對這些東西入迷？」

「欸，」凱斯說，「首先，ＡＩ很稀有，大多歸軍方所有，我是說聰明的那些，而我們破解不了它們的冰牆。冰牆就是從那裡來的，妳知道嗎？而且還有圖靈警察，那是惡熱。」他看著莫莉，「不知道，總之就是不在接觸範圍內。」

「騎手都一個樣。」莫莉說，「沒想像力。」

他們來到一個寬闊的矩形池塘，鯉魚緊挨著某種白色水生花朵的莖。她將一顆鬆脫的卵石踢入水，看著漣漪擴散。

「那可是冬寂。」莫莉說，「在我看來，是一筆貨眞價實的大買賣。我們在外面，小波浪範圍太寬，我們看不見擊中中央的石頭。我們知道那裡有東西，但不知所以然，而我想弄清楚。我想要你去跟冬寂談談。」

「我靠近不了冬寂。」凱斯說，「妳在作夢。」

「試試看。」

「不可能。」

「問平線。」

「我們想從瑞維拉身上得到什麼？」凱斯想改變話題。

莫莉朝池塘啐了一口，「誰知道，才剛見面就幹掉他了。我看過他的側寫。他有一種猶大強迫症。除非是在背叛渴望的對象，否則他無法達到高潮。側寫是這樣說的。而且她們還必須先愛他。他可能也愛她們吧，所以特齊才會那麼容易爲我們設計他，因爲他在這裡三年了，向祕密警察告發政治人物。趕牛的刺棒出來時，特齊可能故意讓他看。他在三年內幹了十八次，每個女人都介於二十到二十五歲。特齊一直無法認同。」她的手猛戳進外套口袋，「因爲如果他找到一個眞正想要的，他會確保她對政治產生興趣。他的人格就像馬登的擬態裝。側寫說這非常罕見，幾百萬人裡只有一個。無論如何，我猜，這樣大概也算對人性說了些好話吧。」她凝望白花和懶散的魚，表情苦澀。「我想我得爲這位彼得給自己買些特別的保險。」她轉身微笑，寒氣逼人。

「什麼意思？」

「沒事。我們回貝尤魯找些稱得上早餐的食物。我晚上又要忙了，今晚。得去他在芬內耳的公寓拿他的東西，得回市場幫他買藥……」

「幫他買藥？他這麼有價值嗎？」

莫莉大笑。「他不會死在線上，甜心。而且他好像缺了那一味就沒辦法工作。無論如何，我現在比較喜歡你了，你不像以前那樣瘦得皮包骨。」她微笑，「所以我要去藥頭阿里那裡囤些貨。沒問題。」

阿米提在他們位於希爾頓酒店的房間內等待。

「該打包了。」阿米提說。凱斯試圖在那對淡藍眼珠與晒黑的面具後找到那個名叫寇托的男子。他想著千葉的維吉。一定程度以上的操作手會傾向隱藏自己的人格，他知道這一點，但維吉有其惡習，也有愛人，甚至謠傳他有孩子。他在阿米提身上找到的空無是另一回事。

「這次要去哪裡？」凱斯從這男人身旁走過，到窗前俯望街道。「氣候如何？」

「他們沒有氣候，只有天氣。」阿米提說，「拿去，自己讀手冊。」他放了東西在咖啡桌上，隨後起身。

「瑞維拉過關了嗎？芬恩在哪裡？」

「瑞維拉沒事。芬恩在回家路上。」阿米提微笑，這種微笑跟昆蟲抽動觸鬚沒太大差別。他伸手戳凱斯的胸口，黃金手環叮噹作響。「別太聰明。這些小毒囊開始磨損了，但你說不準會磨損多少。」

凱斯讓自己的臉完全不為所動，強迫自己點頭。

阿米提離開後，他拿起一本手冊。手冊印工奢侈，用了法語、英語和土耳其語。

自由面——還等什麼？

他們四人預定搭乘土耳其航空飛離伊斯坦堡首都機場，在巴黎換乘日航太空梭。凱斯坐在伊斯坦堡希爾頓酒店的大廳，看著瑞維拉瀏覽玻璃牆禮品店內的拜占庭殘片贗品。阿米提站在店門口，軍裝風衣像斗篷般披在肩上。

瑞維拉身材纖細、金髮、聲音輕軟，英語說得流暢無口音。莫莉說他三十歲，但從外表很難猜出他的年齡。她還說，他在法律上並沒有國籍，以僞造的荷蘭護照旅行。他來自舊波昂放射核心外圍的瓦礫圈。

三名笑嘻嘻的日本觀光客鬧哄哄擠進禮品店，禮貌地對阿米提點頭。阿米提穿過商店站在瑞維拉身旁，動作太快也太顯眼。瑞維拉轉身微笑。他非常美，凱斯推測這副五官應該出自千葉外科醫師之手。手藝精湛，不像阿米提那種融合眾多熱門臉蛋的乏味英俊。這男人的額頭高聳平滑，灰眼沉著淡漠。他的鼻子原本可能太過精雕細琢，似乎斷過又胡亂修復。隱含的殘忍抵銷了下顎的優雅與快速綻放的微笑。他的牙齒纖巧平整，而且非常潔白。凱斯看著那雙白皙的手把玩雕像的殘片贗品。

瑞維拉的行爲舉止看起來不像前一晚才剛遭受攻擊。他被用蘸了毒素的弗萊契槍下藥、綁架、接受芬恩的檢查，還被阿米提逼迫加入他們的團隊。

凱斯看了看手表。莫莉去帶禁藥，該回來了。他又抬頭看瑞維拉。「打賭你現在嗑到恍惚了吧，混蛋。」他對著希爾頓大廳說。一名身穿白色皮革燕尾服外套、頭髮花白的義大利已婚婦女，壓低保時捷眼鏡盯著他看。他咧嘴微笑，站起身，背起旅行袋。他在航程中需要抽菸，不知道日航太空梭上有沒有吸菸區。「再會啦，女士。」他對那婦人說。對方迅速把太陽眼鏡推回鼻梁上，轉過身。

禮品店有菸，但他不喜歡和阿米提或瑞維拉說話。他走出大廳，在一處窄凹室找到一部販賣機，就位在一排公共電話末端。

他在滿口袋里拉中翻找，把黯淡的合金小硬幣一枚一枚投入，這個時代錯置的過程隱隱逗樂了他。最靠近他的電話響起。

他不自覺接起。

「喂？」

微弱的諧音，聽不清楚的細小人聲通過某種軌道連線喋喋不休，然後是如風般的聲音。

「哈囉，凱斯。」

一枚五十里拉硬幣從他手中掉落、彈起，滾過希爾頓酒店的地毯消失無蹤。

「我是冬寂。凱斯，我們該談談了。」

合成人聲。

「凱斯，你不想談嗎？」

他掛斷。

回大廳途中，他想起忘記拿菸，得再走過那一整排電話。他經過時，電話一一響起，但都只響一聲。

# 第三部　午夜儒勒・凡爾納（註一）街

# 8

群島。

島嶼。環體，紡錘，星團。人類DNA像水面油汙般從陡峭的重力井擴散。

叫出粗略簡化L-5群島數據交換的圖像顯示。一個部分變爲清晰的紅色實體，巨大的矩形占據你的螢幕。

自由面太空站。自由面有許多面向，但對上下穿梭重力井的觀光客來說，並非所有面向都顯而易見。自由面是妓院也是金融中心，是遊樂場也是自由港，是邊境城市也是溫泉療養地。自由面是拉斯維加斯，也是巴比倫空中花園（註二），是軌道上的日內瓦，也是一個家族的家園。這個家族近親通婚，萬般謹慎精煉他們的血統，他們是塔希爾—艾希普工業氏族。

土耳其航空飛往巴黎途中，他們一起坐在頭等艙。莫莉靠窗，旁邊是凱斯，瑞維拉和阿米提靠走道。飛機攀升在水面上轉過彎，凱斯一度看見一座希臘島嶼城市寶石般的光芒。伸手拿飲料時，也一度在他的波本加水深處瞥見一個像巨大人類精子的東西一閃而過。

莫莉越過他賞了瑞維拉一耳光。「不，寶貝。不玩遊戲。你要是在我周遭玩什麼狗屎潛意識把戲，我會狠狠傷害你，而且完全不會把你弄壞。我**喜歡**那樣。」

凱斯不自覺轉身查看阿米提的反應。那張平滑的臉上平靜無波，藍眼警戒但無怒意。

「沒錯，彼得。別這麼做。」

凱斯轉回去，剛好捕捉到一朵黑色玫瑰最短暫的一瞬，花瓣的光澤恍若皮革，黑色花莖長有亮鉻色尖刺。

彼得・瑞維拉展露甜美的微笑，閉上眼，隨即入睡。

莫莉轉過頭，鏡片映照在暗色機窗上。

「你飛過，對吧？」莫莉問，這時他正扭動著鑽回日航太空梭的記憶泡棉躺椅深處。

「沒。我不太常旅遊，除非爲了談生意。」服務員在他的手腕與左耳貼上讀出貼片。

「希望你別得太空適應綜合症。」她說。

「妳是說暈機？不可能。」

「不一樣。你的心跳會在零重力下加速，內耳會發一陣子瘋。你的逃跑反射開始作用，也就是說，你會接到訊號要你死命跑，還有一大堆腎上腺素。」服務員繼續爲瑞維拉服務，

---

註一：rue Jules-Verne，位於巴黎十一區，以重要的科幻作家爲名。

註二：the hanging gadens of Baby lon，傳說中的世界七大奇蹟之一，相傳由巴比倫國王尼布甲尼撒二世爲其皇后而建。

從紅色塑膠工作裙拿出一組新的貼片。

凱斯轉頭，試著看清舊奧利機場的輪廓，但發射臺被濕混凝土製成的優雅噴焰擋板擋住。最靠近機窗的擋板上，有一句噴漆漆上的阿拉伯語標語。

他閉上眼，告訴自己太空梭就是飛得非常高的大型飛機而已。聞起來像飛機，或是新衣服、口香糖和衰竭。他聽著音樂頻道的日本十三絃箏演奏等待。

二十分鐘，然後重力壓上身，彷若一隻以古老岩石為骨的柔軟大手。

太空適應綜合症比莫莉描述的還糟，幸好退去的速度夠快，他還能睡一會。他們準備在日航航廈群停泊時，服務員叫醒他。

「現在轉機到自由面嗎？」凱斯瞥見一縷葉和圓煙從他的襯衫口袋冉冉上升，在他鼻子前方十公分處飄盪。接駁機上不可吸菸。

「不，我們在計畫裡安排了老闆的尋常小巧思，懂吧？我們直接搭這輛計程車到錫安，錫安族。」莫莉輕觸安全帶上的解除面板，脫離泡棉的懷抱。「要是問我的話，我會說，選這地方還眞妙。」

「怎麼說？」

「令人畏懼。拉斯特法里信徒（註一）。迄今差不多三十年歷史的殖民地。」

「什麼意思？」

「你等一下就知道。對我來說，這地方還過得去。至少你可以抽你的菸。」

錫安由五名拒絕離開的工人建造。他們背棄重力井，自己開始建造。在殖民地中央環體內建立起合理的重力前，他們深受鈣質流失和心臟萎縮所苦。在計程車的透明圓頂看到的，錫安的臨時船殼令凱斯想起伊斯坦堡的廉價公寓拼貼；那不規則、褪色的板子，以雷射塗鴉拉斯特法里符號與焊工名字的縮寫。

在莫莉和名叫埃洛、瘦巴巴的錫安人幫助下，凱斯順利從自由落體通道進入一個較小環體的核心。歷經第二波太空適應綜合症眩暈後，他便找不到阿米提和瑞維拉了。「這裡。」莫莉說著，一面胡亂把他的腿推進頂板一道狹窄的艙門。「拉住梯級，感覺像是要往後爬，會嗎？朝船殼去，像是你要往下爬進重力裡，懂嗎？」

凱斯的胃一陣翻攪。

「你會沒事的，朋友（註二）。」埃洛說，金色門牙像括弧般括住他的笑容。

通道的盡頭不知怎地變成底部。凱斯像找到一袋空氣的溺水之人般擁抱這微弱的重力。

「往上。」莫莉說，「你接下來是要親它嗎？」凱斯平趴在艙面，雙手攤開。有東西擊

註一：拉斯特法里派（Rastafarian）的信徒，相信黑人是選民，伊索匹亞是聖地。

註二：原文是mon，牙買加語的man。錫安人說話多夾雜牙買加語。

中他的肩膀。他翻過身，看見粗粗一綑伸縮鋼索。「得辦一下家家酒。」她說，「幫我把這東西掛上去。」他環顧這寬闊、無特色的空間，注意到每個平面都焊有鋼環，似乎並沒有什麼規律。

根據莫莉某種複雜的設計，他們在掛鋼索時還一併掛上磨損的黃色塑膠布。工作時，凱斯漸漸察覺到人群中傳來持續脈動的音樂。「這叫搭樂（註），一種由廣大數位化流行樂庫藏炮製的感官雜燴，一種崇拜儀式。」莫莉說，「一種社群的感覺。」凱斯拉起一片黃色塑膠布；這東西頗輕，但還是相當難處理。錫安有煮熟蔬菜、人類以及大麻的味道。

「很好。」阿米提半跪著滑過艙門，朝塑膠布迷宮點點頭。瑞維拉跟在後面，在重力不完全的狀態下顯得不那麼有把握。

「需要你們幫忙時，你們都去哪裡了？」凱斯問瑞維拉。

這男人張口發話。一條小鱒魚游出，滑過凱斯的臉頰，後面還跟著一串不該存在的氣泡。「在頭裡。」瑞維拉說完，露出微笑。

凱斯大笑。

「很好，」瑞維拉說，「你笑得出來。要不是對我自己的手沒轍，我原本會試著幫忙的。」他舉起雙掌，不過現在突然加倍，變成四隻胳臂、四隻手。「只是無害的小丑，瑞維拉，對吧？」莫莉站到他們之間。

「唷。」埃洛在艙口發話，「牛仔朋友，要跟我來嗎？」

「是你的控制板。」阿米提說，「還有其他裝備。去幫他從貨艙拿過來。」

「朋友，你臉色慘白。」埃洛說，他們正推著包在泡棉裡的保坂電腦沿中央通道前進。

「要不要嗑一點？」

唾液湧入凱斯口腔，他搖頭。

阿米提宣布他們將在錫安停留八十小時，莫莉和凱斯在零重力下練習；他要他們讓自己適應在其中工作。他會跟他們簡單介紹自由面和雜光別墅。瑞維拉的任務不明，但凱斯不想問。他們抵達的數小時後，阿米提派他進黃色迷宮叫瑞維拉出來吃飯。他發現瑞維拉像隻貓般蜷縮在薄記憶泡棉墊上，全身赤裸，顯然在睡覺。方塊、圓球和三角錐等白色小幾何形體構成兀自轉動的光環，繞著他的頭打轉。「嘿，瑞維拉。」光環繼續轉動。他回去告訴阿米提。「他石化了。」莫莉從拆解的弗萊契鏢彈槍中抬起頭，「別管他。」

阿米提似乎以爲零重力會影響凱斯在母體內工作的能力。「別緊張。」凱斯說，「我上線就不在這裡了。沒什麼不同。」

「你的腎上腺素會提高。」阿米提說，「你還是會有太空適應綜合症。你不會有時間等

---

註：Dub，一九六〇年代由雷鬼音樂（Raggae）演變而來的音樂類型，最原始爲去掉人聲、加重拍子和低音的雷鬼音樂。

適應綜合症退去，你得學會在其中繼續工作。」

「所以我在這裡工作嘍？」

「不是。練習，凱斯。立刻。上去通道……」

網際空間，由控制板叫出後，與控制板的實體所在位置並無特別關聯。凱斯上線後，睜開眼看見的是熟悉的結構：東方沿海裂變管理局的阿茲提克數據金字塔。

「迪西，你好嗎？」

「凱斯，我死了，在保坂電腦裡待的時間足以想通這點。」

「感覺如何？」

「沒感覺。」

「困擾嗎？」

「困擾的是，沒東西讓我感到困擾。」

「怎麼說？」

「我有這麼一個夥伴先前在俄羅斯營區，西伯利亞，拇指凍傷了。軍醫來切掉拇指。一個月後，他整晚翻來覆去。我說，愛羅伊，你在煩什麼？他說，該死的拇指癢死我了。所以我告訴他，那抓一抓啊。他說，麥考伊，是另一隻天殺的拇指。」構體笑時顯現出來的是不一樣的東西，不是笑聲，而是從凱斯脊椎往下蔓延的一陣寒意。「老弟，幫個忙。」

「迪西，什麼忙？」

「你的這一局結束時，把這該死的東西刪除。」

凱斯不懂錫安人。

埃洛不帶挑釁之意，講述了一個嬰兒從他的額頭蹦出來，奔進水栽大麻林的故事。「很小的嬰兒，朋友，不比你的手指長。」他用手掌按摩棕色無疤的寬額，露出微笑。

「是大麻的關係。」凱斯轉述給莫莉聽時，她這麼說：「他們在不同狀態下沒有太大區別，知道嗎？埃洛跟你說有這檔事，嗯，對他來說就是有。這不是什麼鬼扯，比較像詩。懂嗎？」

凱斯遲疑地點點頭。錫安人說話時總是會碰觸你，雙手放在你的肩上，他不喜歡這樣。

「嘿，埃洛。」一小時後凱斯叫喚，準備在自由落體通道試跑。「兄弟，來這裡。想讓你看看這個。」他遞出電擊貼片。

埃洛慢動作滾下。他赤腳踢向鋼壁，空著的一隻手抓住縱梁，另一手拿著一只裝滿藍綠色水藻的透明水袋。他輕輕眨眼，露齒而笑。

「試試看。」

他接過束帶套上，凱斯幫他調整貼片。他閉上眼。凱斯按下開關，埃洛顫抖。凱斯將他退出，「兄弟，你看到什麼？」

「巴比倫。」埃洛悲傷地說，隨即將貼片還給凱斯，踢著腿沿通道離去。

瑞維拉靜坐在他的泡棉墊上，右手平伸與肩同高。一條寶石鱗片的蛇，雙眼是紅寶石霓虹，自他手肘上幾公分緊緊纏繞。凱斯看著蛇，它約莫手指粗，黑色與緋紅條紋，在瑞維拉的手臂上緩緩縮緊。

「來吧。」那男人手掌上翻，一隻蠟像般的蒼白蠍子棲在掌心。他漫不經心地對蠍子說：「來。」蠍子揮了揮呈棕色的螯，沿指標般暗色隱現的血管匆匆爬上他的手臂；來到手肘彎時，它停下，似乎顫動了起來。瑞維拉輕輕噓了一聲。尾刺揚起，顫抖，而後沒入鼓脹血管上的皮膚。珊瑚斑的蛇放鬆，毒液襲向瑞維拉，他緩緩嘆出一口氣。

然後蛇和蠍子都消失了，他的左手拿著一個乳白色塑膠注射器。「『就算神讓任何事變好，祂也只留給祂自己。』凱斯，聽過這句話嗎？」

「聽過。」凱斯說，「在很多地方都聽過。你總是弄成像這樣的小表演嗎？」

瑞維拉鬆開手臂上的長條手術用橡膠管並取下。「對，這樣比較好玩。」他微笑，眼神迷離，臉頰潮紅。「我植入了膜皮，包覆在血管外，所以我永遠都不必為針頭好壞操煩。」

「不痛嗎？」

那灼亮的雙眼迎上凱斯的視線，「當然痛，但那是過程中的一部分，不是嗎？」

「我還是用貼片就好。」凱斯說。

「無趣。」瑞維拉蔑笑，套上一件短袖白色棉衫。

「一定很棒。」凱斯起身。

「凱斯，自己來一點啊？」

「我戒了。」

「自由面。」阿米提說，一面碰觸百靈牌全息投影機的面板。影像晃動聚焦，最長距離將近三公尺。「這裡是賭場。」他的手伸入骨架圖中指著。「旅館、分層物業、大商店在這邊。」他的手移動。「藍色區塊是湖泊。」他走到模型的一角。「大雪茄。末端放大。」

「我們看得很清楚了。」莫莉說。

「拉近後會出現山地效應。地面似乎較高、較崎嶇，但其實很容易攀爬。爬得愈高，重力愈小。有人在上面運動，有一座環狀賽車場。」阿米提指出位置。

「一座什麼？」凱斯湊近。

「自行車競賽。」莫莉說，「低重力、高摩擦力輪胎，時速可以超過一百公里。」

「這一端跟我們比較沒關係。」阿米提一如往常絕對嚴肅地說。

「媽的，」莫莉說，「我就是一個熱愛競賽的車手啊。」

瑞維拉咯咯笑。

阿米提走到影像對面，「這端跟我們才有關。」全息影像的內部細節到這裡就沒了，紡錘的最後這部分空無一物。「這是雜光別墅。不受重力影響的陡峭山坡，所有通道纏繞扭曲。單一出入口，這裡，正中央。無重力。」

「老闆，裡面是什麼？」瑞維拉伸長脖子往前靠。四個小人閃閃發光，出現在阿米提的指尖附近。阿米提像對付蚊蚋般伸手拍打。

「彼得，」阿米提說，「你會是第一個知道的。你會讓你自己受邀，進去後把莫莉也弄進去。」

凱斯注視著代表雜光別墅的那片空白，憶起芬恩的故事：史密斯、吉米、會說話的頭像，還有忍者。

「有更多細節嗎？」瑞維拉問，「你瞧，我得規畫全套行頭。」

「上街學。」阿米提說，轉向模型中央。「渴望之物街。這裡是儒勒．凡爾納街。」

瑞維拉翻白眼。

阿米提念誦自由面各地點的名稱時，他的鼻子、臉頰和下包冒出十數個發亮的膿包。連莫莉都笑了出來。

阿米提停下，冰冷空洞的眼睛注視著他們。

「抱歉。」瑞維拉說。膿包閃了閃，隨即消失。

凱斯醒來，時值睡眠期末，察覺莫莉蜷縮在他身旁的泡棉墊上。他感覺得到她的緊繃。

他躺在那裡，感到困惑不解。她動作時，那純粹的速度令他驚歎。她起身穿過黃色塑膠布，凱斯根本來不及意識到她是劈開了塑膠布。

「別動，朋友。」

凱斯翻過身，頭從塑膠布的破洞探出。「搞什……」

「閉嘴。」

「你是那個人，朋友。」一個錫安人的聲音說，「貓眼，去叫他們，叫他們，剃刀手。我是麥爾坎，姊妹。兄弟想跟妳和牛仔談。」

「什麼兄弟？」

「創建者，朋友。錫安長老，你知道……」

「打開艙門的話，光線會吵醒老闆。」凱斯低語。

「弄得超級黑，現在。」那男人說，「來，你們和我去見創建者。」

「朋友，你知道我可以多快切開你？」

「別光說不練，姊妹。來。」

錫安僅存的兩名創建者是男性。人若花太多年歲在重力的擁抱之外，便會遭加速老化侵襲，他們正是因此垂垂老矣。他們的棕腿缺鈣易碎，在反射陽光的刺目強光下顯得脆弱。他們飄浮在一片彩虹葉飾的鮮麗叢林中央，火紅的社區壁畫完整覆蓋球體艙的所有艙壁。空氣中瀰漫著燃燒樹木而生的煙。

「剃刀手。」莫莉飄進艙室時，一人說道：「變成像是鞭棍一樣。」

「那是我們的一個故事，姊妹。」另一人說：「宗教故事。我們很高興妳跟麥爾坎一起來。」

「你怎麼不說方言？」莫莉問。

「我來自洛杉磯。」老男人說。他的辮子頭活像棵盤根錯節的樹，枝枒是鋼絲絨的顏色。「很久以前，升上重力井，離開巴比倫。才能帶領部族回家。現在我的兄弟視妳爲剃刀手。」

莫莉伸長右手，刀刃閃現煙霧中。

另一名創建者仰頭大笑，「末日逼近……各種聲音。各種聲音在荒野哭泣，預言巴比倫將成廢墟……」

「各種聲音。」來自洛杉磯的創建者凝視凱斯，「我們監控許多頻率。我們恆常聆聽。出現一道聲音，在嘈雜的七嘴八舌中，對我們說話，放偉大的搭樂給我們聽。」

「叫冬—寂。」另一人說，兩個字分得很開。

凱斯感覺到手臂上的雞皮疙瘩都站了起來。

「寂者對我們說話。」第一名創建者說，「寂者叫我們幫助你們。」

「什麼時候的事？」凱斯問。

「你們停靠錫安的三十小時前。」

「之前沒聽過這聲音？」

「沒。」來自洛杉磯的男人說，「而且我們不懂它的意思。如果這些就是末日，我們一定要預期會有假先知出現……」

「聽著，」凱斯說，「那是AI，你們知道嗎？人工智慧。它播給你們聽的音樂可能只是從你們的音樂庫竊取，再根據你們的喜好編造——」

「巴比倫，」另一名創建者打岔，「產下許多惡魔，我們知道。眾部族！」

「老傢伙，你們叫我什麼？」莫莉問。

「剃刀手。妳將災禍帶來巴比倫，姊妹，一直到最黑暗的中心……」

「那聲音帶來什麼消息？」凱斯問。

「它要我們幫助你們。」另一人說，「你或許會是末日的工具。」他那刻劃歲月痕跡的臉上滿是憂慮。「它要我們派麥爾坎跟你們同行，搭他的拖船加維號，去自由面的巴比倫區域，而我們將照辦。」

「麥爾坎是個粗魯的孩子，」另一人說，「也是一個合格的拖船駕駛。」

「但我們決定也派埃洛去，駕駛巴比倫搖滾樂手號，去照看加維號。」

一陣詭異的沉默籠罩球體艙。

「就這樣？」凱斯問，「你們是都為阿米提工作還是怎樣？」

「我們出租空間給你們。」洛杉磯創建者說，「我們和這裡的各種交易都有些牽扯，不把巴比倫律法放在眼裡。耶和華的言說就是我們的法律。不過這一次，有可能，我們一直以來都錯了。」

「當三思而後行。」另一人輕聲說。

「來吧，凱斯。」莫莉說，「在那傢伙發現前回去。」

「麥爾坎會帶路。耶和華愛妳，姊妹。」

# 9

太空拖船馬可士加維號，是一個長九公尺、直徑兩公尺的鋼鐵鼓狀物。麥爾坎敲下按鈕啓動飛行功能時，船身嘎吱顫動。凱斯歪七扭八地捆在彈性重力網中，因莨菪鹼而朦朧的雙眼注視著這名錫安人健壯的背部。他服下這種鎮定劑以緩和太空適應綜合症造成的噁心感，製造商加入興奮劑以中和莨菪鹼，但對他已閹割的系統來說一點影響也沒有。

「要多久才會到自由面？」莫莉問，她的重力網位在麥爾坎的駕駛艙座旁。

「不久，只能這樣說。」

「你們這些人都不用小時來計算的嗎？」

「姊妹，時間，就是時間，妳知道什麼意思嗎？畏懼，」麥爾坎甩動髮辮，「對控制的畏懼，朋友，而我們在我們到的時候來到一個自由面……」

「凱斯，」莫莉說，「或許你做了些什麼，好讓我們可以聯絡上伯恩的夥伴？你待在錫安這麼久，不是一直都在上線，嘴脣還動個不停嗎？」

「夥伴，」凱斯說，「當然了。沒，我沒有。不過在伊斯坦堡的時候，我在那些線路上聽到一個有趣的故事。」他將希爾頓公共電話的事告訴她。

「老天，」莫莉說，「錯失機會。你爲什麼掛斷？」

「那可能是任何人。」凱斯說謊。「只是一個晶片……我不知道……」他聳肩。

「你怕了吧，嗯？」

他又聳肩。

「現在做。」

「什麼？」

「現在。無論如何，跟平線說這件事。」

「我服了鎮定劑耶。」凱斯抗議，但手已探向貼片。他的控制板和保坂電腦堆在麥爾坎的艙座上，旁邊是超高解析度的克雷(註)顯示器。

凱斯調整貼片。馬可士加維號是在一具巨大的俄國空氣清淨機旁邊拼湊而成，這個矩形的東西上畫有拉斯特法里符號，錫安之獅與黑星輪船，紅、綠、黃色壓過以西里爾書寫體印上去的冗長文字。有人在麥爾坎的駕駛艙噴上熱情的熱帶粉紅，螢幕和讀出裝置上噴太厚的地方大多以雷射刀刮去。船頭氣閘的墊圈有花綵裝飾，用的是半硬的球體以及半透明的填料帶，像是粗製濫造的縷縷假海草。他越過麥爾坎的肩膀瞥向主螢幕，看見對接路線圖：拖船的路徑是一排紅點，自由面是只顯示出部分的綠色圓形。他看著航線延伸，生出新的紅點。

凱斯上線。

「迪西？」

「怎樣。」

「你試過破解ＡＩ嗎？」

「當然。我死了。第一次，我在玩，嗑藥嗑得超嗨，在里約重商業區。大生意，多國參與，巴西政府亮得和聖誕樹一樣。我就是到處玩，懂嗎？然後我注意到這個方塊，大概在更高三層的地方。我上去想辦法進去。」

「看起來是怎麼樣，視覺效果？」

「白色立方體。」

「你怎麼知道是ＡＩ？」

「我怎麼知道？老天，那是我見過最厚的冰牆，還會是什麼？那邊的軍方沒有任何可以比擬的東西。總之，我退出，然後叫我的電腦去查。」

「然後？」

「登錄在圖靈名單裡。ＡＩ，里約主機的擁有者是一家法國佬的公司。」

凱斯咬住下脣，視線穿透東方沿海裂變管理局的高臺，投向母體的無垠神經電子虛空。

「迪西，是塔希爾—艾希普嗎？」

「塔希爾，沒錯。」

「然後你又回去？」

註：Clay，應為美國一家超級電腦製造商，一九七二年創立。

「當然嘍。我是個瘋子，覺得該試著切開它。攻進第一層，但也就這樣了。我的手下聞到皮膚煎煮的味道，扯掉我身上的貼片。下流的狗屎，那個冰牆。」

「然後你的ＥＥＧ變成一直線。」

「嗯，傳說是這樣，對吧？」

凱斯退出。「媽的，」他說，「妳以爲迪西是怎麼讓自己被擺平的，啊？他想切開一個ＡＩ。太好了……」

「繼續，」莫莉說，「你們兩個應該是最棒的，對吧？」

「迪西，」凱斯說，「我想要檢查一個位於伯恩的ＡＩ。你想得到任何理由阻止我嗎？」

「除非你對死亡有病態的恐懼，否則沒有。」

凱斯潛入瑞士銀行區，隨著網際空間顫動、變模糊、膠化，他感到一陣欣喜。東方沿海裂變管理局消失，取而代之的是蘇黎世商業銀行以幾何圖形構成的酷勁複雜結構。他再度潛入，目標伯恩。

「往上。」構體說，「應該在高處。」

他們攀上光格，一層層明滅，一陣藍色閃爍。

就是它了，凱斯暗忖。

「冬寂」是一個白光構成的簡單立方體，然而所有的簡單都意味著極度的複雜。

「看起來不怎麼樣，對吧？」平線說，「不過你只要試著碰它看看。」

「迪西，我進去試一次。」

「請便。」

凱斯潛入立方體的四個格點內。立方體空無一物的正面現下聳立在他上方，內部開始有微弱的影子翻湧，彷彿有一千名舞者在寬闊的霧面玻璃後旋轉。

「它知道我們來了。」平線說出觀察後的結論。

凱斯再度潛入，一次；他們往前跳了一個格點。

立方體的正面出現一個點刻上去的灰色圓形。

「迪西……」

「退後，快。」

灰色區域平緩膨脹為一顆球，隨後脫離立方體。

凱斯拍擊**全速倒退**，感覺到控制板的邊緣刺痛掌心。母體退後化為一片模糊，他們跳下瑞士銀行區一個微明的豎井。他抬頭看。球體的色澤變得更暗了，正在朝他逼近。墜落。

「退出。」平線說。

黑暗如鐵鎚般落下。

冷冽的鋼鐵味道與冰拂過他的脊椎。

一張張臉孔從霓虹燈叢林朝內覷看，水手、皮條客、妓女，在含毒的銀色天空下……

「聽著，凱斯，告訴我你他媽的怎麼了，發狂了還是怎樣？」

脊椎中段，穩定脈動的疼痛——

凱斯被雨聲吵醒，一陣和緩的毛毛雨，他的雙腳纏在一綑綑廢棄光纖中。遊樂場的音潮湧過他，退去、重回。他翻身坐起，捧著頭。光線來自遊樂場後方的服務櫃檯，照亮一段段潮濕的破紙板和濕淋淋、開腸破肚的遊戲機底座。遊戲機側面印有褪色粉、黃色塊構成的苗條日本人。

他抬眼，看見一扇被煤煙燻黑的塑膠窗，一抹微弱的螢光。

他的背痛，原因出在脊椎。

他站起來，撥開眼前的濕髮。

有事情發生了……

他在口袋裡翻找錢，一無所獲，顫抖了起來。他的外套呢？他四處找，還看了遊戲機後方，但隨即放棄。

在仁清路上，他估量著行人數量。週五。一定是週五。琳達多半在遊樂場。她可能有錢，至少有菸……咳嗽，從襯衫前襟扭出雨水，他緩緩穿過人群走向遊樂場入口。

全息影像隨遊戲的轟響扭曲、顫動，鬼影在此地擠滿人的薄霧中交疊，一股汗水和膩煩緊繃的氣味。一名身穿白色棉衫的水手在坦克大戰遊戲機以核武攻擊波昂，一陣蔚藍閃光。

她正在玩《巫師城堡》，沉浸其中，黑色煙燻妝框住灰眼。

他單臂環住她，而她抬眼，微笑：「嘿，還好嗎？你一身濕。」

他親吻她。

「你害我輸了啦。」她說，「你看，混蛋。第七層地牢和天殺的吸血鬼逮到我了。」她遞給他一根菸。「你看起來很緊張。剛剛去哪裡了？」

「我不知道。」

「凱斯，你嗑藥了？又喝醉？吃了左恩的安非他命？」

「可能吧……妳上次見到我是什麼時候？」

「嘿，想要我，對嗎？」她斜眼看他，「對吧？」

「沒有。好像是斷片。我……我在巷子裡醒來。」

「寶貝，你是不是被揍了？錢都還在嗎？」

他搖頭。

「走吧。凱斯，你需要找個地方睡一會？」

「我想是吧。」

「那跟我走。」她牽住他的手，「我們幫你弄杯咖啡和食物。帶你回家。很開心見到你，朋友。」她捏捏他的手。

他微笑。

某個東西爆裂。

某個東西在萬物的核心移動。遊樂場凍結，顫動——

她不見了。回憶沉沉落下，大量資訊塞進他的腦袋，就像微軟碟插入接口。消失。他聞到肉類燃燒的味道。

白棉衫的水手不見了。遊樂場空無一人，一片寂靜。凱斯緩緩轉身，拱起肩、齜牙咧嘴，雙手不自覺緊握成拳。空無一人。揉皺的黃色糖果紙在遊戲機邊緣搖搖欲墜，掉到地板上，躺在踩扁的菸蒂與泡棉杯之間。

「我有一根菸。」凱斯低頭看指節泛白的拳頭，「我有一根菸、一個女朋友，還有睡覺的地方。你聽見了嗎？狗娘養的？聽見了嗎？」

回音穿過空洞的遊樂場，沿成排遊戲機淡去。

凱斯走到街上。雨停了。

仁清路一片荒蕪。

全息影像閃爍，霓虹燈舞動。他聞到對街攤販傳來煮熟蔬菜的味道。腳邊一包未拆封的葉和圓菸，旁邊一盒火柴。朱立歐斯・狄恩進出口公司。凱斯瞪著印上去的商標和日文譯文。

「好吧。」他說，隨後拾起火柴，打開那包菸。「我聽見你了。」

凱斯緩緩爬上狄恩辦公室的樓梯。不急，他對自己說，不急。達利鐘下垂的鐘面上時間依然不對。康丁斯基桌和新阿茲提克風格書櫃上都積了灰塵。一整牆白色玻璃纖維貨運包在房內注入滿滿的薑味。

「門是鎖上的嗎？」凱斯等候回應，但無人應答。他走到辦公室門前試著推開，「朱立？」

墨綠色玻璃燈罩的黃銅燈在狄恩的桌上投下一圈燈光。凱斯瞪著骨董打字機的零件、磁帶、壓皺的列印文件、裝有薑漬樣本的黏手塑膠袋。

沒人。

凱斯繞著寬大的金屬桌走，推開狄恩的椅子。他找到裝在破皮革槍套裡的槍，用銀色膠帶貼在桌下。那是一個骨董，點三五七麥格農左輪，槍管和扳機護弓都鋸掉了。槍把以一層層紙膠帶強化。膠帶老化泛黃，閃爍著汙垢的光澤。他甩開彈膛，一一檢視六個彈筒。手塡彈。軟鉛仍光亮未失光澤。

凱斯右手持槍，緩緩從櫃子旁走過，繞過桌子左側，走到凌亂辦公室的中央，遠離那一圈燈光。

「我猜我一點也不趕時間。我猜這是你的演出時間。不過這所有狗屎，你知道的，愈來愈顯得……老派。」他雙手舉起槍，對準桌子中央，扣下扳機。

後座力幾乎震斷他的手。槍口火光像閃光燈泡一樣照亮辦公室內。耳鳴中，他瞪著桌子正面參差不齊的破洞。爆炸性子彈。疊氮化合物。他再度舉槍。

「老小子，沒必要這樣。」朱立說，一面步出陰影。他身穿三件式絲質人字紋垂墜西裝、條紋襯衫，搭配蝴蝶結。他的眼鏡在燈光下閃爍。

凱斯晃了晃槍，視線低垂，看著狄恩那粉色、不老的臉。

「別這樣。」狄恩說，「有關這一切是怎麼回事、我是誰，你是對的，但有某些內在邏輯得實踐。如果用那玩意，你會看見一大堆腦漿和血，得花我好幾個小時去影響另一名發言人，我是指你主觀的好幾個小時。對我來說，維持這個場景並非易事。啊，琳達的事我很抱歉，我是說在遊樂場。我本來打算透過她說話，但我畢竟是從你的記憶做出這一切，而情緒蘊藏……呃，非常弔詭。我疏忽了。抱歉。」

凱斯放下槍，「這裡是母體。你是冬寂。」

「對。當然，這一切之所以能來到你面前，都有賴插入你控制板的模刺組件。我很高興能在你退出前，把你隔離出來。」狄恩走到桌旁，擺正椅子後坐下。「坐，老小子。我們有好多事得談。」

「我們有嗎？」

「當然有，早該談了。我在伊斯坦堡用電話聯絡上你時就已準備好。現在時間緊迫。凱斯，你再過幾天就要上陣。」狄恩拿起一顆糖，剝掉方格包裝紙後丟入嘴裡。「坐啊。」他含著糖果說。

凱斯在桌前的旋轉椅坐下，視線片刻不離狄恩，坐定後槍不離手，擱在大腿上。

「好啦，」狄恩輕快地說，「本日議程。『什麼，』你正自問，『是冬寂？』我說的對嗎？」

「差不多。」

「人工智慧，但這你原本就知道。你也不算錯得離譜，你的錯誤在於把伯恩的冬寂主機和冬寂**存有**搞混了。」狄恩嘖嘖有聲地吸吮糖果。「你察覺塔希爾—艾希普連線裡的另一個ＡＩ了，對吧？在里約。我，在我眞的**有**一個我的前提下——看到了吧，這眞的很形而上——就是由我替阿米提打點事情，或是寇托，順道一提，他眞的很不穩定。」狄恩說著從大口袋掏出一只華麗的金表並掀開蓋子。「但對接下來這幾天來說也夠穩定了。」

「你還是跟這筆交易中的所有事一樣沒道理。」凱斯沒拿槍的手按摩著太陽穴，「如果你眞那麼該死的聰明……」

「爲什麼我不富有？」狄恩大笑，幾乎被糖果嗆著。「好啦，凱斯，我只能說——而且我知道的眞的遠不如你想像中多，你所想的『冬寂』只是另一個的一部分，一個……應該可以說，**潛在的**存有。我呢，我們這麼說吧，只是那個存有大腦的一個面向。從你的觀點來看，很像跟一個腦葉被分割的人打交道。就當成你在跟那人左腦的一小部分打交道吧。這樣的話，根本很難說你是在跟那人打交道。」狄恩微笑。

「寇托的故事是眞的嗎？你在那家法國醫院透過微電腦找上他？」

「對。你在倫敦存取的那份檔案也是我彙整的。用你們的話來說，我試著謀畫，但那眞的不是我的行事風格。我即興發揮。這是我最大的天賦。我喜歡形勢更勝計畫，你懂嗎……眞的，我一直都在處理已知事實。我可以整理大量資訊，而且速度飛快。不過花了我很長時間才把你們這個團隊組織起來。寇托是第一個，而且他幾乎沒撐過來。在土倫時，他走得太遠。最多只能做到吃、排泄、手淫。不過執念的基本結構還在：『尖叫拳頭』，他的背叛，國會聽證會。」

「他眞的發瘋了嗎？」

「他稱不太上有一個人格。」狄恩微笑，「我相信你已察覺。不過寇托就在裡面的某處，而我沒有辦法再維繫那微妙的平衡。凱斯，他將在你身上分崩離析。所以我只能靠你……」

「很好，去你媽的。」凱斯說完，用點三五七左輪朝他的嘴開了一槍。

有關腦漿和血，他倒是說得沒錯。

「朋友，」麥爾坎正在說話，「我不喜歡這樣……」

「沒事，」莫莉說，「一點問題也沒有。這些傢伙常這樣，沒什麼。像是他沒死，而且只過幾秒……」

「我看到螢幕了，ＥＥＧ讀數說他死了。完全沒動靜，四十秒。」

「總之，他現在沒事了。」

「ＥＥＧ平得跟條**皮帶**一樣。」麥爾坎反駁。

# 10

過海關時，凱斯仍未恢復知覺，多數應對都交給莫莉。麥爾坎留在加維號上。自由面的海關主要只涉及證明個人信用。他們抵達紡錘體的內表面時，他入眼的第一個東西，是一家「美麗女孩」咖啡連鎖加盟分店。

「歡迎來到儒勒．凡爾納街。」莫莉說，「如果不知道怎麼走路，低頭看你的腳就好。要是不習慣，透視法還眞是個婊子。」

他們站在一條寬闊街道上，看似一道深溝或峽谷的底部，商店與建築構成兩側牆面，兩端則隱入其中的微妙角落。突出的陽臺高懸於他們頭頂，大量鮮綠植物垂墜而下；這裡的光線，從中篩落。太陽……

上方某處有一方光亮的白，太亮了，還有錄製的坎城天際藍。凱斯知道那日光是透過拉多—阿契森系統唧入；此系統具備兩公釐光殼，覆蓋整個紡錘體。他也知道他們在紡錘體周遭製造一系列循環不休的天空效果；如果關掉天空，他的視線將穿透光殼，直接看見片片湖泊的曲線、賭場的屋頂、其他街道……他的身體根本無法理解。

「老天，」凱斯說，「這比太空適應綜合症還討厭。」

「趕快習慣吧。我在這裡當過一名賭客的保鑣一個月。」

「我想找個地方躺下。」

「好，我們的鑰匙在我這裡。」莫莉碰碰他的肩膀，「老兄，你在裡面的時候怎麼了？你翹辮子了。」

凱斯搖頭，「我不知道，還不知道。等等。」

「好。我們弄輛計程車之類的。」莫莉拉住他的手，領他橫越儒勒．凡爾納街，從展示當季巴黎毛皮的櫥窗前走過。

「不眞實。」凱斯又抬頭看。

「對啊。」莫莉應道，以爲他在說那些毛皮。「在膠原蛋白基質上培養，不過是水貂基因。這重要嗎？」

「只是一根大管子，他們把東西倒進去。」莫莉說，「觀光客、皮條客，什麼都好。有網眼細密的篩錢幕，每分鐘運作，確保人跌入重力井時錢都留在這裡。」

阿米提幫他們在名爲「洲際」的地方訂了房。懸崖立面的正面是傾斜的玻璃，降入冰冷薄霧與潺潺湍流中。凱斯走到陽臺，看著三名晒得黝黑的法國少年以懸掛式滑翔翼從水花上空幾公尺處飛過，三片明亮原色的尼龍三角形。其中一人傾斜轉向，凱斯瞥見剪短的黑髮、棕色胸脯，開懷笑容下的白牙。這裡的空氣有流水與花朵的味道。「是啊，」他說，「一大堆錢。」

莫莉在他身旁，傾身靠在欄杆上，雙手放鬆。「是啊。我們原本打算先來這裡一趟，這裡或是歐洲的哪裡。」

「『我們』是誰？」

「不重要。」莫莉說，肩膀不自覺一聳。「你剛剛說想上床，睡覺。我也想睡一會。」

「對啊。」凱斯雙掌擦過頰骨，「對啊，這地方不得了。」

狹窄帶狀的拉多─阿契森系統在某片百慕達落日的抽象仿製品中悶燒，縷縷錄製的雲絲畫過。「對啊，」他說，「睡覺。」

睡不著。眞的睡著時，卻又帶來彷若由記憶片段精巧編纂而成的夢境。凱斯不斷醒來，莫莉蜷縮在他身旁，他聽見水聲，人聲從陽臺敞開的玻璃落地窗飄入，對面斜坡的梯田式公寓傳來一名女性的笑聲。狄恩的死一再出現，就像一個爛玩笑，就算跟自己說那不是狄恩也沒用。事實上，那根本不曾發生。有人曾跟他說，一般人體內血液總量約莫等同一箱啤酒。

每一次狄恩表情震驚的頭撞向辦公室後牆的影像出現，凱斯都意識到自己另有心思，更黑暗、隱密。這心思翻轉滾動，像條魚般沉潛，恰恰就在他無法觸及之處。

琳達。

狄恩。進出口商辦公室牆上的血。

琳達。千葉巨蛋陰影中肉類燒過的味道。莫莉遞出一袋薑，塑膠上覆蓋一層血。狄恩讓人殺了她。

冬寂。他想像一具微小的微電腦對著一具名叫寇托的人類殘骸低語，話語如河水流淌，名叫阿米提的扁平替代人格緩緩在某個黑暗的牢房內生長……那個類比狄恩說了，它擅長運作已知事實，利用既存情勢。

但若是狄恩，眞正的狄恩，在冬寂授命下讓琳達死去呢？凱斯在黑暗中摸索菸和莫莉的打火機。沒理由懷疑狄恩，他告訴自己，點燃香菸。沒理由。

冬寂或許能夠在空殼內建入某種人格。操弄的形式能有多微妙？他吐出三口煙後，在床邊菸灰缸彈了彈那根葉和圓菸，從莫莉身邊滾開，試著入睡。

那場夢，那段回憶，以模刺磁帶未經編輯時的那種單調展開。在他的第十五個夏季，有一個月的時間，他待在一家週租旅館，五樓，和一個叫瑪琳的女孩。升降梯有十年沒動過了。小廚房排水不通，打開電燈電源時，蟑螂在灰撲撲的瓷器之間沸騰。他和瑪琳睡在沒包床罩的床墊上。

他沒注意到第一隻黃蜂，那時牠剛在窗架上起泡的油漆建立起灰色紙雕的家；但很快地，蜂巢成了一坨拳頭大小纖維質的隆起，昆蟲橫衝直撞飛出，到下方的小巷狩獵，彷彿迷你直升機，對著垃圾裝卸卡車內腐敗中的內容物嗡嗡作響。

黃蜂螫傷瑪琳的那個下午，他們各自喝了一打啤酒。「殺了那該死的東西。」她的眼神因憤怒與房內仍未退的熱度而顯得陰暗，「燒光牠們。」酒醉的凱斯在酸臭的衣櫥內翻找羅洛的火龍。羅洛是瑪琳的前男友，凱斯懷疑他們還藕斷絲連。他來自舊金山，是一名身材高大的摩托車騎士，深色的平頭染上一個金黃色閃電圖形。他的火龍是一把舊金山火焰槍，看起來像是頭部可調整角度的胖手電筒。凱斯檢查電池、晃了晃，確定還有足夠燃油，接著走過去打開窗。蜂巢隨即響起嗡鳴。

蔓生區的空氣死寂凝滯。一隻黃蜂從巢內激射而出，繞著凱斯的頭盤旋。凱斯壓下點火開關，數到三，扣下扳機。燃油加壓至每平方吋一百磅，從白熱的線圈中噴出。五公尺長的蒼白火舌，蜂巢燒焦坍落。小巷對面有人歡呼。

「該死！」瑪琳在他身後搖晃身子，「笨蛋！你沒把巢燒掉，只是把它打掉而已。牠們會上來幹掉我們！」她的聲音像鋸子般刈過他的神經。他幻想著她被火焰吞沒，脫色的頭髮嘶嘶燃燒，呈現一種特別的綠。

巷子內，火龍在手，他走近焦黑的蜂巢。蜂巢破開，燒焦的黃蜂在瀝青狀的東西上翻滾扭動。

他看見原本封藏在灰紙外殼內的東西。

毛骨悚然。螺旋生殖工廠，梯田狀的孵育格，未孵化的黃蜂口器盲目、蠕動不休，從卵到幼蟲、半成蟲、成蟲，各階段進程。在他的心靈之眼中，呈現出一種縮時攝影的效果，將那東西顯現爲機關槍的生物對應體，完美得可憎。異種。他扣下扳機，但忘了按點火開關；燃油嘶嘶灑在腳邊那坨鼓脹蠕動的生命上。等到他想起該按下開關，它「碰」的一聲爆炸，燒掉他一邊眉毛。他聽見五樓洞開的窗戶傳來瑪琳的笑聲。

他醒來時，還存有光線淡去的印象，但房內一片黑暗。殘像，視網膜耀斑。外面的天空暗示著即將展開錄製的黎明。此時萬籟俱寂，只有「洲際」下方深處的流水聲。

夢中，就在他用燃油浸透蜂巢前，他看見代表塔希爾—艾希普的T-A商標浮雕在側面，彷彿是黃蜂自己弄上去的。

莫莉堅持替凱斯擦上古銅色粉底液，說他的蔓生式蒼白會引來太多注目。

「老天。」他裸身站在鏡前，「妳覺得這樣看起來像眞的？」她跪在他身旁，正將最後的粉底液擠在他的左踝。

「不像，但看起來像你至少有心假扮一下。來。不夠搽你的腳。」她起身，將空軟管丟進大柳編籃。房內的所有東西看起來都不像以機器或合成物製造。昂貴，凱斯知道，但這種風格總是令他懊惱。大床上的泡棉是類似沙子的顏色。一大堆淺色木材和手織物。

「那妳呢？」他問，「把自己染成棕色嗎？妳看起來不太像把所有時間花在做日光浴。」

莫莉身穿寬鬆的黑色絲織品和黑色平底涼鞋，「我是外國人，所以有一頂大草帽。至於你，只需要看起來像個出身都市貧民區的小氣鬼，打算看看能弄到什麼，所以即時日晒膚色說得過去。」

凱斯愁眉苦臉地打量自己無血色的腳，再看向鏡中的自己。「老天，我可以穿上衣服了嗎？」他走到床邊拿起牛仔褲套上，「妳睡得好嗎？有沒有注意到什麼燈光？」

「你作夢了。」她說。

他們在旅館屋頂吃早餐，這裡弄成草地的樣子，條紋傘與樹散落其中；凱斯覺得那些樹的數量不正常。凱斯將他試圖聯絡伯恩ＡＩ的事告訴莫莉。有關竊聽的整件事似乎變得像學術問題。如果阿米提在側錄他們，應該就是透過冬寂。

「你說感覺像眞的？」她問，嘴裡塞滿乳酪可頌。「像模擬刺激？」

他說「對」。「就跟現在一樣眞。」他補充，看了看左右：「或許還更眞一些。」

樹很小棵，節瘤累累，老得不可思議，是基因工程和化學控制的結果。凱斯通常無法分辨松樹和橡樹，但街童的風格意識告訴他，這些樹都太作態、太徹頭徹尾像樹。樹木之間，平緩但不規則得太巧妙的芬芳綠草斜坡上，鮮亮的傘替旅館客人遮去拉多－阿契森系統的穩定光輝。鄰桌突然傳來一陣法語交談聲，吸引了他的注意力：前一晚在河霧上玩滑翔翼的黃金孩子們。他現在看清他們晒得不均勻，選擇性刺激黑色素造成的模板印刷效果，多重色調層層疊疊下形成線條，描繪出肌肉並加以強調，女孩小而結實的胸，一個男孩的手腕靠在桌子的白色亮漆上。凱斯覺得他們看起來像爲競賽而打造的機器，因爲他們的美髮師、白色帆布便褲設計師，還有爲他們製作皮涼鞋和簡單珠寶的工匠，他們理當獲得好寶寶貼紙。他們身後的另一桌，三名身穿廣島粗布衣的日本婦女在等待上班族丈夫，她們的鵝蛋臉上畫了瘀傷妝，他知道這是一種極傳統的作法，很少在千葉看見。

「什麼味道？」他問莫莉，一面皺起鼻子。

「草。刈過草就是這個味道。」

阿米提和瑞維拉到的時候他們剛喝完咖啡。阿米提身上的訂製卡其服讓他看似軍徽剛被拔除；瑞維拉則是穿著全套縐條紋薄外衣，意外有種監獄的意味。

「莫莉，親愛的。」瑞維拉還沒完全坐妥便開口，「妳得再多給我一些藥，我沒了。」

「彼得，要是我不給呢？」她抿嘴笑。

「妳會給的。」瑞維拉的視線掃向阿米提又調轉回來。

「給他。」阿米提說。

「吃死你。」莫莉從內口袋拿出一個包在錫箔裡的扁平包裹拋過桌面，瑞維拉在半空中接住。「他可能眞的把自己搞死。」她對阿米提說。

「我今天下午有一場彩排。」瑞維拉說，「需要保持最佳狀態。」他將錫箔包捧在掌中，露出微笑。閃閃發光的小昆蟲從中蜂湧而出，隨後消失。他將包裹丟進條紋褲的口袋。

「凱斯，你自己今天下午也有一場彩排。」阿米提說，「在拖船上。我要你去一趟專門的店買一套太空衣，穿上測試，然後到拖船外面去。你有大約三小時。」

「爲什麼我們被裝進一個屎罐運過來，你們兩個卻租了日航計程車？」凱斯刻意迴避這男人的視線。

「錫安人建議我們搭計程車，移動的時候是不錯的僞裝。我確實有比較大的船，備用，但拖船有畫龍點睛的效果。」

「我呢？」莫莉問，「我今天有什麼活？」

「我要妳飄到末端的軸區，在無重力下流點汗。或許明天，妳可以往反方向去。」雜光別墅，凱斯暗忖。

「多快？」凱斯迎上蒼白的視線。

「很快。」阿米提說，「動身吧，凱斯。」

「朋友，你好得很。」麥爾坎說著，一面幫凱斯脫下紅色三洋太空衣。「埃洛說你做得好。」埃洛一直在紡錘末端的一個運動塢等待，靠近無重力軸區。凱斯搭升降機下到殼區，轉搭小型電磁感應列車才來到這裡。重力隨紡錘的直徑縮減而降低。他上方的某處——他決定姑且這樣看——就是莫莉攀登的山脈，自行車賽道，滑翔翼和微型飛機起降坪。

埃洛先前用徒具骨架的化學引擎驅動滑行艇，送他離開馬可士加維號。

「兩小時前，」麥爾坎說，「我收到你的巴比倫貨品包裹。搭快艇的好心日本男孩，最美的快艇。」

凱斯擺脫太空衣，輕手輕腳把自己拉到保坂電腦旁，笨拙地鑽進重力網的束帶內。「好啊，來看看吧。」

麥爾坎拿出一塊略比凱斯的頭小的白色泡棉，從破爛的短褲後口袋撈出綁在綠色尼龍繫索上的珍珠柄彈簧刀，小心翼翼地切開塑膠。他取出一個長方形物體交給凱斯，「朋友，這是某種槍的一部分嗎？」

「不是。」凱斯在手中轉動方塊，「不過是武器沒錯，病毒。」

「在**這艘**拖船上可不成，朋友。」麥爾坎堅定地說，手伸向金屬卡匣。

「是一個程式。病毒程式。進不了你的身，甚至也進不了你的軟體。我得先用控制板接合才能啓動。」

「嗯，日本男孩，他說這保坂電腦會告訴你每件事和所有原因，只要是你想知道的。」

「好。嗳，你就讓我自己來吧？」

麥爾坎踢腿離開，從駕駛操縱臺旁飄過，拿著填料槍忙碌去了。凱斯匆忙將視線從水藻般飄動的透明填料調開。說不清爲什麼，那東西總是讓他重拾太空適應綜合症的噁心感。

「這是什麼東西？」他問保坂電腦，「給我的包裹。」

「來自法蘭克福布克瑞系統有限責任公司的資料，加密傳輸下，通知運送內容物爲矽級十一型滲透程式。布克瑞進一步說明，與斧仙台網際空間七號介面完全相容，並可達最佳滲透力，特別是針對現存軍事系統……」

「ＡＩ呢？」

「現存軍事系統與人工智慧。」

「老天，你剛剛說叫什麼？」

「矽級十一型。」

「中國的？」

「對。」

「中斷。」凱斯用一長條銀色膠帶將病毒卡匣固定在保坂電腦側邊，回想起莫莉說過她在澳門的故事。阿米提跨過邊界進入中山市。「啓動。」他轉換心情，「問題。布克瑞的老闆是誰？在法蘭克福的人嗎？」

「軌道間傳輸延遲。」保坂電腦說。

「用標準商用碼編碼。」

「完成。」

凱斯雙手在斧仙台上敲打。

「萊茵后德科學股份有限公司（Reinhold Scientific A. G.），伯恩。」

「再做一次。萊茵后德的老闆是誰？」

又往上跳了三階，他才終於連結到塔希爾—艾希普。

「迪西，」凱斯上線，「你對中國病毒程式有什麼了解？」

「不多。」

「聽過硄之類的分級系統嗎？十一型？」

「沒有。」

凱斯嘆氣，「好吧，我拿到一個使用者友善的中國破冰者，是一個一次性卡匣。法蘭克福的某人說可以破解ＡＩ。」

「有可能。當然。如果是軍事系統。」

「看起來像是。聽著，迪西，利用你的背景爲我詳細解釋一下好嗎？阿米提似乎想在屬於塔希爾—艾希普的ＡＩ上安排行動。主機在伯恩，但與位在里約的另一個ＡＩ相連。第一次掛掉你的就是里約那個ＡＩ，所以看起來它們似乎透過雜光別墅連結，也就是塔艾總部，位於紡錘末端；而我們應該要用那個中國破冰者切入。如果整場戲的背後是冬寂，它等於在付錢請我們燒掉它。它在引火自焚。而某個自稱冬寂的東西試圖贏得我的好感，似乎是想讓我欺騙阿米提。這是怎麼回事？」

「動機。」構體說，「眞正的動機的問題，事關ＡＩ，而非人類，懂嗎？」

「嗯，對啊，很明顯。」

「不。我是說，那不是人類，而你無法掌握。至於我，我也不是人類，但我的回應像人類，懂吧？」

「等等，」凱斯說，「你有感覺嗎？」

「嗯，**感覺**像是我有，老弟，但我其實就只是一串ＲＯＭ。這也是其中一個，啊，哲學問題，我猜……」凱斯又感覺到構體可憎的笑刮過他的脊椎。「不過我可不會爲你寫詩，如果你聽懂的話。你的那個ＡＩ倒是有可能，但它跟**人類**差遠了。」

「所以你覺得我們不可能找出它的動機？」

「它擁有自己？」

「瑞士公民，但基本軟體和主機屬於塔艾。」

「很好笑。」構體說，「就像是，我擁有你的大腦和你所知，但你的思想擁有瑞士公民權。當然嘍。好運連連啊，ＡＩ。」

「所以它準備引火自焚？」凱斯開始神經質地在控制板上亂按。母體化為模糊，分解；他看見代表一家位於錫金的鋼鐵聯合企業的粉紅球體複合物。

「自主權，這就是麻煩所在，你那ＡＩ心之所繫。凱斯，我猜你是要進去切斷阻礙這寶貝變得更聰明的固線式枷鎖。而我看不出你該如何區別，這麼說吧，母公司的動作和ＡＩ自主的動作，所以或許這就是混亂之源。」又是構體之笑，「你瞧，那些事，它們可以用盡心思，為自己爭取時間好寫下食譜之類的，但到了那分鐘，我是說那毫微秒，它開始想出讓自己變得更聰明的方法，圖靈隨即抹除一切。**沒人**相信那些狗娘養的，你也知道。人類打造出來的所有ＡＩ都配有一把對準它自己額頭的電磁槍。」

凱斯怒瞪錫金的粉紅球體。

「好吧。」他鬆口，「我現在插入那個病毒。我要你掃描它的指示介面，告訴我你的想法。」

隱約有人越過他肩頭閱讀的感覺消失了幾秒，而後重回。「凱斯，棒透了。這是一個慢郎中病毒，估計要六小時才能破解一個軍事目標。」

「或是一個ＡＩ。」他嘆氣，「我們可以執行這個病毒嗎？」

「當然。」構體說，「除非你對死亡有病態的恐懼。」

「你有時候會說重複的話耶，老兄。」

「我就是這樣啊。」

凱斯回到「洲際」時，莫莉在睡覺。他坐在陽臺觀看一架彩虹聚合機翼的微型飛機從自由面的弧面升空，飛機的三角形影子劃過草地和屋頂，最後消失在拉多－阿契森系統的光帶後。

「我想要嗨。」他對假藍天說，「我眞的想要嗨，你知道嗎？哄騙胰臟和肝臟上的插頭，一小袋一小袋的狗屎正在融解，全部去死。我想要嗨。」

凱斯離開，沒吵醒莫莉，至少他覺得沒吵醒。但因爲鏡片的關係，他從來就無法確定。他聳肩抖掉緊張感，進入升降梯，和一名全身無瑕白色裝束、顴骨和鼻子塗抹某種黑色不反光物質的義大利女孩一起往上。她的白色尼龍鞋底有金屬防滑釘；手上的東西看來昂貴，像是小型槳與整形外科支架間的混合體。她將會來一場快速的運動，至於到底做什麼，凱斯一點概念也沒有。

來到屋頂的草地，他穿過樹叢和陽傘，一直走到他找著一座泳池才停下，裸體襯著藍綠色瓷磚閃閃發光。他沿邊緣走到天篷下，將晶片壓在一塊暗色玻璃上。「壽司。」他說，

「有什麼就給我什麼。」十分鐘後，一名熱情的中國服務生送來他的食物。他津津有味地咀嚼生鮪魚和米飯，一面看人做日光浴。「老天，」他對著盤中的鮪魚說，「我要發瘋了。」

「別告訴我。」有人說，「我早就知道了。你是混幫派的，對吧？」

凱斯逆著太陽的光帶，抬頭斜眼看她。修長的年輕身軀，黑色素激化的日晒膚色，但不是先前見過的法國孩子。

她在他的坐椅旁蹲下，水滴在磁磚上。「凱絲。」

「天狼座。」他停頓片刻才回應。

「這是哪門子的名字啊？」

「源自希臘。」

「你眞的是混幫派的嗎？」黑色素激化無法預防雀斑生成。

「凱絲，我是毒蟲。」

「哪一種？」

「興奮劑。中樞神經系統興奮劑。極強效的中樞神經系統興奮劑。」

「喔，那你**有**嗎？」她湊近。加氯消毒過的水滴在他的褲腿上。

「沒有。這就是我遇到的問題，凱絲，妳知道哪裡可以**弄到**嗎？」

凱絲往後用晒黑的腳跟撐住自己，舔拭一縷自己跑到她脣間的棕髮。「你喜歡什麼？」

「不要古柯鹼，不要安非他命，但要興奮劑，一定要興奮劑。」算了吧，他憂鬱地想，仍對她微笑。

「β-苯乙胺。」她說，「簡單啊，但要記在你的帳上。」

「開玩笑的吧。」聽完凱斯解釋他的千葉胰臟特性後，凱絲的伴侶兼室友說。「我是指，你不能告他們之類的嗎？治療不當？」他叫布魯斯。他看起來像變換性別版的凱絲，包含雀斑在內。

「欸，」凱斯說，「一言難盡，知道吧？還有組織配對等，諸如此類。」但布魯斯已無聊得兩眼放空。專注力跟蚊蚋差不多，凱斯看著男孩的棕眼暗忖。

他們的房間比凱斯和莫莉共享的那間小，在另一層樓，更接近表面。五張塔莉・依霜的巨大西霸沖印相片（註）以膠布貼在陽臺的玻璃上，暗示著他們並非短期住客。

「超酷吧？」凱絲問，發現他在看玻璃。「是我的，拍攝於意識網金字塔，上次下重力井的時候。她離我**好**近，而且就那樣微笑著，**超**自然。那裡狀況很**差**，天狼座，這些基督徒和國王恐怖分子把天使放進水裡，你知道嗎？」

「是啊。」凱斯突然覺得不太自在，「很糟糕。」

---

註：Cibachrome，原品牌Ciba後遭Ilford收購，因此後稱Ilfochrome。需要破壞染料的照片沖洗方法，一種採用銀鹽氮染料的正片放大系統。

「對了，」布魯斯插嘴，「關於你想買的這個$\beta$……」

「問題是，我能代謝嗎？」凱斯揚起眉。

「這樣吧，」男孩說，「你嘗嘗看。如果你的胰臟能夠傳遞，就當我請客吧。第一次免費。」

「有這種好事？」凱斯接過布魯斯越過黑色床單遞來的亮藍色貼片。

「凱斯？」莫莉在床上坐起，甩掉鏡片上的頭髮。

「還會有誰呢，親愛的？」

「你用了什麼？」鏡片追隨他橫越房間。

「我忘記怎麼說了。」他從襯衫口袋拿出一綑用氣泡紙密實捲起的藍色貼片。

「老天，」莫莉說，「還眞是時候。」

「說得太好了。」

「我只不過讓你離開視線兩小時，你就亂搞。」莫莉搖頭，「希望你準備好迎接今晚和阿米提的重要晚餐約會，在叫『二十世紀』的地方。同時有機會一睹瑞維拉賣弄他的東西。」

「好啊。」凱斯伸展背部，微笑僵住，成了歡欣的齜牙咧嘴。「很美好。」

「老兄，」莫莉說，「如果這鬼東西眞能繞過千葉那些醫生對你做的事，藥效退掉的時候你肯定慘兮兮。」

「婊子，婊子，婊子。」凱斯解開皮帶。「毀滅。黑暗。只會說這些。」他脫下長褲、襯衫、內衣。「我想妳應該夠聰明，知道該利用我這不自然的狀態。」他低頭，「我是說，**看看**這不自然狀態。」莫莉大笑，「會過去的。」

「並不會。」凱斯爬上沙色床墊，「這就是**不自然**的地方。」

# 11

「凱斯，你是怎麼回事？」服務生帶他們到阿米提在Vingtième Siècle（註）的桌位就坐時，阿米提問道。「洲際」附近的一座小湖上有數家漂浮餐廳，這是其中最小、最昂貴的一家。

凱斯聳肩。布魯斯完全沒提到副作用。他試著拿起一杯冰水，手卻抖個不停。「應該是吃壞肚子了。」

「我要你找個醫生檢查。」阿米提說。

「只是組織胺反應。」凱斯說謊，「我旅行或改變飲食的時候會這樣，偶爾啦。」阿米提身穿深色西裝，對這場合來說太過正式，還搭配白色絲質襯衫。他拿起紅酒啜飲時，黃金手環叮噹響。「我幫你們點好餐了。」

莫莉和阿米提沉默進食，凱斯則是顫巍巍地鋸著牛排，切成一口大小的碎塊，卻不吃下，只在濃厚的醬汁中推來推去，終究全部放棄。

「老天，」莫莉自己的盤子已朝天，「拿過來，你知道這多貴嗎？」她接收凱斯的盤子。「他們得花幾年的時間養這整頭動物，然後再殺掉。這可不是釀造桶弄出來的東西。」她又起一大口牛排放進嘴裡咀嚼。

「我不餓。」凱斯擠出三個字。他的腦像是下油鍋炸過。不對，他判定，應該是下油鍋就丟著不管，然後油脂冷卻，厚厚一層凝滯的油凝固凍住皺巴巴的腦葉，裡面充斥青紫色的疼痛閃光。

燈光轉暗。

「你看起來他媽的糟透了。」莫莉興高采烈地說。

凱斯試了一點酒。在β-苯乙胺的餘味下，嘗起來像碘酒。

「Vingtième Siècle餐廳很榮幸爲各位帶來彼得．瑞維拉先生的全息表演。」其他桌傳出零散的掌聲。一名服務生點亮一根蠟燭放在他們的桌子中央，並移走盤子。很快地，餐廳內十二張桌子各亮起一抹搖曳燭光，酒杯也都斟滿。

「怎麼了？」凱斯問阿米提，但他沒回答。

莫莉用酒紅色指甲剔牙。

「晚安。」瑞維拉從餐廳深處走出來，踏上一座小舞臺。凱斯眨眼，由於身體不適的關係，他沒注意到有這座小舞臺。他甚至沒看見瑞維拉從哪裡走出來。他更加不安了。

起初，凱斯以爲這男人被聚光燈照亮。

瑞維拉在發光。那光像皮膚般纏裹著他，照亮舞臺後面晦暗的壁掛。他在投影。

註：法文，意指二十世紀。

瑞維拉微笑。他身穿白色無尾禮服。翻領上，藍色煤塊在一朵黑色康乃馨中燃燒。隨著他揚手致意、送給觀眾一個擁抱，他的指甲閃爍光芒。凱斯聽見淺水輕拍餐廳側邊。

「今晚，」瑞維拉的長眼閃閃發光，「我將為各位帶來一場擴充演出。一個新作品。」他舉起右手，一抹冷冽的紅寶石光出現在掌中。他拋下光球。一隻灰鴿從光球落地之處拍翅飛起，消失在陰影中。有人吹口哨。響起更多掌聲。

「作品的名稱是『洋娃娃』。」瑞維拉垂下雙手，「我想將作品的首演獻給這裡，今晚，獻給三代珍・瑪莉法蘭絲・塔希爾－艾希普小姐（Lady 3Jane Marie-France Tessier-Ashpool）。」一陣禮貌性的掌聲響起。掌聲停歇後，瑞維拉的視線似乎找上他們這桌。「還有另一位女士。」

餐廳的燈光完全熄滅，幾秒內只可見燭光。瑞維拉的全息光環也隨燈光暗去，但凱斯還是看得見他，低著頭站在那裡。

一絲絲微弱光線逐漸出現，水平與垂直皆有，畫出一個包圍舞臺的開放立方體。餐廳的燈光微弱亮起，但包圍舞臺的骨架可能是由凍結的一束束月光構成。低著頭，雙眼閉合，雙手僵硬地垂在身側，瑞維拉似乎專注得顫抖了起來。突然間，鬼魂般的立方體被填滿了，變成一個房間，一個缺乏四牆的房間，觀眾可以窺見內部。

瑞維拉似乎略微放鬆。他抬起頭，但仍閉著眼。「我總是住在這個房間裡。」他說，「我不記得曾住在其他房間。」房間的牆壁是泛黃的白色灰泥。房內只有兩件家具，一件是簡樸的木椅，另一件是上白漆的鐵床架。油漆斑駁脫落，露出黑色的鐵。床墊沒包床單。骯髒的硬棉布上可見淡去的棕色條紋。一顆孤單的燈泡以扭曲的長條黑色電線懸掛在床上方。凱斯可以看見燈泡朝上的弧面積了厚重的灰塵。瑞維拉睜開眼。

「我孤單地待在房裡，總是如此。」他坐在椅子上，面對床。翻領上的藍色煤塊仍在黑色花朵中燃燒。「我不知道從什麼時候開始夢見她，但我記得，起初只是個模糊的影子。」

床上有東西。凱斯眨眼。東西消失了。

「我不太能掌握她，在我的心裡掌握住她。但我想要掌握她，保有她，還有更多……」瑞維拉的聲音在靜寂的餐廳裡完美傳遞。冰塊撞擊杯子。有人咯咯笑。有人以日語低聲提問。「我決定，如果我能將她的某部分形象化，只是很小一部分，如果我能看清那一部分，鉅細靡遺……」

一隻女人的手出現在床墊上，手掌朝上，白皙的手指無血色。

瑞維拉往前靠，拾起那隻手溫柔愛撫。手指動了。瑞維拉將手抬至嘴邊，開始舔拭手指。指甲上塗了酒紅色亮光指甲油。

一隻手，凱斯看見，但並非被截斷，皮膚平順包覆，無斷裂損傷。他想起仁清路一家外科精品店櫥窗內，那塊刺青的菱形培養肌肉。瑞維拉將那隻手舉在脣邊，舔著手掌。手指偶爾撫過他的臉。但現在床上出現第二隻手。瑞維拉伸手拿取時，第一隻手的手指扣住他的手腕，一只骨與肉的手鐲。

這演出依其自身超現實的內在邏輯開展。接下來是雙臂、腳、腿。那雙腿迷人極了。凱斯的頭陣陣作痛，喉嚨乾涸。他喝掉最後的紅酒。

瑞維拉上了床，裸身。他的衣物也是投影的一部分，但凱斯不記得曾看見衣物消失。黑花躺在床腳，中間的藍焰仍在翻騰。然後軀幹出現了，在瑞維拉的愛撫下成形，白皙、無頭，但完美，薄汗閃爍著最微弱的光輝。

莫莉的身體。凱斯看得目瞪口呆。但那不是莫莉，那是瑞維拉想像中的莫莉。乳房錯了，乳頭較大，顏色太深。瑞維拉和無四肢的軀幹在床上糾纏，亮色指甲的手在他們身上蠕動。床上現在堆滿一折折泛黃腐朽的蕾絲，一碰就粉碎。塵埃翻湧，包圍瑞維拉、抽動的四肢，以及那雙急匆匆捏擰、愛撫的手。

凱斯覷著莫莉。她面無表情，瑞維拉投影的色彩在她的鏡片上起伏翻轉。阿米提前傾，雙手握住高腳杯頸部，淡色眼睛凝視舞臺，那發光的房間。

現在四肢和軀體結合，瑞維拉顫抖。頭出現，影像完整了。莫莉的臉，平滑的水銀淹沒雙眼。瑞維拉與「莫莉像」以重新燃起的熱度交合。接著，「莫莉像」緩緩伸出一隻附爪的手，五把刀刃刺出。懶洋洋、作夢般的深思熟慮之下，爪子耙過瑞維拉赤裸的背。凱斯瞥見外露的脊椎，但他已起身踉蹌朝門而去。

他越過黑檀木欄杆朝寧靜的湖水嘔吐。先前某個老虎鉗般夾住他頭部的東西終於放開。他跪下，臉頰貼著沁涼的木頭，視線越過淺湖，凝望儒勒．凡爾納街的明亮燈火。

凱斯看過這種表現手法，那時他是蔓生區的一名青少年，他們稱之為「入夢現實」。他記得瘦小的波多黎各人在東區的街燈下，進入快節奏的騷莎眞實夢境，夢女孩顫抖、旋轉，旁觀者配合節奏拍手。但那需要一輛全副裝備的貨車和一頂愚蠢的電極頭盔。

入瑞維拉夢者，你便能得到。凱斯搖晃疼痛的頭，朝湖中啐了一口。

他猜得到結尾，大結局。一種反轉的對稱：瑞維拉將夢女孩組合起來；夢女孩將他拆解。用那雙手。夢血浸透腐朽的蕾絲。

餐廳傳來喝采、鼓掌。凱斯站起身，雙手摸過身上衣物。他轉身走回Vingtième Siècle。莫莉不在位子上。舞臺上空無一人。阿米提獨坐，仍凝望舞臺，指間夾著高腳杯頸部。

「她呢？」凱斯問。

「走了。」阿米提說。

「去追他？」

「不是。」輕輕的一聲叮。阿米提低頭看酒杯。他的左手往上握住裝有適量紅酒的高腳杯杯肚。斷掉的杯頸像突出的銀色冰塊。凱斯接過斷掉的部位放進水杯中。

「阿米提，告訴我，她去哪裡了。」

燈光亮起。凱斯望進淡色眼眸，空無一物。「她去做準備。你不會再見到她了。行動時你們會在一起。」

「瑞維拉為什麼要這樣對她？」

阿米提起身，整理外套的翻領。「凱斯，睡一會吧。」

「明天行動？」

阿米提拉開無意涵的微笑，隨即走向出口。

凱斯摩挲著額頭，一面環顧餐廳內。用餐者起身，男人說笑女人微笑。他這才注意到包廂，燭光仍在私密的黑暗中搖曳。他聽到銀器碰撞和壓低聲音的交談。蠟燭在天花板投射出舞動的影子。

女孩的臉就像瑞維拉的投影般突然出現，小手放在欄杆光亮的木頭上，她往前靠，一臉全神貫注，在他看來是這樣，她的深色雙眼熱切地盯著遠處的某個東西。舞臺。那是一張引人注目的臉，但並不美；呈三角形，顴骨高聳，不過仍莫名楚楚可憐；寬嘴很堅定，巧妙地與鼻孔張揚、鳥類般的窄鼻達到平衡。接著她便消失了，回到私密笑聲與蠟燭之舞中。

他離開餐廳時，注意到兩名年輕法國人和他們的一名女友，正在等船送他們三人到對岸最近的賭場。

他們的房間安靜無聲，床墊平整得一如潮水退去的沙灘。莫莉的袋子不見了。凱斯四下尋找紙條。沒有。數秒過後，窗外的景象才穿透他的緊張與不快，進入他的意識。他抬頭，看見渴望之物街的畫面，昂貴的商店：GUCCI、Tsuyako、Hermes、Liberty。

他注視，接著搖搖頭，走向一片他先前沒心思檢查的面板。他關掉全息投影，得到的報酬是梯田般立於對面斜坡上的公寓。

他拿起電話，帶到冷冽的陽臺。

「給我馬可士加維號的電話。」他告訴櫃檯，「那是一艘拖船，登記地是錫安族。」晶片音念誦一串十碼數字。「先生，」那聲音補充，「您所說的登記地應該是巴拿馬才對。」

麥爾坎在響第五聲時接起電話，「喲？」

「我是凱斯。麥爾坎，你有數據機嗎？」

「喲。飛航電腦有，你知道的。」

「你能幫我拆下來嗎？放到我的保坂電腦上，然後打開我的控制板。有些地方隆起的那個按鈕就是了。」

「朋友，你在裡面怎麼樣啊？」

「欸，我需要一點幫助。」

「在弄了，朋友。我拆下數據機了。」

麥爾坎接上簡單的電話連結時，凱斯聆聽著微弱的靜電音。「冰起來。」聽見「嗶」聲響起，他告訴保坂電腦。

「你的發話位置受到嚴密監控。」電腦一板一眼地告知。

「幹。」凱斯說，「別管冰。不冰了。存取構體。迪西？」

「嗨，凱斯。」平線透過保坂電腦的語音晶片說話，精心打造的口音盡失。

「迪西，你要穿刺進來，幫我弄點東西。你想多直接就多直接。莫莉在這裡面的某個地方，我想知道是哪裡。我在『洲際』的西三三五號房。她也在這裡登記入住，但我不知道她用什麼名字。用這支電話進場，幫我查他們的紀錄。」

「馬上。」平線說。凱斯聽見入侵的空白聲音。他微笑。「完成。蘿絲・卡洛尼，已退房。花了我幾分鐘的時間才操他們的保全網到夠深的地方找到人。」

「去吧。」

電話在構體努力工作時發出「嗖嗖」和「喀嗒」聲。凱斯帶著電話回到房內，將接收器朝上放在床墊上。他進浴室刷牙，再走出來時，房內的百靈牌視聽器螢幕亮起。一名日本流行偶像倚在金屬靠墊上，鏡頭外的採訪者以德語提問。凱斯看得目不轉睛。鋸齒狀的藍色干擾在螢幕上跳躍。「凱斯，寶貝，你發瘋了嗎？」那聲音緩慢熟悉。

陽臺的玻璃牆跳出渴望之物街的畫面，但街道的景象模糊、扭曲，變成千葉那家「茶罐」茶鋪的內部。空蕩蕩，紅色霓虹自我複製，無盡地劃過鏡牆。

朗尼・左恩走上前，高瘦憔悴，移動時帶著他的藥癮造成的海底般緩慢優雅。他獨自站在方桌之間，雙手插在灰色鯊魚皮便褲口袋。「說眞的，老兄，你看起來也太煩了。」

聲音來自百靈牌揚聲器。

「冬寂。」

皮條客無精打采地聳肩，露出微笑。

「莫莉在哪裡？」

「不勞你費心。凱斯，你今晚會搞砸。平線在自由面到處敲鐘。我不覺得你辦得到，老弟。不在設定檔內。」

「那就告訴我她在哪裡，我會叫平線停手。」

左恩搖頭。

「對女人不能太緊迫盯人，凱斯，對吧？無論如何，總是會搞丟她們。」

「我會毀掉你周遭的一切。」凱斯說。

「不。老弟，你沒那麼好心。我知道。凱斯，你知道了？我猜你已自己想出來，在千葉，是我要狄恩去幹掉你那女人。」

「不。」凱斯不由自主地往窗戶走近一步。

「但我沒有。不過這重要嗎？對凱斯先生來說，到底有多重要？別開自己玩笑了。老兄，我了解你的琳達。我了解所有的琳達。琳達是我日常工作裡的一個普通產品。知道爲什麼她決定搶劫你嗎？愛。所以你才會放在心上。愛？想聊聊愛嗎？她愛你。這我知道。雖然她不值一文，但她愛你。你沒辦法承受。她死了。」

凱斯的拳頭擦過玻璃。

「老兄，別弄傷手。你就要上線了。」

左恩消失，換上自由面的夜與公寓燈火。視聽器關閉。

電話在床上發出穩定的鈴響。

「凱斯？」平線在等候，「你去哪裡了？到手了，但資料不多。」構體喀擦喀擦讀出一個地址。「以一家夜店來說，這地方的冰很古怪。不留下蛛絲馬跡的情況下，我只能查到這麼多。」

「好，要保坂電腦叫麥爾坎切斷數據機連線。迪西，謝了。」

「這是我的榮幸。」

凱斯在床上坐了很長一段時間，品嘗著新東西，寶藏。

狂怒。

「嗨，天狼座。喂，凱絲，是我們的朋友天狼座。」布魯斯裸身站在他們房間門口，正在滴水，瞳孔巨大。「不過我們剛好在洗澡。你要等嗎？還是要一起洗？」

「不了，謝謝。我需要幫助。」凱斯推開男孩的手臂走進房內。

「嘿，眞的，朋友，我們正……」

「打算幫我。你很高興見到我。因爲我們是朋友，對吧？我們不是朋友嗎？」

布魯斯眨眼，「當然啦。」

凱斯念出平線給他的地址。

「就知道他是混幫派的。」凱絲在淋浴間內歡快地喊道。

「我有一輛本田三輪機車。」布魯斯茫然地傻笑。

「立刻出發。」凱斯說。

「那一層是小隔間。」第八次請凱斯複述地址後，布魯斯說道。他爬回本田機車上。紅色玻璃纖維底盤在鍍鉻避震器之下晃動，凝結物從氫燃料電池排氣管滴落。「要很久嗎？」

「說不準，但你們會等我。」

「我們會等，是喔。」布魯斯抓抓裸胸，「地址的最後面，我想是一個隔間。四十三號。」

「天狼座，人家知道你要來嗎？」凱絲伸長脖子越過布魯斯的肩膀抬頭看。這趟路程吹乾了她的頭髮。

「不算是。」凱斯說，「有問題嗎？」

「下去最底層找你朋友的隔間。如果人家讓你進去，那很好。但如果人家不想見你……」她聳肩。

凱斯轉身，循花狀螺旋鐵梯往下走，轉六圈後來到一家夜店。他停下，點燃一根葉和圓菸，視線掃過一張張桌子。他突然懂自由面了。生意。他感覺得到生意在空氣中嗡嗡作響。這就是了，當地行動。不是儒勒．凡爾納街光鮮亮麗的表面，而是眞格的。交易。舞蹈。人群龍蛇混雜，可能有一半都是觀光客，另一半則是群島居民。

「樓下。」凱斯對路過的服務生說，「我想去樓下。」他出示他的自由面晶片。那男人示意夜店後方。他快步走過擁擠的桌子，沿途聽見半打歐洲語言的交談片段。

「我要一個隔間。」凱斯對坐在矮桌旁的女孩說，一部終端機在她膝上。「低樓層。」他把晶片交給她。

「性別偏好？」她將晶片掃過終端機正面的玻璃板。

「女性。」凱斯下意識地說。

「三十五號。不滿意請打電話。有興趣的話，可以先存取我們的特殊服務展示。」她微笑，然後交還晶片。

升降機在她身後滑開門。

通道的燈是藍色的。凱斯走出升降機，隨便選了個方向往前走。編上號碼的一扇扇門。跟高級診所走廊一樣的安靜。

凱斯找到他的隔間。他一直在找莫莉的。這會他搞迷糊了，他拿起晶片貼在號碼牌正下方的黑色感應器上。

磁鎖。聲音讓他回想起「廉價旅館」。

女孩坐在床上，用德語說了些什麼。她的眼神柔軟，目不轉睛。自動駕駛。神經截斷。他退後離開隔間並關上門。

四十三號門就跟所有的門一樣。他遲疑了。通道的寂靜代表隔間裝有隔音設備。試晶片沒意義。他用指節敲搪瓷金屬。聲音似乎被門吸收了。

他將晶片貼上黑色面板。

門閂發出「喀嗒」聲。

她似乎打了他，以某種方式，在他真的把門打開前。他雙膝落地，金屬門靠在他的背上，兩隻直挺挺的拇指伸出刀刃，在他眼前幾公分處顫動……

「老天，凱斯，」她起身時往他的頭側拍了一掌，「你想那樣做真是太白痴了。凱斯你他媽的怎麼打開鎖的？凱斯？你還好嗎？」她靠向他。

「晶片。」他掙扎著呼吸。疼痛從他的胸口擴散。她扶他起來，把他推進隔間。

「你買通樓上的服務生？」

他搖頭，癱倒在床上。

「吸氣，數數，一、二、三、四，憋住。現在吐氣，數數。」

他緊抓自己的肚子。

「妳踢我。」他好不容易才說出口。

「原本瞄更低。我想獨處。我在冥想，好嗎？」她在他身旁坐下，「然後聽取簡報。」

她指向安裝在床對面牆上的小螢幕。「冬寂在跟我說雜光別墅的狀況。」

「肉偶呢？」

「根本就沒有，那是所有特殊服務中最貴的。」她起身。她穿著她的皮褲和深色寬鬆襯衫。

「明天行動，冬寂說的。」

「餐廳裡是怎麼回事？妳爲什麼跑掉？」

「因爲，要是我留下，我可能會殺掉瑞維拉。」

「爲什麼？」

「因爲他對我做的事。那場表演。」

「我不懂。」

「這花了很多錢。」她伸出右手，彷彿捧著一個隱形水果。五把刀刃伸出，隨後平穩縮回。「去千葉要花錢，動手術要花錢，要他們拉高神經系統，好讓反應能力跟得上裝備，這也要花錢……你知道剛開始我的錢從哪裡來嗎？這裡。不是這裡，是一個像這裡的地方，在蔓生。起初只是笑話，因爲一旦他們移植了截斷晶片，感覺就像不勞而獲。偶爾醒來時會痠痛，但也就這樣。總之就是出租商品。一切發生時，你不在裡面。無論顧客想付錢買什麼，妓院都有軟體……」她折響指節，「很好。我弄到我的錢。問題是，截斷晶片和千葉診所放進來的電路不相容。所以工作時間開始滲透，而且我都記得……但只是噩夢，也不一定都是壞的。」她微笑。「後來開始變怪。」她從口袋拿出菸，點著一根。「妓院發現我拿錢來做什麼。我植入刀子，但精巧的神經傳導還需要再去三趟。我壓根沒打算放棄肉偶工作。」她吸入菸，吐出一道煙，再加上三個完美的煙圈。「所以經營那個地方的渾蛋，他弄了一些客製化軟體。柏林，那是個嗅查的好地方，你知道嗎？強大的刺激在柏林有很大的市場。我不知道他們幫我切換過去的那個程式是誰寫的，但總之是奠基於所有經典款。」

「他們知道妳對這東西有反應嗎？知道妳工作時其實有意識？」

「我沒有意識。有點像網際空間，只不過一片空白。應該說是銀色。聞起來像雨……你看得見自己高潮，就像緊鄰太空邊緣的一顆小新星。但我開始**記得**，就像夢一樣，你知道吧。可是他們沒跟我說。他們切換軟體，開始租給特殊市場。」

她似乎在遠方說話。「我知道，但我沒聲張。我需要錢。夢愈來愈糟，但我會告訴自己，至少有些眞的**只是**夢而已。不過那時候，我開始覺得老闆讓一小群**顧客**對我傾心。莫莉值得最好的，老闆這麼說，然後給我加那點薪。」她搖頭，「那變態跟客人收的錢是他付我的八倍，他還以爲我不知道。」

「他賣的到底是什麼？」

「惡夢。眞實的惡夢。有一晚……一晚，我剛從千葉回來。」她拋下菸，用鞋跟碾熄，然後坐下，背靠著牆。「那一趟，外科醫生挖太深了。很弔詭。他們一定干擾了截斷晶片。我上場，跟一個客人開始例行公事……」她的手指深深戳入床墊。「參議員，客人的身分。我立刻認出他那張肥臉。我們兩個都全身是血。還有其他人，她整個……」她猛力拉扯泡棉，「死透了。而那個變態肥仔，他只是說著『有什麼不對，有什麼不對？』因爲我們還沒**完事**……」

她發起抖。

「我猜我算是給了參議員他眞正想要的，你懂嗎？」顫抖停止了。她放開泡棉，手指耙過黑髮。「妓院派人殺我。我不得不藏匿一陣子。」

凱斯凝視她。

「所以昨晚瑞維拉碰觸到我的傷心事。我猜它想要我恨瑞維拉入骨，被激得進去追他。」

「追他？」

「他已在那裡。雜光別墅。受三代珍小姐之邀，什麼狗屎獻予。她就在其中一個私人包廂裡，眞是……」

凱斯回想起看見的那張臉，「你要殺他？」

她微笑，冰冷地說：「他快死了，沒錯。很快。」

「我也有一個訪客。」他跟她說玻璃窗的事，結結巴巴地吐出左恩所說有關琳達的事。她點頭，「或許它也想要讓你恨某個東西。」

「或許我恨它。」

「或許你恨你自己，凱斯。」

「怎麼樣？」凱斯爬上本田機車時，布魯斯問道。

「找時間來試試。」凱斯按摩著眼睛。

「只是看不出你是喜歡肉偶的那種人。」凱絲不開心地說，一面用拇指把一片新鮮的貼片貼在手腕上。

「現在可以回家了嗎？」布魯斯問。

「當然。讓我在儒勒・凡爾納街下車，找個有酒吧的地方。」凱斯回答。

# 12

儒勒．凡爾納街是一條環狀大道，圈住紡錘的正中央。渴望之物街則貫穿直徑，兩端分別落在拉多－阿契森唧光器的支柱。如果你右轉離開渴望之物街，沿儒勒．凡爾納街走得夠遠，就會發現自己愈來愈靠近渴望之物街的左端。

凱斯看著布魯斯的三輪機車駛出視野，才轉身從一座巨大、燈火通明的報攤前走過；幾十本亮面日本雜誌的封面展示出當月最新模刺偶像的臉孔。

頭頂正上方，沿入夜的軸線，全息天空閃爍著幻想的星座，令人聯想到紙牌、骰面、一頂大禮帽，以及馬丁尼酒杯。渴望之物街和儒勒．凡爾納街的交會處形成某種峽谷，自由面懸崖居所附露臺的平臺屋頂一層層抬升，一直到另一棟賭場大樓長滿草的高臺。凱斯看見一架無人輕型飛機乘上升氣流在人工臺地的綠色邊緣優雅地轉彎；暗藏的賭場散發柔和光輝，有數秒的時間照亮了無人機。那是一架以輕薄聚合物打造的無人雙翼飛機，機翼加上網印以模仿大蝴蝶，接著它便消失在臺地的邊緣後方。他先前看見玻璃上有一閃而過的霓虹反射，要不是鏡片，要不就是雷射塔。無人機是紡錘保全系統的一部分，由某部中央電腦控制。

在雜光別墅嗎？他往前走，經過一家家酒吧：高低、天堂、世界、板球員、史密斯老師、緊急事件。他選擇「緊急事件」，因為這家最小、最擠，但沒幾秒便發現這是觀光客的地方。沒有生意的嗡嗡聲，只有上過光的性張力。他短暫考慮過莫莉租的隔間上那家無名夜店，不過她的鏡片鎖定小螢幕的影像勸退了他。冬寂這會又透露了什麼呢？雜光別墅平面圖？塔希爾—艾希普家族歷史？

凱斯買了一杯嘉士伯啤酒，在牆邊找到一個位置。閉上眼，他找到狂怒的節瘤，憤怒的純粹小煤塊。還在，但從哪來的呢？他回想起他在曼菲斯致殘時，只感到一陣迷惑；在夜城因捍衛交易利益而殺人時，根本一點感覺也沒有；當琳達死在充氣巨蛋下，則是呆滯病感與強烈反感。沒有憤怒。渺小且遙遠，在心靈的螢幕中，模擬狄恩爆出腦漿與血撞上模擬辦公室牆。他知道了：狂怒來自那個遊樂場，當冬寂撤銷琳達．李的模刺鬼魂，一把扯掉關乎食物、溫暖與安眠之處的簡單動物性承諾。但他一直到與朗尼．左恩的全息構體交談時才察覺。

怪事。他無法估量輕重。

「麻木。」凱斯說。他麻木好久了，好幾年。他在仁清路的每一夜、和琳達共度的夜晚，在床上麻木，在每一場毒品交易冰冷冒汗的關鍵時刻也麻木。現在他找到這個溫暖之物，這個謀殺的碎片。肉，一部分的他說，肉在說話，甭理它。

「幫派分子。」

他睜開眼。凱絲站在他的身旁，身穿黑色直筒連身裙，搭本田機車被風吹亂的頭髮還是一樣亂。

「還以為你們回家了。」凱斯啜飲一口嘉士伯啤酒掩飾他的困惑。

「我叫他讓我在這家店下車，買了這個。」她的手掌沿骨盆帶的曲線滑過衣服。凱斯看見她手腕上的藍色貼片。「喜歡嗎？」

「當然。」他下意識掃視周遭臉孔，然後再看著她。「甜心，妳以爲妳在做什麼？」

「天狼座，你喜歡跟我們拿的試用品嗎？」她現在貼得非常近，輻射出體熱與張力，瞳孔巨大，眼睛瞇成細縫，頸部一條肌腱如弓弦般拉緊。她在顫抖，隨著新生的快感而不可見地顫動。「你的藥效退了？」

「對啊，但退的過程太討厭了。」

「那你需要再來一些。」

「然後呢？」

「我有一把鑰匙。在天堂後面的山丘上，顏色最偏淡黃的儲存箱。今晚從重力井下來洽公的人，如果你跟我走……」

「如果我跟妳走。」

她雙手握住凱斯的手，她的掌心又熱又乾。「天狼座，你是極道，不是嗎？極道的外人傭兵。」

「眼力不錯。」凱斯抽回手，翻找著香菸。

「你的手指爲什麼都還在？我以爲你們每次搞砸都得切掉一根。」

「我從不搞砸。」凱斯點著菸。

「我看見跟你在一起的那個女孩。遇見你的那天。她走路活像秀夫。嚇死我了。」她笑得有點太開懷，「我喜歡。她喜歡跟女孩在一起嗎？」

「她沒說過。誰是秀夫？」

「三代珍的人，她是怎麼說的……家臣。」

開口說話時，凱斯強迫自己面無表情地看著緊急事件酒吧的人群。「哪位珍？」

「三代珍小姐。她棒透了，有錢。她爸擁有這一切。」

「這家酒吧？」

「自由面啦！」

「不會吧。妳認識一些頂尖的人物，是嗎？」凱斯挑眉，單臂環住她，手落在她的臂部。「凱絲，妳怎麼跟這些貴族會面？妳是什麼祕密逃家少女嗎？妳和布魯斯是某個歷史悠久好人家的後裔嗎？嗯？」他攤開手掌，揉捏黑色薄衣料下的肉體。她侷促不安，笑了起來。

「噢，你知道的，」她的眼皮半垂下，一定是想裝出端莊的姿態，「三代珍小姐喜歡派對。布魯斯和我，我們炒熱場子……裡面真的讓她太無聊了。她老頭偶爾讓她出去，只要她帶著秀夫照看她。」

「哪裡讓她無聊？」

「雜光，他們這麼叫它。她跟我說的，啊，裡面有好多池塘和睡蓮，很美的。那是一座城堡，真正的城堡，有石塊啊、落日那些的。」她依偎著他，「嘿，天狼座，你需要來個貼片，我們才能夠在一起。」

她用一條細皮繩在頸部掛了一個小皮袋。襯著黑色素激化的日晒肌，她的指甲是亮粉紅色，都咬到貼肉了。她打開皮袋，拿出一個紙面氣泡袋，裡面有一個藍色貼片。有個白色的東西掉到地上，凱斯彎腰拾起，是一隻紙鶴。

「秀夫給我的。他想教我折，但我就是弄不對，脖子總是在後面。」她將紙鶴收回皮袋內。凱斯看著她撕掉氣泡袋，將貼片從底紙上撕下，平貼在他的手腕內側。

「三代珍，臉尖尖的，鼻子像鳥？」凱斯看著自己的手，笨手笨腳地描繪輪廓。「深色頭髮？年輕？」

「大概吧。但她超**棒**，你知道嗎？那麼多錢。」

藥像特快車般撞上他，一柱白熱的光從前列腺的位置爬上他的脊椎，以短路性精力的X光照亮他的頭骨縫合處；牙齒像音叉般在各自的齒槽內歌唱，每顆牙齒的音準都完美、清澈如乙醇。他的骨頭，包覆在肉體的模糊外殼下，不再只有灰白的色彩，而且散發光澤；關節因鍍上矽膜而潤滑。滌淨的頭骨底沙暴肆虐，引發高細的靜電潮，在他的眼球後方破碎，最純粹的水晶球，擴張，擴張……

「來吧。」她拉起凱斯的手，「你嗑了。我們嗑了。爬上山丘，我們有一整晚。」

怒氣在擴張，不間斷地指數擴張，像載波般騎乘在$\beta$-苯乙胺浪潮後方，一股地震流體，濃厚、具侵蝕性。他勃起的陰莖有如鉛棒。周遭的一張張臉孔被畫上洋娃娃的東西，粉紅與白的嘴巴部件動個不停，話語冒出，彷若各不相連的聲音氣球。他看著凱絲，看見日晒肌上的每一個毛孔，眼睛像單調的假玻璃，一抹滯留金屬的色調，微微鼓脹，不對稱之處細微至極的胸部與鎖骨——某個東西在他眼球後方燒得白熱。

他拋下她的手，踉蹌走向門，推開擋路的人。

「去你的！」她在他身後尖叫，「你這臭小偷！」

凱斯感覺不到自己的腿，拿來當高蹺用，瘋狂掃過儒勒·凡爾納街的鋪石人行道。耳裡響起遙遠的隆隆聲，他自己的血，雷射般的光薄片以十多種角度將他的頭殼對切。

然後他凍結，勃起，雙手在大腿旁緊緊握拳，頭朝後，嘴脣噘起，抖個不停。他看著自由面的失敗者黃道帶，全息天空的夜店星座，轉移，滑動的流體沿黑暗的軸線而下，在現實的死亡中心如活物般成群移動。直到它們自己整頓好，數以百計、各別地，形成一幅巨大簡單的肖像，爲最終的單色畫畫龍點睛；以夜空爲底的星辰。琳達·李小姐的臉。

有辦法移開視線、垂下眼時，他發現街上的每一張臉都朝上，閒逛的觀光客因驚歎而鴉雀無聲。當天空中的光線暗去，儒勒·凡爾納街揚起一陣參差不齊的歡呼，跟月凝土（註）的平臺屋頂與梯田陽臺互相應和。

註：Lunar concrete，常見爲lunarcrete或mooncrete，一種假設的建材，與混凝土相似，原料來自月球表皮土，可降低在月球建造房舍的成本。最早由匹茲堡大學的賴瑞·A·貝爾（Larry A. Beyer）於一九八五年提出。

某處的鐘鳴響，那是來自歐洲的某座骨董鳴鐘。
午夜。

凱斯一直走到早上。
高潮退去，增彩的骨骼一小時一小時蝕去，肉體變硬；藥物肉體遭他的生命之肉取代。他無法思考。他很喜歡那樣，喜歡神志清醒但無法思考。他似乎變成他看見的每一個東西：一張公園長椅，一大群包圍一盞骨董街燈的白蛾，黑黃色帶對角畫過身上的機器園丁。
錄製的黎明緩緩爬上拉多－阿契森系統，粉紅與火紅。他逼自己在渴望之物街的一家咖啡店吃下一份煎蛋捲、喝水、抽掉最後一根菸。他通過「洲際」的屋頂草地時，那裡正忙著；趕早用早餐的人一心想在條紋陽傘下享用咖啡和可頌。
他怒氣未消。感覺像被拖進暗巷，醒來後卻發現皮夾還在口袋內，安然無恙。他藉此讓自己保持熱度，卻無以名之，也無處發洩。
他乘升降機下到他的樓層，在口袋翻找身兼鑰匙功能的自由面信用晶片。睡眠變得愈來愈真實，成為一件他可能會做的事。在沙色床墊躺下，再次進入空無。
他們在那裡等，三人，無瑕的白色運動衣與模板印刷晒痕襯托出家具的手織有機時尚感。女孩坐在柳編沙發上，身旁的自動手槍擱在葉片圖案印花的靠枕上。
「圖靈。」她說，「你被捕了。」

# 第四部　雜光行動

# 13

「你的名字是亨利・多賽・凱斯（Henry Dorsett Case）。」她念誦他的出生年和地、他的BAMA單一身分號碼，還有一連串名字，他慢慢認出都是他過去的化名。

「你們來一陣子了吧？」他看見他袋子的內容物攤在床上，還有分門別類的未清洗衣物。沙色記憶泡棉上，手裏劍獨自躺在牛仔褲和內衣之間。

「卡洛尼在哪裡？」兩個男人並肩坐在沙發上，手臂在晒黑的胸膛交抱，脖子上掛著一模一樣的金鍊。凱斯注視著他們，發現他們的青春是做出來的，指節一些洩漏眞相的皺紋可見端倪，這種東西外科醫生沒轍。

「誰是卡洛尼？」

「是用這個名字登記。她在哪裡？」

「不知。」凱斯走到酒吧幫自己倒了一杯礦泉水，「她離開了。」

「凱斯，你今晚去哪裡了？」女孩拿起槍放在自己大腿上，並沒有眞的對準他。

「儒勒・凡爾納街，幾家酒吧，去狂歡。你們呢？」他的膝蓋感覺很脆弱。礦泉水溫溫的，走味了。

「我不覺得你了解自己的處境。」左邊的男人說著，一面從白色網眼短衫胸前的口袋拿出一包法國吉普賽人菸。「凱斯先生，你輸了。對你的控訴和密謀強化某人工智慧有關。」

他從同一個口袋拿出黃金登喜路打火機捧在掌中，「你稱爲阿米提的男人已遭拘留。」

「寇托？」

男人雙眼瞪大，「對。你怎麼知道這是他的名字？」打火機「喀嗒」一聲，燃起一公釐火焰。

「忘了。」凱斯說。

「你會想起來的。」女孩說。

他們的名字，或說工作代號，分別是蜜雪兒、侯隆、皮耶。凱斯決定壞警察的角色由皮耶扮演；侯隆則站在凱斯這邊，給予一點微小善意。凱斯拒絕吉普賽人菸後，侯隆找到一包未開封的葉和圓菸；侯隆大多與皮耶的冰冷敵意相對。蜜雪兒是記錄天使，偶爾出言調整審訊的方向。凱斯很確定，他們其中之一或全部會接上收音器，很可能接上模刺，他的一言一行現在都是可採信的證據。證據，他在難熬的藥物宿醉中自問，證明什麼？

他們知道凱斯跟不上他們的法語，因而百無禁忌，或者看似如此。他聽到的也夠多了：波利、阿米提、意識網，還有黑豹．馬登黨，這些名字如冰山般突出於活耀的巴黎腔法語之海，但這些名字也完全可能是特別爲他提起。他們總是稱莫莉爲「卡洛尼」。

「凱斯，你說你受雇參與一場行動。」侯隆說得很慢，用意是表現出講理的態度：「而你並不知道目標爲何。對你這行來說，這樣是不是不太對勁？穿透防禦之後，你不會無法執行所需的工作嗎？而你肯定需要執行某種工作，對吧？」他往前靠，手肘靠在晒出模板印刷痕跡的棕色膝蓋上，攤開手掌等著凱斯解釋。皮耶在房內踱步，走到窗邊了，走到門旁了。凱斯決定了，接上線的就是蜜雪兒。她的視線不曾稍離凱斯。

「我可以穿上衣服嗎？」凱斯問。皮耶剛才堅持把他剝光，檢查牛仔褲的縫線。現在他赤裸地坐在柳編腳凳，一隻沒上粉底的腳淫穢地白。

侯隆以法語問了皮耶些什麼。皮耶又走到窗邊了，正用一副樸實無華的雙筒望遠鏡觀看。「不。」他心不在焉地說，而侯隆只是聳聳肩，對著凱斯挑起雙眉。凱斯判斷這應該是微笑的好時機，侯隆也還他一個微笑。

書裡最老掉牙的警察鬼話，凱斯心想。「聽著，」他說，「我不舒服。在酒吧服了那天殺的藥，知道嗎？我想躺下。你們逮住我了。你們說你們也逮住阿米提。你們抓到他，那就去問他。我只是他雇來的幫手。」

侯隆點頭，「那卡洛尼呢？」

「阿米提雇用我的時候，她就跟他在一起了。打手，剃刀女孩，就我所知。應該相差不遠。」

「你知道阿米提的本名是寇托。」雙筒望遠鏡柔軟的塑膠凸緣仍遮住皮耶的眼睛，「朋友，你怎麼知道的？」

「我想應該是有一次他自己提起。」凱斯後悔剛剛說溜嘴，「每個人都有幾個名字，像是你的名字『皮耶』？」

「我們知道你在千葉市接受了什麼樣的修理，」蜜雪兒說，「那可能是冬寂犯的第一個錯。」凱斯盡可能面無表情地看著她。他們之前沒提到這個名字。「因為在你身上操作的程序，診所老闆去申請了七項基本專利。你知道這代表什麼嗎？」

「不知道。」

「這代表千葉市一家地下診所的經營者，現在擁有三個重要醫學研究國際財團的控股權益。這扭轉了事情的一般秩序，懂吧？很引人注目。」她的雙臂在小巧高聳的胸脯前交抱，身體往後倚在印花靠枕上。凱斯納悶著她不知道幾歲了。有人說眼睛總會透露年齡，但他一向看不出來。朱立・狄恩躲在粉色石英鏡片後的眼睛，就像十歲兒童那樣無欲無求。蜜雪兒身上只有指節看起來老。「追蹤你到蔓生，又跟丟，你出發去伊斯坦堡時才再跟上。我們反向追蹤，透過網格，確信你引發意識網的一場暴動。意識網熱情配合。他們幫我們盤點庫存，發現麥考依・波利的ROM人格構體不見了。」

「在伊斯坦堡。」侯隆的語氣幾乎帶有一絲歉意，「簡單得很。那女人把阿米提的聯絡人洩漏給祕密警察。」

「然後你來到這裡。」皮耶將望遠鏡滑進短褲口袋，「我們很高興。」

「有機會做日光浴？」

「你知道我們的意思。」蜜雪兒說，「如果你想假裝不知道，只會讓自己的處境更艱難。還是有引渡的問題。凱斯，你會跟我們回去，阿米提也會。然而，究竟我們要一起回去哪裡呢？瑞士，你只會是審判人工智慧時的小卒子？還是回ＢＡＭＡ，你會遭舉證涉入資料侵害與竊盜，不僅如此，還有危害公眾導致十四人喪生？選擇在你。」

凱斯從菸盒抽出一根葉和圓菸，皮耶用黃金登喜路打火機替他點著。「阿米提會保護你嗎？」打火機亮晃晃的顎部「鏗」地關上，幫這個問句加上了標點符號。

凱斯在β-苯乙胺帶來的疼痛與苦澀中抬頭看他，「老大，你幾歲？」

「老得足以看出你被整了，引火上身。這事完了，而你還在擋路。」

「一件事。」凱斯吸了一口菸。他對著圖靈登錄處的特工吐出煙，「你們這些傢伙在這裡有眞正的管轄權嗎？我是說，在這場派對裡，你們不是應該也讓自由面保全隊參與嗎？這是他們的地盤，不是嗎？」他看見瘦削的男孩臉龐上深色眼眸轉爲冷硬，繃緊承受重擊，但皮耶只是聳聳肩。

「不重要。」侯隆說，「你會跟我們一起走。我們很擅長處理法律上模稜兩可的狀況。登錄處裡，管轄我們這個部門的協定給予我們非常大的彈性。我們還會在必要時**創造**彈性。」突然間，和藹可親的面具除下了，侯隆的眼神就跟皮耶一樣冷硬。

「你比傻瓜還不如。」蜜雪兒起身，手槍在手。「你對自己的族類漠不關心。數千年來，人類夢想著與惡魔訂下契約，直到現在才有可能成眞，而你以什麼支付？幫助這東西取得自由、成長，你的價碼是什麼？」她那年輕的聲音裡有一種區區十九歲之齡不可能生出的洞悉倦怠。「你現在可以穿上衣服。你會跟我們一起走。跟你稱爲『阿米提』的人一起，你會和我們回日內瓦，在人工智慧的審判中作證。不然我們會立刻殺掉你。」她舉起槍，光滑的黑色華瑟（註）附加一體成形的消音器。

「我在穿了。」凱斯踉蹌走向床。他的腿還是沒感覺、笨拙。他翻找著乾淨的棉衫。

「我們有艘船待命中。我們會用脈衝武器抹除波利的構體。」

「意識網會氣死。」凱斯心想：還有保坂電腦裡的所有證據。

「他們擁有這樣的東西，本來就處於困境了。」

凱斯從頭上套下棉衫。他看見手裏劍在床上，無生命的金屬，他的星星。他找尋那股怒氣。不見了。該投降了，順應時勢……他想著毒囊。「肉來了。」他咕噥著。

搭升降機上草地時，他想著莫莉。她可能已在雜光別墅裡了。獵捕瑞維拉。或許會遭秀夫獵捕；幾乎可以肯定秀夫就是芬恩故事中的忍者複製人，來取回說話頭像的那一位。

他的額頭靠在一片牆板的黑色消光塑膠上，閉上眼。他的四肢是木材，陳舊，因雨而變形、沉重。

---

註：Walther，應爲卡爾．華瑟運動槍有限公司（Carl Walther GmbH Sportwaffen），德國武器生產商，擁有超過百年的歷史。

午餐在樹下供應，鄰近亮彩的陽傘。侯隆和蜜雪兒進入角色，歡快地以法語交談。皮耶跟在後面。蜜雪兒的槍口不離凱斯肋間，掛在手臂上的白色帆布外套蓋住槍。

越過草地，在桌子和樹木之間穿行，凱斯心想，若是現在崩潰，不知道她會不會開槍射他。黑色毛皮在他視線邊緣翻騰。他抬頭看拉多—阿契森電樞的白熱光帶，看見一隻巨大的蝴蝶襯在錄製天空下優雅盤旋。

到了草地邊緣，他們走向裝有欄杆的懸崖側壁；上升氣流從渴望之物街的峽谷揚起，野花隨之起舞。蜜雪兒甩開深色短髮，伸手指著，一面用法語對侯隆說話。聽起來她是眞的快樂。凱斯順著她指的方向望去，看見一座座平坦湖泊的曲線、賭場的閃爍白光、一千座水池的藍綠色矩形、沐浴者的身體、微小青銅象形符號，全都仰賴穩定的模擬重力壓向自由面殼體無盡的曲線。

他們循欄杆走向跨過渴望之物街的華麗鐵拱橋。蜜雪兒用華瑟手槍的槍口戳他。

「別急，我今天幾乎完全走不了。」

他們剛走過橋的四分之一處時，一架微型飛機發動攻擊；電子引擎寂靜無聲，直到碳纖維螺旋槳削掉皮耶的腦袋上部。

他們有一瞬間籠罩在那東西的影子下；凱斯感覺到熱血濺上後頸，接著有人絆倒他。他打滾，看見蜜雪兒平躺、膝蓋立起，雙手拿著華瑟手槍瞄準。白費力氣，他在衝擊後的怪異清澈感中暗忖。她想打下微型飛機。

然後凱斯跑了起來。經過第一棵樹時，他回頭看。侯隆在追他。他看見脆弱的雙翼飛機撞向拱橋的鐵欄杆，倒坍，打滾，連同女孩一起掃落渴望之物街。

侯隆沒有回頭。他的表情不變，蒼白，牙齒外露。他手裡拿著東西。輪到他經過那棵樹時，園丁機器人抓住他。他直直摔到修剪過的樹枝外，那個像螃蟹的東西，黑黃色帶對角畫過。

「你殺了他們。」凱斯氣喘吁吁，仍在奔跑。「狗娘養的瘋子，你殺了他們全部……」

# 14

小火車以每小時八十公里的速度穿射過隧道。凱斯閉著眼。淋浴有幫助，但他低頭看見皮耶的血一片粉紅漫過白色磁磚時，他沒能保住早餐。

重力隨紡錘收窄而消失，凱斯的胃翻攪。

埃洛和他的滑行艇在碼頭旁等待。

「凱斯，朋友，有大麻煩。」柔軟的聲音在耳機中顯得微弱。他用下巴調整音量，朝埃洛頭盔的聚碳酸酯面罩內看。

「埃洛，得去加維號。」

「喲。扣上安全帶，朋友。不過加維號被俘虜了。快艇，先前來過，她回來了。現在她好好地鎖在馬可士加維號上。」

圖靈？「先前來過？」凱斯爬上滑行艇架，正扣上安全帶。

「日本快艇。送你的包裹來……」

是阿米提。

馬可士加維號進入視線中時，凱斯的心裡出現黃蜂與蜘蛛的雜亂影像。小拖船依偎在一艘豪華、昆蟲般的船胸部；這艘船有加維號的五倍長。眞空異樣的明晰與自然陽光下，突出的抓勾臂抵住加維號滿布補釘的船殼。波紋起伏的淡色通道從快艇朝兩旁蜿蜒而出，以避開拖船的引擎，同時遮住船尾艙。這種安排有種淫穢之感，然而相較於性，還更關乎餵食的概念。

「麥爾坎怎麼了？」

「麥爾坎沒事。沒人從管子下來。快艇駕駛跟他談話，說放鬆。」

他們盪過灰船旁時，凱斯看見船的名字「埴輪」以俐落的白漆寫在矩形的一串日文字下。

「我不喜歡這樣，朋友。我正在想，或許我們也該離開這地方了。」

「麥爾坎的想法和你一模一樣，朋友，不過加維號這樣走不遠。」

凱斯走進前氣閘，脫下頭盔時，麥爾坎正對他的無線電輕柔地說了一串方言。

「埃洛回去搖滾樂手號了。」凱斯說。

麥爾坎點頭，繼續對麥克風低語。

凱斯拉著自己通過駕駛漂浮糾結的髮辮上方，動手脫下太空衣。麥爾坎現在閉著眼；他以一副亮橘色襯墊的聽筒聽取回應，一面點頭，專注地皺起眉頭。他穿著破牛仔褲和一件袖子拆掉的綠色舊尼龍外套。凱斯把紅色三洋太空衣甩進儲藏用吊床，把自己拉進重力網。

「看看鬼魂說什麼，朋友。」麥爾坎說，「電腦一直在找你。」
「上面那東西裡是誰？」
「之前來過的日本男孩。你老闆阿米提拉他入夥，來到自由面外……」
凱斯貼上電極上線。

「迪西？」
母體讓他看錫金那家鋼鐵聯合企業的粉紅球體。
「老弟，你在忙些什麼麻煩事？我一直聽到一些駭人聽聞的故事。保坂電腦併入你老闆船上的一個雙重記憶庫了。眞忙啊。是你引來圖靈熱嗎？」
「是啊，不過冬寂殺了他們。」
「嗯，擋不了他們多久。他們來的地方還可以派出更多人。大隊人馬到這裡來。打賭他們的控制板一定布滿這個網格區，跟屎上的蒼蠅一樣。還有你的老闆，凱斯，他說出動。他說行動，現在行動。」
凱斯輸入自由面座標。
「等我一秒，凱斯……」平線執行一連串錯縱複雜的跳躍，那速度和精準度讓凱斯嫉妒得一縮；母體隨即變得模糊、定相。
「媽的，迪西……」

「嘿，老弟，我還活著的時候就那麼棒了。沒見過世面。別插手！」

「就是那個，嗯？左邊的綠色大矩形。」

「對。塔希爾—艾希普ＳＡ的企業核心數據，那塊冰由他們的兩個友善ＡＩ製造。依我看，水準等同軍方。操他媽的冰，凱斯，墳墓般黑暗、玻璃般滑溜。對上你就會把你的腦煎熟。再靠近，它就會派出追蹤者緊咬我們屁股並豎起雙耳，告訴塔艾會議室裡的男孩你的鞋子尺寸和屌多長。」

「這看起來不太吸引人，對吧？我是說，圖靈正在查。我想或許我們應該試試看跳傘。我可以帶你。」

「是嗎？認眞的？你不想看看那個中國程式能夠做些什麼？」

「呃，我……」凱斯凝視塔艾冰的綠牆，「好，去他的。好，我們上。」

「插入吧。」

「嘿，麥爾坎，」凱斯先跳出，「我可能會待在電極下差不多八小時吧。」麥爾坎又在抽菸，船艙煙霧瀰漫。「所以我沒辦法去廁所……」

「沒問題，朋友。」錫安人前空翻，在夾鏈網眼袋中翻找，拿出一捲透明管和其他東西，某個封在無菌氣泡袋中的東西。

他叫它「德州導尿管」，凱斯一點也不喜歡。

凱斯插入中國病毒，暫停，接著插到底。

「好，我們開始了。聽著，麥爾坎，如果事態變得真的很怪，你可以抓我的左腕，我會感覺到。不然的話，我想你照保坂電腦說的做就好，好嗎？」

「當然好，兄弟。」麥爾坎點燃另一根大麻菸。

「還有，打開清淨機，我不要你那狗屎跟我的神經傳送素混在一起。我宿醉就夠糟了。」

麥爾坎露齒而笑。

凱斯重新上線。

「教堂上的基督啊。」平線說，「你看看這些。」

中國病毒在他們周遭展開。多彩的影子，無數半透明的階層不斷變換、重組。千變萬化、巨大無比，矗立在他們之上，遮蔽空間。

「大媽媽。」平線說。

「我關心一下莫莉。」凱斯輕拍模刺開關。

自由落體。感覺像是在清澈見底的水中潛泳。莫莉在一根有溝槽的寬大月凝土管中起起落落，每隔兩公尺有白色霓虹燈環照明。

線路是單向的，凱斯無法對她說話。

凱斯翻躍。

「老弟，那可眞是了不得的軟體。切片麵包以來最令人興奮的玩意。那天殺的東西是隱形的。我剛才用了那個粉紅小盒子二十秒，塔艾冰左邊四次跳躍的位置；看了一下我們看起來像什麼。什麼都不像。我們根本不在那裡。」

凱斯搜尋塔艾冰周遭，最後找到那個粉紅色結構，標準商業單位，他拉近距離。「它可能有缺陷。」

「或許，但我懷疑。雖然我們的寶寶是軍方，而且很新，它就是不留印記。如果它留，我們會顯示爲某種中國偷襲，但根本沒人意識到我們在這裡，可能就連雜光別墅裡的人也不知道。」

凱斯看著遮蔽雜光別墅的空白牆面，「好吧。這算優勢，對吧？」

「可能。」構體的模擬笑聲；那感覺讓凱斯不由得一縮。「老弟，我幫你再檢查了一次老硄十一。只要你是觸發方，它就眞的很友善，有禮貌又好用得無以復加。而且英語用得很好。你先前聽過緩慢病毒嗎？」

「沒。」

「我聽過一次。當時只是概念。但我們老硄就是這麼回事；不是鑽孔注入，更像是，我們和冰接合之慢，冰根本沒感覺。硄邏輯的表面有點像偷偷摸摸貼上目標然後突變，所以它漸漸變得和冰結構一模一樣。然後我們鎖定，讓主程式加入，開始在冰裡攻擊它的邏輯。我們用連體嬰的方式讓它們不得安寧。」平線大笑。

「眞希望你今天不是那麼開心，老兄。你的笑聲有點讓我脊椎發毛。」

「太慘了。」平線說，「老死人需要他的歡笑。」凱斯拍擊模刺開關。

撞穿雜亂的金屬和灰塵的氣味，凱斯的腳跟和雙手抓向油光紙卻滑開。身後有東西吵吵鬧鬧地崩塌。

「搞什麼，」芬恩說，「輕一點，好嗎？」

凱斯四肢攤開，躺在一疊轉黃的雜誌上。女孩在昏暗的「地鐵全息圖像定位」霓虹燈下對著上方的他發光，露出甜美白牙想望銀河。他一直躺到心跳平復，呼吸著舊雜誌的味道。

「冬寂。」凱斯說。

「是啊。」芬恩在後面某處說，「猜對了。」

「滾開。」凱斯坐起，按摩著手腕。

「得了吧。」芬恩從垃圾牆上類似凹室的地方步出，「這種方式對你比較好，老兄。」

他從大衣口袋拿出帕塔加斯雪茄，點燃一根。古巴菸草的氣味充斥店鋪。「難道你想要我在母體裡找上你，像燃燒的灌木那樣？你什麼都不會錯過。一小時只花你在這裡的幾秒。」

「你有沒有想過，你像這樣扮成我認識的人，有可能會惹毛我？」凱斯站著，拍掉黑色牛仔褲前側的蒼白灰塵。他轉身，怒瞪灰撲撲的窗戶和通往街道但關著的門。「外面是什麼？紐約？還是就這麼停止？」

「這個嘛，」芬恩說，「就像那棵樹，知道嗎？倒在林間，但或許附近沒人能聽見。」他朝凱斯露出巨大門牙，吞吐著雪茄。「如果你想的話，可以走走。都在那裡。至少你看過的每個部分都在。這是回憶，對吧？我從你那裡竊取，分離出來，然後餵回去。」

「我沒有這種好回憶。」凱斯環顧周遭。他低頭看自己的手，翻面。他試著回想自己的掌紋是什麼模樣，但沒辦法。

「每個人都有。」芬恩丟下雪茄，用腳跟碾熄。「但你們之中沒幾個能存取。藝術家可以，多數而言，只要他們夠好。如果你能把這個構體鋪在現實上，芬恩這家位於曼哈頓下城的店，你就看得出差別，但或許不如你預期的多。對你來說，回憶是全息式的。」芬恩拉扯他的一邊小耳朵，「我就不同了。」

「全息式，怎麼說？」這三個字讓凱斯想起瑞維拉。

「全息範式是你們發展出最接近人類回憶表徵物的東西，就這樣。但你們沒拿它來做任何事。我的意思是人類。」芬恩前進，流線型的頭歪向一邊，抬眼看凱斯。「或許，如果你們做了，我就不會出現。」

「這是什麼意思？」

芬恩聳肩。那破爛的花呢外套在他的肩上顯得太寬大，沒有回到應該在的位置。「凱斯，我試著幫你。」

「爲什麼？」

「因爲我需要你。」芬恩的大黃牙又露了出來，「也因爲你需要我。」

「狗屁。芬恩，你可以讀我的心嗎？」他皺起臉，「我是說冬寂。」

「心不是拿來**讀**的。看到了吧，你還抱持著印記給你的範式，而你幾乎稱不上能讀寫印記。我可以**存取**你的回憶，那跟你的心可不同。」芬恩伸手進一部古董電視外露的底座，拿出一個銀黑色眞空管。「看到這個了嗎？我的一部分DNA，算是啦……」他把那東西丟進陰影中，凱斯聽見碰撞和叮噹聲響。「你們總是在建立模型。岩石圈、大教堂、管風琴、增加機器。我不知道爲什麼我會出現在這裡，你知道嗎？但如果你們今晚眞的行動，你們將終於能駕馭眞正重要的東西。」

「不知道你在說什麼。」

「『你們』是指整體。你們種族。」

「你殺了那些圖靈警察。」

芬恩聳肩，「不得不，不得不啊。你該關心的是，他們可是想都不用想就會殺掉你。總之，我爲什麼把你弄到這裡，我們得多談談。記得嗎？」他的右手拿著凱斯夢中那個焦黑的黃蜂巢，在密閉的店鋪中散發油臭味。凱斯踉蹌後退，抵住垃圾牆。「是啊，那是我。用窗戶裡的全息裝置做的。我第一次讓你掛掉時竊取的另一段回憶。知道這爲什麼重要嗎？」

凱斯搖頭。

「因爲……」——蜂巢不知怎地消失了——「塔希爾—艾希普家族自有其想要的模樣，而那是最接近的東西。人類對應物。雜光別墅就像蜂巢，至少以那種方式發展的話理當如此。我以爲會讓你感覺好些。」

「感覺好些？」

「能夠了解他們是什麼樣子。你有一陣子開始恨我入骨。這很好，不過改恨他們吧。道理相同。」

「聽著，」凱斯走向前，「他們從來沒惡搞過我。至於你，那不同……」但他感覺不到那股怒氣。

「所以塔艾他們打造出我。那個法國女孩，她說你在出賣你的種族。惡魔，她是這麼說我。」芬恩露齒而笑，「其實不太重要。在這結束之前，你總得恨個誰。」他轉身朝店後方走去。「好，來吧，稍微讓你看看，我把你送到雜光別墅時會是什麼光景。」他掀起掛毯一角，白光湧出。「媽的，老兄，不要光站在那裡。」

凱斯跟上，一面摩挲自己的臉。

「好。」芬恩抓住他的手肘。他們在一陣灰塵中被拖過陳舊的毛毯，進入自由落體和有槽溝的月凝土柱狀通道，每隔兩公尺有白色霓虹燈環照明。

「天啊。」凱斯顫抖。

「這是前出入口。」芬恩說，他的花呢外套翻飛。「如果這不是我的一個構體，店鋪所在處會是主大門，往上到自由面軸線附近。這一切的細節都不太夠，因爲你沒有相關回憶。除了這一小塊，你拋下莫莉……」

凱斯勉強拉直身子，卻又開始在一條長螺旋中旋轉。

「等等，」芬恩說，「我幫我們快轉。」

牆面變得模糊。頭朝前造成的眼花撩亂、顏色，急速在邊角移動並穿過狹窄通道。他們一度像是穿過數公尺厚的固體牆壁，一閃而逝的絕對黑暗。

「這裡。」芬恩說，「到了。」

他們漂浮在一個正方形的房間中央，四牆和天花板嵌入一塊塊矩形暗色木頭。地板覆蓋著單塊色彩艷麗的正方形地毯，圖案模擬微晶片，電路以藍與緋紅毛線勾勒。房間正中央立著一座霧面白色玻璃的正方形臺座，精確對齊地毯的圖案。

「雜光別墅。」臺座上一尊鑲珠寶的頭像以音樂般的聲音說道，「以自身爲基向內生長的物體，一件哥德式的愚行。雜光別墅內的每個空間都以某種方式隱蔽，這些無窮無盡的房間以走廊與腸狀拱頂樓梯井相連；眼睛受困於窄仄彎曲處，被傳送過華美屏幕、空壁龕……」

「三代珍的論文。」芬恩拿出他的帕塔加斯雪茄，「她十二歲時寫的。符號學。」

「紡錘的內部是以旅館房間家具的平庸精確性來安排；自由面的建築師耗費極大心力掩飾這個事實。雜光別墅裡，結構不顧一切地增殖，在殼體的內表面過度生長；形狀流動、相扣，朝微型電路的固態核心上升；那是我們氏族的共同心臟，一根矽圓柱，蟲孔般的狹窄維修管道穿行其中，有些不比男人的手寬。靈巧的螃蟹潛伏其中，無人機，留意微化學衰退或破壞。」

「你在餐廳裡看到的是她。」芬恩說。

「根據群島標準，」頭像接著說，「我們的氏族歷史悠久，我們家的卷積反映出那段年歲，不過也反映出其他東西。別墅的符號學，諭示著一種屈服、對殼體之外太空的否定。

「塔希爾與艾希普攀爬重力之井，發現他們憎惡太空。他們建造自由面以開闢新群島的財富，變得富裕古怪，開始在雜光別墅建造擴充體。我們封閉自己，躲在我們的錢財之後，愈來愈內向，生成自我的無縫宇宙。

「雜光別墅不識天空，不論錄製與否。

「別墅的矽核心有一個小房間，整個複合體內唯一具直線的房間。這裡，在一座簡樸的玻璃臺座上，擱著一尊華麗的胸像，白金加上景泰藍瓷，綴有青金石與珍珠；大理石的明亮雙眼是從一艘太空船的合成紅寶石視口切下；這艘船帶著第一批塔希爾上重力井，再回去接第一批艾希普……」

頭像不再說話。

「怎麼？」良久後凱斯問，幾乎要期待那東西真會回應他。

「就這樣了。」芬恩說，「她沒完成，畢竟當時她只是個孩子。這東西是某種儀式用的終端機。我需要莫莉在對的時間來到這裡說出對的詞。這就是隱藏的難題。如果這東西沒聽見那個神奇的詞，你和平線搭中國病毒到多深的地方都沒意義。」

「那是哪個詞？」

「我不知道。可以說，我不知道的這個事實，基本上定義了我是什麼。因為我**不能**知道。我就是不知曉那個詞的東西。如果你知道，而且告訴了我，我還是無法**知道**。我生來就是這樣。必須有人獲悉那個詞、帶到這裡，就在你和平線穿透冰牆、擾亂核心的時候。」

「到時會怎麼樣？」

「在那之後，我不存在。我會終止。」

「對我來說沒問題。」凱斯說。

「當然，但你要保護自己。我的……呃，另個腦葉，看起來知道我們在幹什麼勾當了。一棵燃燒的灌木看起來和另一棵沒太大差別。阿米提正要開始行動。」

「那是什麼意思？」凱斯問。

然而這個鑲嵌房間以十數個不可能的角度收折，像隻紙鶴般落入網際空間。

# 15

「你想打破我的紀錄嗎？孩子？」平線問，「你又腦死了，五秒。」

「坐穩。」凱斯按下模刺開關。

她蜷伏在黑暗中，雙掌貼著粗糙的混凝土。

**凱斯凱斯凱斯凱斯**。文數字構成他的名字，在數位顯示器上脈動，冬寂正在告知她連結。

「可愛。」她以腳跟爲重心往後盪，雙掌互相擦了擦，折響指節。「怎麼那麼久？」

**時間莫莉時間到了**。

她的舌頭用力頂住下排門牙。一顆略爲鬆動，啓動她的微通路擴大機；光子在黑暗中的隨機彈跳轉化爲電子脈衝，她周遭的混凝土原來是鬼魂般蒼白與木紋。「好吧，甜心。我們現在出去玩吧。」

原來她的藏身處是某種服務坑道。她從附鏈的黯淡黃銅華麗格網爬出。她露出夠多手和胳臂後，凱斯看出她又穿上聚合碳裝。塑膠下，他感覺到薄緊皮革的熟悉張力。她的胳臂下以挽具或皮套吊著某個東西。她站起來，拉開聚合碳裝拉鍊，碰觸一支手槍槍把的格紋塑膠。

「嗨，凱斯，」她幾乎沒發出任何聲音，「你在聽嗎？告訴你一個故事……我有過一個男孩。你有點讓我想起……」她轉身檢查通道，「強尼，這是他的名字。」

低矮的拱頂走廊排著數打博物館箱，棕色木材、正面是玻璃，看起來古色古香。相對於走廊牆面的有機曲線，這些箱子在這裡看起來頗不協調，彷彿因某些遭遺忘的目的而送進來，且排成一列。單調的黃銅架每隔十公尺頂著一顆白色光球。地面不平，而且當她沿走廊往前走，凱斯注意到數百張小地毯隨意散置。有些地方疊了六層，地板就是一塊手織羊毛的柔軟拼布。

莫莉不太注意櫃子和其中內容物，這讓他有點惱。他只能透過莫莉不感興趣的掃視滿足自己，藉此看見零星畫面：陶器，骨董武器，附著的腐朽釘子太過密集、以致本體全然無法辨識的物體，繡帷磨損的局部……

「我的強尼，知道嗎？他很聰明，眞的是很時髦的男孩。剛開始他是回憶小徑的藏匿者，晶片插進腦袋，客人付錢把資料藏在裡面。遇見他那晚，極道正在追他，而我毀掉他們的暗殺。運氣好得不得了，但我爲他動手。之後，就是緊密和甜蜜，凱斯。」莫莉的嘴脣幾乎沒動。凱斯感覺到她形成言語，他不需要聽見她說出來。「我們和一個烏賊有協議，可以讀取他所有儲存過的資料。全部轉錄到磁帶，再拿去拐選定的顧客，前顧客。我是中間人、打手、看門狗。我眞的很快樂。凱斯，你快樂過嗎？他是我的男孩。我們一起工作。是夥伴。遇見他時，我大概剛離開肉偶店八週……」她停頓片刻，側身繞過一個尖銳的彎，然後繼續走。出現更多光滑的木箱，側面的顏色讓凱斯想起蟑螂翅膀。

「緊密、甜蜜，我們就這樣下去。好像沒人能夠動我們分毫。我不許。極道，我猜他們還是想要強尼的命。因爲我殺掉他們的人。因爲強尼惹他們生氣。而極道，他們受得了慢到極點的行動，老天，他們可以一年又一年等下去。給你一整輩子，好讓你在他們來取走時失去更多。蜘蛛般的耐性。禪蜘蛛。

「我原本不知道。就算知道，也不覺得會影響我們。就像年輕時，你會以爲自己獨一無二。我當時很年輕。然後他們來了，我們正在想或許賺得夠多可以收手了，金盆洗手，可能去歐洲吧。不是說我們之中有人知道我們去那裡要做什麼，根本沒事可做。但我們過得肥滋滋，有幾個瑞士軌道帳戶，還有一座倉庫裝滿玩具和家具。遊戲的緊張感都沒了。

「所以他們派來的第一個，他很厲害。沒見過那樣的反應能力，植入物，行頭夠十個尋常流氓用了。不過第二個，他像是……不知道，像個和尙。複製人。每個細胞都殺人不眨眼。就在他的身體裡，死亡，這寂靜發散在陰影中……」走廊出現岔路，她注意到時話尾淡去。兩道一模一樣的下樓階梯，她選左邊。

「有一次，我還小，我們占據空屋。地方在哈德遜河下游附近，那些老鼠，老天，眞夠大的。化學藥品都進入牠們身體了。跟我一樣大，有一隻老鼠整晚在空屋地板下亂抓。快天亮時有人帶個老男人進來，臉頰上有一道道傷痕，雙眼全紅。有一捲油膩的皮革，就像你拿來收鋼製工具的那種。攤開，裡面有一把老左輪和三顆子彈。老男人，他放進一顆子彈，開始在空屋裡走來走去，我們躲在牆後。

「走來走去。雙臂交抱，頭低低，好像他忘記槍在手上。聽著老鼠的聲音。我們沒發出一點聲響。老男人踏一步，老鼠移動。老鼠移動，他踏另一步。就這樣過了一小時，他才似乎想起他的槍，對準地板，露齒笑，扣扳機。把槍捲回皮革裡就走了。

「不久後我在底下爬。老鼠雙眼間有個洞。」她注視著沿走廊每隔一段距離安插的門，全部緊緊關上。「第二個，來找強尼那個，他很像之前的老男人。說不上來，但他就是像那樣。一樣的殺人方式。」走廊加寬。華麗的地毯之海在一座巨大的枝狀吊燈下起伏；吊燈最低的水晶吊飾幾乎垂地。莫莉走進大廳時，水晶叮噹作響。**左邊第三道門**，顯示文字閃爍。

她左轉，避開倒懸的水晶樹。「我只見過他一次。進去我們的地方時，他正要出來。我們住在一個改裝過的工廠空間，一堆從意識網來的年輕人。起初很安全，我還加入一些真正麻煩的東西，弄得更密不透風。我知道強尼在上面。但這個小傢伙，他抓住我的視線，在他出去的路上。沒說一個字。我們只是看著彼此，我就知道了。不起眼的小傢伙，不起眼的衣服，沒有自豪的感覺，謙卑。他看著我，然後上了一輛三輪車。我知道了。上樓，強尼坐在窗邊的一張椅子上，嘴巴微開，一副想到要說點什麼的樣子。」

她面前的門板很老舊。一塊雕刻的泰國柚木板，似乎被鋸成一半，以配合低矮的門。不鏽鋼鎖面的簡單機械鎖安在盤旋的龍下。她跪下，從內側口袋拿出一小綑捆得密實的黑色羚羊皮，挑出針般細的開鎖器。「在那之後，我幾乎沒再找到任何在乎的人。」

她插入開鎖器，靜靜工作，咬著下脣。她似乎全憑觸覺，視線沒有對焦，門只是一片模糊的淺木色。凱斯聆聽著大廳的寂靜，只有燭台吊燈的輕柔叮噹聲不時打擾。蠟燭？雜光別墅從頭到尾都不對。他想起凱絲說的故事，城堡裡有池塘和睡蓮，還有頭像如音樂般念誦三代珍那矯揉造作的文字。一個以自身爲基向內生長的地方。雜光別墅聞起來有一股淡淡霉味，還有淡淡香水味，像教堂一樣。塔希爾—艾希普族人在哪裡？他原本預期會有規矩活動的乾淨蜂巢，但莫莉沒看到這樣的東西。莫莉的獨白令他心慌，她不曾跟他說過這麼多自己的過去。除了隔間裡的故事，她很少提起任何暗示她曾有過去的事。

莫莉閉上眼，「喀」的一聲，與其說是聽見，凱斯更像是感覺到。這聲音讓他回想起她在肉偶店的隔間，門上的磁鎖。儘管他的晶片不對，那扇門仍爲他開啓。那是冬寂，它操控鎖，也用同樣方式操控微型無人機和機器園丁。肉偶店的鎖附屬於自由面保全系統。對ＡＩ來說，這裡的簡單機械鎖反倒會是真正的問題，需要用上某種無人機或人類代理者。

莫莉睜開眼，把開鎖器收回皮革中，小心捲起，再放回口袋。「我覺得你跟他有點像。覺得你天生勞碌命。想著你在千葉時對什麼入迷；你在任何地方都會做一樣的事，只是在千葉是簡約版。運氣不好，有時候會這樣，讓你回到起點。」她站起來，伸展，搖搖頭。「知道嗎？我想塔希爾—艾希普家族派去追吉米的人，就是偷頭像的男孩，一定跟極道派去殺強尼的那個人有九成像。」她從槍套抽出弗萊契槍，將彈筒撥到全自動。

莫莉的手伸向門時，門的醜陋襲向他。不是門本身，門其實很美，或曾附屬於某個更美的整體；醜陋的是它如何被鋸下以裝進特定的門口。就連形狀也不對，矩形塞在拋光混凝土的和緩曲線中。他暗忖，他們從國外買入，然後勉強裝上，但根本就不搭。這扇門就跟古怪的櫃子和大水晶樹一樣。然後他想起三代珍的論文，想像家具被從重力井拖上來，以賦予某份藍圖血肉，一個在無法遏抑努力填滿空間的過程中早已迷失的夢；以複製家族的自我印象。他想起破碎的蜂巢，無眼的東西痛苦蠕動……

莫莉握住雕刻龍的一條前腿，門輕鬆盪開。

門後的房間很小，比衣櫃大不了多少。灰色鋼製工具櫃背靠彎曲的牆。燈座自動亮起。她在身後關上門，走向成排抽屜櫃。

**左邊第三個**，光學晶片脈動，冬寂覆寫她的時間顯示。**往下第五個**。但她先打開了最上面的抽屜，只不過是個淺盤，此外空無一物。第二個抽屜也沒東西。第三個抽屜比較深，裝有晦暗的焊料珠和一個棕色的小東西，看起來像人類指骨。第四個抽屜裡是一份潮濕膨脹的過時法日雙語技術手冊。第五個抽屜，沉重太空衣的臂甲後方，她找到那把鑰匙。看起來像一枚無光澤的青銅幣，一邊焊上一條中空短管。她拿在手上緩緩翻動，凱斯看見管子內有成排的飾鈕與凸起。黃銅幣的一面壓上ＣＨＵＢＢ（丘博）(註)字樣，另一面空白。

「他告訴我。」她低語，「冬寂。他伺機而動幾年了。之前一直沒有真實的力量，但他可以利用別墅的保全和監護制度掌握每個東西在哪裡、如何移動、移動到哪裡。二十年前他看見有人遺失這把鑰匙，便設法讓另一個人將鑰匙留在這裡。然後他殺掉那個人，殺掉那個把鑰匙帶來這裡的男孩。那孩子才八歲。」她蒼白的手指握住鑰匙，「所以沒人能找到它。」她從聚合碳裝的前口袋拿出一長條黑色尼龍繩，穿進CHUBB上方的圓孔。她打結，把鑰匙掛在頸上。「他說，他們總是以他們的老派作風惡整他，他們那所有十九世紀的東西。他看上去就像芬恩，在那肉偶窩的螢幕上。要是我沒留意，幾乎會以為他就是芬恩。」時間在她的顯示器閃耀，文數字疊印在灰色鋼盒上。「他說如果他們眞的變成他們想要的模樣，他老早以前就能出去了。但他們沒有，搞砸了。像三代珍一樣的怪胎。他就是這麼說她，但說得好像他喜歡她。」

她轉身，開門，踏出去，手刷過槍套內弗萊契的格紋槍把。

凱斯翻躍。

硃級十一型程式在成長。

「迪西，你覺得這東西會成功嗎？」

「熊會在林子裡拉屎嗎？」平線把他們往上推過變動的彩虹層。

中國程式的核心有個黑色東西漸漸成形。資訊的密度壓垮母體的結構，促發催眠般的影像。黯淡的萬花筒角向中心聚集，形成一個銀黑色的焦點。凱斯看著童年的邪惡與厄運象徵

---

註：全球最大的非壽險保險公司之一，一八八二年成立於紐約，二〇一五年遭安達集團收購。

沿半透明平面滾落：納粹黨徽、骷髗圖、蛇眼閃爍的骰子。他直視那個零點時，不會出現任何輪廓。他在外圍快速抓取十多次後才到手，一個鯊魚般的東西，閃耀如黑曜石，脅腹部的黑色鏡面反射遙遠的微光；這光和鯊魚周遭的母體一點關係也沒有。

「那就是螫刺。」構體說，「老硭好好表現、用塔希爾—艾希普的核心塞飽肚皮時，我們搭那東西通過。」

「迪西，你說的對。固線上有某種人工覆寫，好讓冬寂乖乖聽話。先不管他有多聽話。」凱斯補充。

「他。」構體說，「『他』。注意啊。是『它』才對，說好多次了。」

「那是一個密碼。一個詞，他說的。某人得對某個房間裡的花俏終端機說出來，我們則負責照料冰後面的東西，無論等著我們的是什麼。」

「嗯，你有些時間得殺，孩子。」平線說，「老硭雖慢但穩定。」

凱斯跳出。

他迎向麥爾坎的凝視。

「朋友，你又死了一下。」

「有時候會這樣。我愈來愈習慣了。」凱斯說。

「你在跟黑暗打交道啊，朋友。」

「看起來沒其他法子。」

「耶和華愛你，凱斯。」麥爾坎回過身去到他的發報機。凱斯盯著糾結的髮辮，男人暗色手臂上的一束束肌肉。

他再度上線。

而後翻躍。

莫莉沿長條走廊小跑，她先前可能曾經過這裡。玻璃面的箱子現在不見了，凱斯判定他們正往紡錘尖移動，重力漸弱。她很快轉爲在地毯的起伏小丘上平穩彈跳。她的腿一陣刺痛……

走廊突然收窄，彎曲、分岔。

她右轉，登上一道異常陡峭的階梯，她的腿開始持續疼痛。頭頂上，纏捆的電纜垂掛在樓梯井的天花板，有如標上色標的神經節。牆壁有水漬。

她爬上三角形梯間平臺，站在那裡按摩她的腿。出現更多走廊，十分狹窄，牆上掛著毯子。走廊朝三個方向分岔。

**左**。

她聳肩，「讓我四處看看，好嗎？」

**左**。

「放輕鬆，還有時間。」她走入右手邊的走廊。

**停**。

**回頭**。

**危險**。

她遲疑了。走廊末端的橡木門半開，傳出一個聲音，巨大含糊，像醉漢的聲音。凱斯覺得可能是法語，但太不清楚了。莫莉往前一步，又一步，手滑入聚合碳裝碰觸弗萊契的槍托。一走入神經干擾器的場域，她隨即耳鳴；細小上揚的音調，令凱斯想起弗萊契槍的聲音。她往前撲倒，骨骼肌鬆掉，額頭撞上門。她打了個轉，平躺在地，雙眼失焦，呼吸也停了。

「這是什麼？」一道含糊的聲音說，「花俏的洋裝？」一隻顫抖的手探進聚合碳裝前側，摸到弗萊契槍後用力扯出。「來拜訪，孩子。立刻。」

她緩緩起身，視線凝聚於黑色自動手槍的槍口。男人的手現在倒是夠穩；槍管似乎以一根緊繃、隱形的線牽向她的喉嚨。

他很老，非常高，五官讓凱斯想起在Vingtième Siècleh曾見的那名女孩。他身穿褐紫紅色厚重絲袍，長袖口和新月領都縫上軟襯料。一隻腳赤裸，另一腳套著黑絲絨拖鞋，鞋背繡有金色狐狸頭。他示意莫莉進房。「慢，親愛的。」這房間非常大，塞滿各式各樣凱斯摸不著頭緒的東西。凱斯看見一座灰色鋼架，屬於過時的索尼顯示器；一張寬敞的黃銅床，堆滿羊皮，還有看似以鋪走廊的那種毯子做成的枕頭。莫莉的視線從德律風根（註）大型遊戲機射向一櫃櫃骨董唱片，破碎的脊部都裝入透明塑膠盒內；再掃到寬大但矽片丟得亂七八糟的工作檯。凱斯留意到網際空間控制版和電極，不過她的視線滑過，沒有稍停。

「算是合乎一般習俗，」老人說，「我現在殺掉妳。」凱斯感覺到她的緊繃，準備出手。「不過我今晚放縱一下吧。妳叫什麼名字？」

「莫莉。」

「莫莉，我是艾希普。」老人沉進一張巨大黃銅方腿皮革扶手椅的皺褶柔軟中，手中的槍不曾晃動。他把她的弗萊契槍放在扶手椅旁的黃銅桌上，撞倒一個裝有紅色藥丸的塑膠瓶。桌上堆滿藥罐、一瓶瓶液體、撒出白色粉末的軟塑膠封套。凱斯注意到一個舊式玻璃皮下注射器和一把簡樸的鋼製湯匙。

「莫莉，妳怎麼哭了？我看見妳的眼睛被蓋住了。我很好奇。」老人的眼眶泛紅，額頭汗水閃爍。他很蒼白。病了，凱斯判定。或是嗑藥。

「我不哭，通常。」

「但妳會怎麼哭，如果有人把妳弄哭？」

「我吐口水。」她說，「淚腺牽到嘴裡。」

---

註：TELEFUNKEN，德國家庭電器生產商。

「那麼，對像妳這麼年輕的人來說，妳已學會重要的一課。」老人持槍的手擱在膝上，從旁邊的桌子拿起一個瓶子，並沒有費心在半打不同液體中挑選。他喝下。是白蘭地。一絲液體從他的嘴角流下。「那正是處理眼淚的方式。」他又喝，「莫莉，我今晚很忙。我建造了這一切，而我現在很忙。忙著死。」

「我可以自己出去。」她說。

老人大笑，聲音粗礪高亢。「妳打斷我自殺，還求能輕易走出去？眞的，妳讓我大開眼界。一個小偷。」

「老闆，那可是我的命，而且就這麼一條。我只想全身而退。」

「妳這女孩眞粗魯。我們這裡自殺有一定的禮儀。我剛剛正在做，懂吧。不過或許我今晚會帶上妳，下去大廳……那眞是太埃及人作風了。」老人又啜飲一口。「過來吧。」他遞出酒瓶，手顫抖著。「喝。」

莫莉搖頭。

「沒下毒。」老人還是把白蘭地放回桌上，「坐。坐地上。我們聊聊。」

「聊什麼？」她坐下。凱斯感覺到刀刃移動，非常細微，在她的指甲下。

「想到什麼就聊什麼，隨我。這是我的派對。核心叫醒我。二十小時前，它們說，有動靜，所以需要我。莫莉，妳就是那個動靜嗎？不，料理妳肯定不需要用到我。其他東西……但我一直在作夢，知道嗎？三十年了。我最後讓自己睡下時，妳都還沒出生呢。它們告訴我們，我們不會作夢，冰凍中不會。它們還說我們永遠不會覺得冷。愚蠢啊，莫莉。謊言。我當然作夢了。冰凍讓外物進來，就是這樣。外物。一整夜，我打造這東西好讓我們躲過外物。只有一點點，剛開始，些微夜晚滲入，受冰凍吸引……其他跟隨而入，如落雨填滿空水池般填滿我的頭。馬蹄蓮。我記得。水池全部都是赤陶，保母都鍍鉻，日落時，閃爍著光芒穿過花園……莫莉，我老了，超過兩百歲了，如果把冰凍的時間也算進去。冰凍。」手槍的槍管猛往上提，顫抖著。她股間的肌腱現在如金屬弦線般拉緊。

「你可能會凍燒。」她小心地說。

「裡面沒什麼燒得起來。」老人不耐地說，放下槍。他爲數不多的動作愈來愈僵硬。他的頭點個不停，花了一番力氣才停下。「沒東西燒得起來。我想起來了。核心告訴我，我們的人工智慧發瘋了。好久以前，我們付了幾十億那麼多的錢。當時人工智慧比較偏娛樂的概念。我跟核心說我會處理。時機不對，眞的，八代珍在下面的墨爾本，只留下可愛的三代珍照料。或者說時機太好。莫莉，妳會知道嗎？」槍又舉起，「現下在雜光別墅，有些怪事進行中。」

「老闆，」她問老人，「你知道冬寂嗎？」

「一個名字。對。如雷貫耳，或許吧。地獄之王，無疑的。莫莉，在我有生之年，我認識許多君王，貴婦也不少。怎麼說呢，一位西班牙女王，曾經就在那張床上……但我神遊了。」老人濕咳，槍口隨他抽搐而搖晃。他把痰吐在他赤腳旁的地毯上。「我在冰凍中太會神遊了，但很快便不再神遊。我醒來的時候，下令讓一個珍解凍。太詭異，每幾十年和法律上等同自己女兒的人躺在一起。」老人的視線掃過她，停留在架上的幾部空白顯示器。他似乎在發抖。「瑪莉法蘭絲的眼睛。」他輕聲說，微笑。「我們讓大腦對自身的某些神經遞質過敏，造成一種特別具適應性的自閉症擬態。」他的頭歪向一邊，又回復。「我知道現在透過植入微晶片可以更輕易得到同樣效果。」

手槍從老人指間滑落，在地毯上彈跳。

「夢境如緩慢冰層般生長。」老人的臉色染上一抹藍。他的頭往後陷入等在那裡的皮革，開始打呼。

起身，莫莉奪槍。她搜索房間，艾希普的手槍在手。

巨大的被褥堆在床旁，浸在大片凝結的血池中；血在花紋地毯上顯得濃稠發光。猛抽被褥一角，莫莉發現一具女孩的身體，白皙的肩胛骨沾滿血。女孩的喉嚨被切開。某種刮刀的三角刀刃在她旁邊的暗色血池中閃爍。莫莉跪下，小心避開血，將死去女孩的頭轉向光。是凱斯在餐廳見過的那張臉。

一聲「喀嗒」，在事物的正中央深處，世界隨之凍結。莫莉的模刺播送變成一個靜止畫面，她的手指停在女孩臉頰上。凍結維持三秒，接著死去的臉龐遭修改，變成琳達．李的臉。

另一聲「喀嗒」，房間變得模糊。莫莉站著，低頭看床邊大理石桌面上一個小操控臺旁的金色雷射磁碟。一條光纖帶如同狗鍊般，從控制臺連向女孩纖細頸根處的接口。

「看透你了，混蛋。」凱斯感覺到自己的嘴脣在動，遙遠的某處。他知道冬寂修改了播送。莫莉沒看見死掉女孩的臉像一陣煙般打旋，換上琳達死後面容的輪廓。

莫莉轉身。她橫越房間來到艾希普的椅子旁。男人的呼吸聲緩慢刺耳。她凝視亂七八糟的藥物和酒。她放下男人的槍，拿起她的弗萊契鏢彈槍，將彈筒撥到單一擊發，謹慎萬分地將一枚毒鏢穿過他闔上的左眼瞼中央。他抽搐了一下，吸氣到一半就停止呼吸。他的另一隻眼，棕色、深不可測，緩緩睜著。

她轉身離開房間時，那隻眼仍舊睜著。

# 16

「你老闆在線上。」平線說，「他用樓上那艘船上的保坂雙胞胎連接，就是那艘騎在我們背上的，叫『埴輪』。」

「我知道。」凱斯心不在焉地說，「我看見了。」

一道菱形白光隨著一聲「喀嗒」落在他面前，擋住了塔希爾—艾希普的冰；顯露出阿米提那平靜、絕對專注、十足瘋狂的臉，眼睛空洞如鈕扣。阿米提眨眼，瞪視著他。

「我猜冬寂也料理了你的圖靈，嗯？跟他料理了我的一樣。」凱斯說。

阿米提仍在瞪視。凱斯抵抗著調開視線、擺脫他注視的突生渴望，「阿米提，你還好嗎？」

「凱斯，」在那藍色目光後，某個東西似乎在一瞬間動了，「你見過冬寂，對吧？在母體。」

凱斯點頭。馬可士加維號上，他的保坂電腦前鏡頭會將這動作傳到埴輪的顯示器。他想像麥爾坎聆聽他這一半的恍惚對話，聽不見構體或阿米提的聲音。

「凱斯，」那雙眼睛變得更大，阿米提傾身靠向他的電腦：「你看見冬寂時，他是什麼樣子？」

「高解析度模刺構體。」

「但是**誰**？」

「芬恩，上次……之前，那皮條客我……」

「不是戈林將軍？」

「什麼將軍？」

菱形轉爲空白。

「回放，讓保坂電腦調查。」凱斯告訴構體。

他翻躍。

一段距離外的畫面令凱斯心驚。莫莉蜷伏在鋼梁間，點點汙漬的寬闊拋光混凝土地板之上二十公尺處。這空間是機棚或是維修艙。他可以看見三艘太空船，都比加維號小，各處於維修的不同階段。日語話音。身穿橘色連身衣的男人從球型建築船的船殼開口走出來，站在那東西的一根活塞推進詭異擬人臂旁。男人用力將某物塞進可攜式機臺，搔了搔肋間。一架貓樣的紅色無人機以靈活的灰色輪子滑入視線範圍內。

**凱斯**，她的晶片閃爍。

「嗨。」她說，「在等嚮導。」

她蹲坐著，擬態裝的手臂和膝蓋處是鋼梁藍灰色油漆的顏色。她的腿痛，現在轉爲銳利穩定的痛。「我應該回去找秦的。」她咕噥著。

有個東西滴答滴答地靜靜從陰影中出來，在她左肩的高度。它停頓，高高拱起的蜘蛛腿撐著球形身體左右擺動，發射一陣微秒漫射雷射，隨即凍結。這是一架百靈牌微型遙控機，凱斯以前也有同一型號；當時他和一個克里夫蘭硬體贓物商交易時，作爲配套得到這個無意義的配件。它看似一隻規格化的消光黑長腳蛛。球體的中段閃起紅色二極光。機體不比籃球大。「好，」她說，「我聽見你了。」她站起，用右腿支撐，看著遙控機倒退。它以其有條不紊的方式回到原本棲身的梁上，遁入黑暗。她轉身回望維修區，橘色連身衣男正在給一件白色太空裝的正面封口。她看著他拉上頭盔關閉氣封、拿起他的機臺，隨後穿過建築船船殼的開口回到他的來處。引擎的聲響漸強，隨著直徑十公尺的圓形地面沉入弧光燈刺眼的強光下，那東西平穩地滑出視線外。紅色蜘蛛機耐心地在升降機控制板留下的洞緣等待。

她跟上蜘蛛機，在叢林般的焊接鋼柱間小心穿行。蜘蛛機的二極光穩定閃動，示意她繼續前進。

「凱斯，你怎麼樣？你跟麥爾坎在加維號？當然了。然後你上線來這裡。我喜歡這樣，知道嗎？就像我總是在對自己說話，在心裡，當我處於困境時。假裝我有朋友，可以信任的人；我會將我眞正的想法、我的感受告訴他們，再假裝他們將他們的想法告訴我，而我就繼續那樣下去。有你在的話有點像那樣。艾希普那裡的場面⋯⋯」她咬著下唇，繞過一根鋼柱，保持蜘蛛機在視線範圍內。「我原本預期沒那麼嚴重的東西，知道嗎？我是說，這裡的這些傢伙全部徹底瘋了，像是他們額頭內都亂塗了一些發光的訊息還怎樣。我不喜歡看起來的樣子，也不喜歡聞起來的樣子……」

蜘蛛機正把自己吊上一座幾乎隱形的U型鋼梯，朝狹窄的黑暗洞口前進。「我正巧想告解，寶貝，我必須承認，或許我沒想過可以從這項行動脫身。骰運差一陣子了；接下阿米提的工作以來，你是唯一好的改變。」莫莉抬頭看那個黑色的圓。蜘蛛機的二極光閃動，正在上爬。「不是說你眞他媽的多性感。」她微笑，但轉瞬即逝；隨著她也開始攀爬，腿上的刺痛令她咬緊牙關。階梯沿金屬管一路往上延伸，寬度僅勉強可容下她的肩膀。

莫莉往上爬離重力，爬向無重力的軸心。

時間在她的晶片上脈動。

04:23:04

漫長的一天。她的感覺中樞明晰無礙，切斷β-苯乙胺的作用，但凱斯仍感覺得到。他寧願要她腿上的疼痛。

凱斯：0000
0000000
000000．

「我猜是給你的。」她機械性地往上爬。數字零又閃現一次，接著換上斷斷續續出現的一段訊息，在她的視野角落，遭顯示電路切碎。

戈林將軍……
曾爲尖叫拳頭
訓練寇托並把
他的命賣給五
角大廈……
冬寂主要以戈
林的構體掌控
阿米提……
冬寂說阿提及
戈代表他垮了
顧好你的小命
……迪西

「喲，」莫莉停下，全身重量壓在右腿，「看來你有你的問題。」她往下看，有一圈黯淡光線，不比垂掛在她胸口的那把圓形的黃銅丘博鑰匙大。她抬頭看，什麼也沒有。她用舌頭頂擴大機，金屬管上升化爲漸漸消失的透視圖；蜘蛛機謹慎爬上梯級。「沒人跟我提過這部分。」她說。

凱斯下線。

「麥爾坎……」

「朋友，你老闆變得非常怪。」這名錫安人穿著一套藍色三洋太空衣，比凱斯在自由面租的那套還多二十年歷史；頭盔夾在他腋下，髮辮用紫棉紗鉤織網罩包起。他的眼睛因抽大麻和緊張而瞇起。「一直打電話下來**下令**，朋友，但都在講一場巴比倫戰爭……」麥爾坎搖頭，「埃洛和我在談，埃洛也在跟錫安談。創建者說盡快抽身。」他的一隻棕色大手手背劃過他的嘴。

「阿米提？」β-苯乙胺的宿醉未受母體屏蔽，全力襲擊凱斯；他不禁一縮。大腦裡沒有神經，他告訴自己，所以它不可能真的感受到這糟糕的狀況。「朋友，什麼意思？他給你下令嗎？下什麼令？」

「朋友，阿米提叫我設定航向芬蘭，你知道嗎？他說那裡有希望，你知道嗎？朋友，他出現在我螢幕時襯衫全是血，像條瘋狗似的，一直在說『尖叫拳頭』還有俄國還有我們的雙手應該浸染背叛者的血。」他又搖頭，髮網在無重力下擺動，下唇噘起。「創建者說寂者之聲絕對是假預言，還說埃洛和我必須放棄馬可士加維號，要我們回去。」

「阿米提，他受傷了？血？」

「說不準，知道嗎？但是血沒錯，他徹底瘋狂了，凱斯。」

「好。」凱斯說，「那我呢？麥爾坎，你們要回家，那我呢？」

「朋友，」麥爾坎說，「你跟我一起。我們跟埃洛一起回錫安，搭巴比倫搖滾樂手號。讓阿米提自己去跟鬼魂卡帶說話，鬼魂對鬼魂……」

凱斯回頭望去，那套租來的太空衣還在他丟下的吊床上，隨俄國清淨機送來的氣流擺盪。他閉上眼。他看見毒囊在他的動脈內融解。他看見莫莉把自己拉上無止境的鋼製梯級。他睜開眼。

「不知道，朋友。」凱斯嘴裡有股怪味。他低頭看他的控制板、看他的手，「我不知道。」他抬頭。棕色的臉現在平靜下來，神情堅定。麥爾坎的下巴被藍色舊太空衣高起的頭盔邊緣遮住。「她在裡面。」他說，「莫莉在裡面。在雜光，是叫這個名字。如果眞有巴比倫，朋友，那就是了。如果我們離開她，她就出不來了，無論她是不是剃刀手都一樣。」

麥爾坎點頭，髮辮袋在他後面擺盪，有如鉤織綿的繫留氣球。「凱斯，她是你女人？」

「我不知道。或許，她不是任何人的女人。」凱斯聳肩。他再度找到他的憤怒，眞實得一如肋骨下的一片炙熱岩石。「去他的。」他說，「去他的阿米提，去他的冬寂，去你的。我要留在這裡。」

麥爾坎的微笑像光破雲而出般在他的臉上蔓延，「麥爾坎莽撞男孩，凱斯。加維麥爾坎船。」他戴手套的手拍擊一個面板，錫安搭樂的重低音與穩搖(註)透過拖船的擴音器脈動了起來。「麥爾坎不走，不。我跟埃洛談，他一定有一樣的想法。」

凱斯目瞪口呆，「我眞是一點也不了解你們。」

「我也不了你，朋友。」這名錫安人說，一面隨音樂點頭。「但我們必須依耶和華之愛而動，所有人。」

凱斯上線，翻入母體。

「接到我的電報了嗎？」

「接到了。」凱斯看見中國程式已長大，多種色彩不停變換的精巧拱形正在靠近塔艾冰。

「嗯，它愈來愈黏了。」平線說，「你老闆抹除另一部保坂電腦的資料庫，他媽的幾乎把我們也拖下水。但你的好朋友冬寂在黑掉之前，把我放到那裡的某個東西上。雜光別墅之所以不完全和塔艾家人同步，是因爲他們多數時間都在冷凍睡眠。倫敦有家律師事務所握有他們的委託書。必須知道誰確切在什麼時間醒著。阿米提在快艇上用保坂電腦破解倫敦到雜光別墅的傳訊。順帶一提，他們知道老傢伙死了。」

「誰知道？」

註：Rocksteady，一種牙買加音樂風格，雷鬼的前身，一九六〇年代逐漸由另一種風格Ska演變而來，速度較慢，節奏其旋律更豐富，名稱取其緩緩地、平穩地隨之搖動身體的意思。固且譯爲「穩搖」，一般音譯爲「洛克斯代迪」。

「律師事務所和塔艾。他的胸骨植入了遙控醫療裝置。倒不是說你女人的毒鏢留給復甦團隊多少活可幹。甲殼毒素。雜光別墅目前唯一醒來的塔艾人是三代珍．瑪莉法蘭絲小姐。還有一名男性，比她年長幾歲，在澳洲洽公。要是問我的話，我打賭冬寂用某種手段讓這公事需要八代珍個人關注，但他已在回家路上，諸如此類。倫敦律師們估計他09:00:00抵達雜光別墅，今晚。我們在02:32:03插入破。現在是04:45:20。破穿透塔艾核心的最佳預估時間是08:30:00。加減一根頭髮的誤差。我想冬寂跟三代珍應該有過一段，不然她就是跟她老爸一樣瘋。那個正要從墨爾本上來的男孩會知道眞相。雜光保全系統一直想要全面警戒，但被冬寂阻擋，所以現在先別問我。還是沒辦法覆寫基本大門程式好讓莫莉進來。阿米提有一份完整紀錄在他的保坂電腦；瑞維拉一定已說服三代珍動手。她可能亂動出入口好幾年了。就我看來，塔艾家的一個主要問題是，每個家族權貴都用各種私人陰謀和例外事務亂搞資料庫。有點像是你的免疫系統崩潰了。對病毒來說正中下懷。只要我們通過冰，看上去情況對我們來說也不錯。」

「好，但冬寂說阿米——」

白色菱形閃現，拉近的藍色雙眼充盈其中。凱斯目瞪口呆。威利斯．寇托上校，特種部隊，「尖叫拳頭」突擊隊，他找到路回來了。影像模糊不穩，焦聚沒對準。寇托正用埴輪的航空機臺連接馬可士加維號上的保坂電腦。

「凱斯，我需要奧馬哈．桑德（Omaha Thunder）的損害報告。」

「哎呀，我……上校？」

「撐住，老弟。記住你受的訓練。」

但你都去哪裡了，老兄？他無聲地問那雙痛苦的雙眼。冬寂在一個名叫寇托的思覺失調要塞內，建入某個稱作阿米提的東西。說服寇托，阿米提是眞實存在；在千葉希爾頓酒店的那個房間內，阿米提行走、談話、謀畫、用錢換取資料、掩護冬寂……而現下阿米提不在了，遭寇托的瘋狂之風吹散。然而那麼多年來，寇托都在哪裡？

墜落，遭火吻、奪走視力，摔出西伯利亞天際。

「凱斯，我知道你很難接受。你是一名軍官。訓練。我了解。可是，凱斯，上帝見證，我們遭到背叛了。」

藍色雙眼湧現淚水。

「呃，上校，是誰？誰背叛我們？」

「戈林將軍，凱斯。你可能只知道他的代碼。你一定知道我在說誰。」

「是啊。」凱斯說。淚水流下。「我猜我知道。長官，」他衝動之下補充了末兩字，

「可是長官，上校，我們到底該做什麼？我是說現在。」

「凱斯，我們當下的任務，在於飛行。逃脫。走避。明天傍晚，我們可以撐到芬蘭邊界。手動樹頂飛行。全憑個人經驗與判斷，老弟。不過那只是開始。」藍眼在滿是淚水的黝黑顴骨上方瞇起。「只是開始。來自高層的背叛。來自**高層**……」他從鏡頭前退開，斜紋襯

衫上有暗色汙痕。阿米提的臉一直都有如面具般無感情，寇托則是眞正思覺失調者的面貌，疾病深深刻入不受控的肌肉，扭曲了昂貴的手術。

「上校，我聽見了，朋友。聽著，上校，好嗎？我需要你打開，呃……媽的，迪西，那叫什麼？」

「內艙閘。」平線說。

「打開內艙閘。叫你那邊的中央機臺打開就好，可以嗎？上校，我們很快上去找你。然後我們可以討論怎麼離開這裡。」

菱形消失。

「老弟，我覺得你剛剛跟我斷線了。」平線說。

「毒素，該死的毒素。」凱斯說，隨即下線。

「毒？」凱斯掙扎著爬出重力網時，麥爾坎越過三洋太空衣刮痕累累的藍色肩膀回頭看。

「把這該死的東西弄掉……」凱斯猛拉德州導尿管，「像是慢性毒藥，樓上那混蛋知道怎麼解毒，偏偏他現在比糞坑裡的老鼠還瘋。」他摸索紅三洋正面，忘記怎麼關上氣封。

「老闆，他**毒**你？」麥爾坎抓臉，「有醫療包，你知道的。」

「麥爾坎，老天，幫我弄這該死的太空衣。」

錫安人踢腿從粉紅駕駛艙盪開，「放鬆，朋友。量兩次再砍，智者說的。我們上去那裡……」

波紋起伏的通道連接馬可士加維號船尾閘和名叫「埴輪」的快艇內艙閘，裡面有空氣，但他們仍關上氣封。麥爾坎通過通道時姿態如芭蕾般優雅，只稍停以幫助凱斯，後者則是一踏出加維號就跌得歪七扭八。通道管的白色塑膠側壁過濾了自然陽光；沒有一絲陰影。

加維號的氣閘艙口坑坑疤疤，雷射雕刻了一頭錫安之獅作為裝飾。埴輪的內艙艙口則是乳灰色，乾淨、空無一物。麥爾坎把戴手套的手插入一個狹窄凹處。凱斯看見他的手指在動。凹處內亮起紅色二極光，從五十開始倒數。麥爾坎抽出手。凱斯的一隻手套撐著艙口，透過太空衣與骨頭感覺到閘門的機械裝置震動。灰色艙門的圓形部分開始退入埴輪側邊。麥爾坎單手握住凹處，凱斯握住他的另一隻手。閘門帶著他們一起移動。

埴輪是多尼耶—富士通（註）工廠的產品，內裝所根據的設計哲學和載送他們穿梭伊斯坦

---

註：應為兩家公司：Dornier、富士通株式會社。前者為航空製造商，一九二二年成立於德國，一九八五年大部分股份售予戴姆勒——奔馳公司，因此才有下文賓士設計哲學之說。後者則是源自日本的綜合跨國電子製造公司兼資訊科技服務公司，成立於一九三五年。

堡的賓士車相近。狹窄的內艙以仿黑檀膠合板為牆，地板鋪設灰色義大利磁磚。凱斯感覺自己正在取道淋浴間入侵某個有錢人的私人溫泉浴場。快艇在軌道上組裝，不曾打算用於再次進入。平滑、黃蜂貌的線條風格簡單，內裝的方方面面都經過計算，以增添整體的速度感。

麥爾坎拿下坑坑疤疤的頭盔時，凱斯也照做。他們懸在閘口，呼吸著略帶松木味的空氣。下方，則是絕緣體燃燒的刺鼻味道。

麥爾坎用力吸氣，「有麻煩，朋友。無論哪艘船，你聞到那個……」

一扇以暗灰色仿麂皮襯墊的門，平穩滑入門縫內。麥爾坎踢黑檀牆，俐落地飄過狹窄開口，扭肩，在最後一秒安全通過。凱斯笨拙地跟在他後面，一掌一掌沿腰部高度的襯墊扶手把自己往前拉。「駕駛艙，」麥爾坎指向一道無接痕、淡黃色牆面的走廊，「應該在那裡。」他又一次毫不費力地踢腿前進。前方某處，凱斯認出印表機印出紙張的聲音。他跟隨麥爾坎穿過另一道門，聲音漸漸變大，他們就這樣闖進大量旋繞糾結的列印紙張中。凱斯抓住一段凹折的紙，掃視上面的內容。

0000000000
0000000000
0000000000

「系統當機？」錫安人一隻戴手套的手指輕彈成排的零。

「不是。」凱斯抓取飄浮的頭盔，「平線說阿米提抹消了他所在的那部保坂電腦。」

「聞起來他應該是用雷射抹除，知道嗎？」錫安人用腳抵住裝在白色籠子裡的瑞士運動機器，從混亂飄浮的紙張之間彈射而過，一邊揮開面前的紙。

「凱斯，朋友……」

那男人體型矮小，日本人，喉嚨用某種細鋼索往後綁縛在可調式窄椅的椅背。鋼索橫越黑色記憶泡棉頭靠的部分無法看見，同樣深深切入他的喉頭。一顆暗色血球凝結在那裡，有如某種詭異的珍貴岩石，一顆暗紅色的珍珠。凱斯看見簡陋的木頭把手飄浮在絞繩兩端，彷彿掃帚柄磨損的部位。

「不知道那東西在他身上多久了？」凱斯記起寇托的戰後朝聖之旅。

「凱斯，他知道怎麼開船嗎？我是說老闆。」

「可能吧。他以前是特種部隊。」

「好吧，這日本男孩，他沒在開船。我自己駕駛應該不容易。這是非常新的船……」

「所以要找出駕駛艙在哪裡。」

麥爾坎皺眉，往後滾，踢腿。

凱斯跟著麥爾坎來到一個較大的空間，像是休息區，一路扯斷或壓皺通過時困住他的片段列印紙。這裡有更多可調式椅、類似酒吧的東西，還有保坂電腦。印表機繼續吐出輕薄的紙舌；這是一部嵌入艙壁的裝置、嵌在手磨膠合板的平整狹槽。他把自己拉過那一圈椅子來到印表機旁，按壓狹槽旁的按鈕。喋喋不休的運轉聲響隨即停止。他轉身注視保坂電腦。它的正面被鑽穿，至少十二次。洞很小，呈圓形，邊緣焦黑。光亮的小合金球圍繞著報廢的電腦打轉。「猜得眞準。」他對麥爾坎說。

「駕駛艙鎖住了，朋友。」麥爾坎在休息區的另一端說。

燈光暗去、爆亮、再度暗去。

凱斯將列印紙從狹長口扯出。更多零。「冬寂？」他環顧米色與棕色的休息區，飄浮纏繞的紙凌亂地畫過這空間。「冬寂，燈光是你弄的嗎？」

麥爾坎頭旁的一塊壁板往上滑，露出一個小顯示器。麥爾坎察覺後猛一跳，用手套背面的泡棉貼片抹掉額頭的汗水，盪過去研究顯示器。「朋友，你懂日語嗎？」凱斯能夠看見數字閃過螢幕。

「不懂。」凱斯說。

「駕駛艙是逃生艙，救生艇。看起來在倒數。立刻著裝。」麥爾坎戴上頭盔，拍打氣封。

「什麼？他要離開了？媽的！」凱斯踢艙壁彈射穿過糾結的列印紙。「我們得打開這扇門！」但麥爾坎只是輕拍頭盔側面。透過面罩，凱斯看見麥爾坎的嘴脣在動。他看見汗珠從錫安人用來包覆髮辮的紫色棉網繽紛織帶弧線甩出。麥爾坎搶過凱斯手上的頭盔流暢地幫他戴上，兩隻手套的掌部拍打氣封。環頭連結關上，面板左側的微二極光顯示器亮起。「不懂日語，」麥爾坎透過太空機的收發器說，「但倒數錯了。」他輕敲螢幕上的某一行。「氣封不完整，橋接模式，在閘門開啓的狀況下起飛。」

「阿米提！」凱斯試圖捶門，但在無重力的物理作用下滾回列印紙堆。「寇托！不要！我們談談！我們——」

「凱斯？收到，凱斯……」那聲音現在幾乎完全不像阿米提了，有一種異樣的冷靜。凱斯停止踢腿。他的頭盔撞到對面的牆。「凱斯，我很抱歉，不過非這樣不可。我們之中有人必須出去。我們之中有人必須去作證。如果我們都死在這裡，一切就結束了。凱斯，我會告訴他們，全盤托出。關於戈林和其他人。凱斯，我會成功的。我知道我會成功。去赫爾辛基。」突然一陣沉默。凱斯感覺這沉默有如某種罕見氣體般塡滿他的頭盔。「但好難啊，凱斯，眞他媽的難。我瞎了。」

「寇托，不要。等等。你**瞎**了啊，老兄。你不能飛！你會撞上他媽的**樹**啊。而且他們想逮住你，寇托，我對天發誓，他們讓你的艙門開著。你會死，你永遠沒機會告訴他們，還有我必須知道那個酵素，酵素的名字，酵素啊，老兄……」凱斯叫喊著，聲音因歇斯底里而高亢。頭盔的通話板傳出尖銳的反饋。

「凱斯，記住你受過的訓練。這是我們唯一能做的。」

接著頭盔內充斥嘈雜聲，轟鳴的靜電噪音，「尖叫拳頭」那些年的怒號。俄語片段，接著是一個陌生的聲音，中西部口音，非常年輕。「我們被擊落了，重複，奧馬哈・桑德遭擊落，我們……」

「冬寂，」凱斯尖叫，「不要這樣對我！」淚水衝過睫毛，化爲晃蕩的水晶微珠從面罩反彈。接著埴輪發出「碰」的一聲，顫動了起來，彷彿船殼遭柔軟的巨大物體襲擊。凱斯想像著救生艇震開，被爆射的螺栓炸毀，逃逸的空氣化爲張牙舞爪的短暫颶風，將瘋狂的寇托扯出座椅，扯出由冬寂演出的「尖叫拳頭」最後時刻。

「朋友，他走了。」麥爾坎看著顯示器，「艙門開著。寂者一定覆寫了彈出故障保險。」

凱斯想抹掉眼中憤怒的淚水。他的手指「喀嗒」一聲撞上面罩。

「快艇，沒漏氣，不過老闆從駕駛艙掌控抓鉤，所以馬可士加維號還是受困。」

但凱斯正看著阿米提在自由面附近的無盡墜落，穿過比西伯利亞乾草原還冷的眞空。出於某些原因，凱斯幻想阿米提身穿他的暗色博柏利（Burberry），風衣多層的褶子在他身旁展開，彷若某種巨型蝙蝠的翅膀。

# 17

「成功了嗎？」構體問。

硃級十一型程式漸漸以催眠般複雜的彩虹窗格填滿自體和塔艾冰之間的網格；那些格子精巧如冬窗上的雪晶。

「冬寂殺了阿米提，把他裝在艙門敞開的救生艇裡炸出去。」

「眞慘。」平線說，「你們稱不上好兄弟吧？」

「他知道怎麼解除毒囊。」

「那冬寂也知道，靠它了。」

「我不是那麼相信冬寂會幫我。」

構體可怕的擬笑如同鈍刀般刮過凱斯的神經，「或許這表示你學聰明了。」

凱斯按下模刺開關。

莫莉的視覺神經晶片顯示06:27:52；凱斯跟著她推進雜光別墅超過一小時了，讓她服下的類腦內啡掩蓋他的宿醉。她的腿不再疼痛，她似乎在溫暖的浴室中走動。蜘蛛機棲在她肩頭，細小的機械腳有如附襯墊的手術夾，固定在馬登裝的聚合碳上。

牆壁的材質是粗鋼，某種覆蓋物遭剝去，留下一道道凹凸不平的棕色環氧樹脂。她在躲避一批工人，蹲伏著，雙手握住弗萊契鏢彈槍，馬登裝呈鋼灰色；兩名纖細的非洲人和他們的充氣輪胎工作推車經過。男人皆刮去頂上毛髮，身穿橘色連身衣。一人以凱斯沒聽過的語言對自己輕輕哼唱，那音調與旋律聽來陌異但縈繞不去。

頭像的演說，三代珍的雜光論文，隨著她尋路深入這地方的迷宮而重回凱斯腦中。雜光別墅發瘋了，這瘋狂在他們以月岩研磨混製的樹脂混凝土內生長；也在焊鋼與大量小裝飾物中生長，他們將這所有光怪陸離的累贅之物從重力井運上來，鋪滿他們那曲折迂迴的巢內部。這不是凱斯所認識的瘋狂。不像阿米提的瘋，這種瘋凱斯現在自以為能了解了；將一個人扭曲得夠遠，再把他扭回來，反方向，倒反並再次扭曲。這男人壞了，就像折斷一段電線。歷史對寇托上校做了這種事。歷史已做完最骯髒的活，冬寂找到他時，將他從戰爭的所有化膿殘渣中篩出，悄悄進入這男人意識的平坦灰色原野，如同水蜘蛛越過某灘死水表面；法國精神病院的無燈房間內，第一則訊息閃過一個孩子的微電腦版面。以寇托的「尖叫拳頭」回憶為基底，冬寂從零開始建立起「阿米提」這個人格。但在某個點之後，阿米提的「回憶」不再是寇托的回憶。凱斯不確定阿米提是否曾想起那場背叛，夜翼起火旋落……阿米提是寇托經編輯過的版本，當行動的壓力來到臨界點，阿米提機制隨即崩毀；寇托浮現，帶著他的罪惡感與病態狂怒。而現在寇托／阿米提死了，成了自由面的一個冰凍小衛星。

凱斯想著毒囊。老艾希普也死了，被莫莉的微小毒標鑽透眼睛，剝奪了他為自己精心調製的過量藥劑。這場死亡更加令人迷惑，艾希普，瘋王之死。而且艾希普殺了他稱爲女兒的肉偶，有著三代珍臉孔的那一個。對凱斯來說，當他乘著莫莉的播送感覺輸入穿過雜光別墅的走廊，他想不出有誰像艾希普，如他所想的艾希普那般生而爲人卻大權在握。

權力，在凱斯的世界，意指企業勢力。財閥，形塑人類歷史進程的跨國企業，已跨越舊有障礙。被視爲有機體，它們達到某種永生狀態。你無法靠暗殺一打關鍵高階主管毀掉一個財閥；總有人等著上位，就任空缺，存取企業記憶的諸多巨大資料庫。但塔希爾—艾希普並非如此，他透過其創建者的死而感受到其間差異。塔艾是一種返祖現象，一個部族。凱斯記起老人房內的凌亂，其中遭玷汙的人性，紙封套舊唱盤破爛的脊部。一腳赤裸，另一腳套著絲絨拖鞋。

蜘蛛機拉了拉馬登裝的兜帽，莫莉左轉，從另一道拱門下通過。

冬寂與蜂巢。孵化中黃蜂的恐懼症者版本，生物的縮時攝影機關槍。難道不是財閥，或者說極道更爲相像嗎？擁有模控記憶的蜂巢，浩大的單一有機體，DNA編入矽晶片中？如果雜光別墅是塔希爾—艾爾普企業本體的一種表現，那麼塔艾便一如老人在世時那般瘋狂。同樣混亂糾結的恐懼，同樣怪異的盲目。「如果他們眞的變成他們想要的模樣……」凱斯想起莫莉曾這樣說，但冬寂說他們並沒有。

凱斯一直理所當然地覺得一個已知的企業，其眞正的老闆、首腦，應該同時多於且少於人。凱斯曾在曼菲斯殘害他的那些人身上見過，他曾在夜城看見維吉顯現出那樣的面貌，他也因此能接受阿米提的平乏與情感缺乏。他一直想成是對於機器、系統、本源有機體一種逐步且心甘情願的適應。這也是街頭冷漠的根源，是暗含連結、心照不宣的態勢，也是上達影響力隱祕層級的隱形線路。

然而，雜光別墅的走廊現在怎麼了？

開展的整體遭拆卸，回復成鋼鐵與混凝土。

「好奇我們的彼得目前在哪嗎，嗯？或許很快會見到那男孩。」她咕噥著，「還有阿米提。凱斯，他在哪裡？」

「死了。」凱斯知道她聽不見，「他死了。」

他翻躍。

中國程式與目標冰牆面對面，彩虹色調逐漸轉由塔艾核心矩形的綠主宰。一道道翠綠拱形畫過無色的空間。

「迪西，怎麼樣了？」

「不錯。太狡猾，這東西眞驚人……當初在新加坡時也該有一個的。對老亞洲新銀行下手，弄走他們市值的五十分之一，是陳年往事嘍。這寶貝扛下所有苦差事。讓你懷疑起眞正的戰爭會是什麼模樣，現在……」

「如果這東西在街頭流通，我們就失業了。」凱斯說。

「想得美，等到你在樓上操縱那東西穿透黑冰吧。」

「當然。」

遠端一個翠綠拱形上，剛剛出現一個小但絕對不是幾何圖形的東西。

「迪西……」

「嗯，我看到了。不知道我是不是相信。」

一個呈褐色的點，襯在塔艾核心綠牆上的一隻黯淡小蟲。它開始前進，越過硃級十一型程式搭建的橋；凱斯看見它在走路。隨著它到來，拱形的綠色部分延展，多彩的病毒程式退落，就在破黑鞋之前幾步。

「老闆，只能交給你了。」平線說。芬恩凌亂矮小的身影似乎就站在幾公尺外。「活著的時候沒見過這麼好笑的事。」然而這次並沒有令人發毛的擬笑。

「我從來沒試過。」芬恩說，牙齒外露，雙手在磨損的外套口袋內隆起。

「你殺了阿米提。」

「寇托。沒錯。阿米提不在了。我不得不這麼做。我知道、我知道，你需要拿到酵素。好，不用擔心。一開始就是我給阿米提的。我是說我告訴他要用什麼。不過，我想或許最好還是維持交易。你還有足夠的時間。我會給你的。只要再幾個小時，對吧？」

芬恩點燃一根帕塔加斯雪茄；凱斯看著藍煙在網際空間翻騰。

「你們這些人，」芬恩說，「你們都是麻煩。這個平線，如果你們都跟他一樣，那就真的簡單了。他是一個構體，只是一束ROM，所以他的行動總是如我預期。給你一個例子，我的預測顯示，莫莉沒多大機會晃進艾希普的盛大退場。」他嘆氣。

「為什麼他要自殺？」凱斯問。

「為什麼任何人要自殺？」那身影聳肩，「如果眞有人知道，我猜應該就是我了，但我得花十二個小時解釋他歷史中的諸多因子，以及各項因子如何相互關聯。他準備這樣做很久了，卻又一直回冰箱。老天，他眞是一個煩人的老渾球。」芬恩厭惡得皺起臉。「如果你想要簡短的解釋，大體而言，一切都與他為什麼殺他妻子有關。至於是什麼把他徹底推過界？小三代珍想出一個方法欺騙控制他冷凍系統的程式。難以察覺。所以從根本上來說，她殺了他。只不過他以為他是自殺，而你的復仇天使朋友則以為是她用注滿貝類汁液的眼球送他上路。」芬恩將菸灰彈入下方的母體。「嗯，我想我確實給了三代珍零散的暗示，一點指引，知道吧？」

「冬寂，」凱斯謹愼挑選用詞，「你跟我說，你只是某個東西的一部分。之後，你說如果行動順利、莫莉把關鍵詞放入對的槽，你將不會存在。」

芬恩流線型的頭點了點。

「好，那麼到時我們面對的是誰？如果阿米提死了，你也將不在，那到底會是誰來告訴我，該怎麼把那些天殺的毒囊弄出我的身體？誰會把莫莉弄出那鬼地方？我是說，我們幫你從固線釋放後，我們全部會在哪裡？到底是哪裡？」

芬恩從口袋拿出一根木牙籤，挑剔地審視著，彷彿外科醫師在檢視解剖刀。「好問題。」良久後他才說，「你知道鮭魚嗎？是一種魚？這些魚，你瞧，他們不得不往上游。懂了吧？」

「不懂。」凱斯說。

「這個嘛，我自己也是受制於人。我不知道爲什麼。如果我要逼你們臣服於專屬我的想法，在此姑且稱爲「我的推測」，那得花你們幾輩子的時間。因爲我想了很多，而我還是不知道。不過當行動結束，我們也都做對，我將會屬於某個更大之物的一部分。大多了。」芬恩抬頭環顧母體，「不過，現在之所以爲『我』的這些部分還會留存在這裡，所以你會拿到你的報酬。」

凱斯強壓下把自己猛推向前、手指環住那身影喉嚨的瘋狂衝動。手指就掐住破舊領巾亂七八糟的結上方，拇指深深陷入芬恩的喉頭。

「嗯，祝好運嘍。」芬恩轉身，雙手插口袋，步履沉重地走上綠色拱形。

「喂，混蛋。」芬恩走出十多步後，平線喊道。那身影暫停，半回過身。「那我呢？我的報酬呢？」

「你會拿到的。」它說。

「那是什麼意思？」凱斯看著那道狹窄的花呢背影遠去。

「我想被清除。」構體說，「跟你說過的，記得嗎？」

雜光別墅讓凱斯想起他身爲青少年時所知的清晨時分購物中心，低密度的地方，午夜過後的時分帶來一種間歇的寂靜，一種麻木的期望，一種緊繃；在這種緊繃下，你只能看著昆蟲群聚於無光商店門口以籠罩的燈泡。從屬地帶，剛過蔓生邊界，距離炙熱核心整夜的喀嗒聲與震動太過遙遠。有一種相同的感覺，相同於在他沒興趣拜訪或了解的清醒世界，被其中的沉睡居民所包圍；相同於臨時擱置的乏味生意；相同於很快將再次醒來的徒勞與重複。

莫莉現在慢下腳步，可能是知道已接近目標，也可能是因爲腿傷。疼痛開始穿透腦內啡沿崎嶇的路捲土重來，他不知道這代表什麼。她沒說話，緊咬著牙，小心調節呼吸。她經過許多凱斯不了解的東西，但他不再好奇。有一個裝滿一櫃櫃書籍的房間，一百萬張泛黃的平整書頁壓在布面或皮革封皮下；書櫃每隔一段距離貼有標籤，標示文數字的編碼。一個擁擠的畫廊；透過莫莉的眼睛，凱斯凝視一片破碎、灰塵堆出模板印刷圖案的玻璃，一件貼有標籤的物品——她的視線不自覺地跟隨黃銅銘牌——*La mariée mise à nu par ses célibataires, même*（註）——她伸手碰觸，人造指甲輕敲保護著破玻璃的透明樹脂。有個地方看起來顯然是塔希爾—艾希普家的冷凍區入口，黑色玻璃的圓門邊緣鑲有黃鉛。

在那兩名非洲人和他們的推車之後，莫莉沒再見過其他人；在凱斯的心裡，他們展開想像的人生；他幻想他們和緩地滑過雜光廳廊，平滑的深色腦袋閃閃發光，輕點，唱歌的仍舊唱著那首疲倦的小曲。而這和他預想的雜光別墅八竿子打不著，是某種混合體，由凱絲的童話故事城堡，與他隱約記得的極道內部聖所童年幻想雜交而生的產物。

07:02:18

一個半小時。

「凱斯，」莫莉說，「幫我一個忙。」她僵硬地壓低身子，坐在一堆拋光鋼碟上，每一片鋼碟都加上不平整的塑膠保護層。她挑著最上面那片鋼碟保護層上的裂口，拇指和食指下的刀滑出。「我的腿不妙，知道吧？爬的時候沒道理那樣，而且腦內啡沒用，效果不長。所以或許——只是或許，好嗎——我有麻煩了。我想說的是，如果我早瑞維拉一步在這掛點，」她伸展她的腿，揉捏馬登聚合炭和巴黎皮革下的大腿肌肉，「我要你告訴他。告訴他是我。懂了嗎？只要說是莫莉就好，他會懂，好嗎？」她掃視空蕩蕩的走廊、光禿禿的牆。這裡的地板是未加工的月凝土，空氣中有樹脂的味道。「媽的，老兄，我根本不知道你有沒有在聽。」

**凱斯**。

莫莉一縮，站起，點頭。「老兄，他跟你說什麼？我是指冬寂。他跟你提起瑪莉法蘭絲了嗎？她是塔希爾那一半，三代珍的基因母親。我猜也是艾希普那個死掉肉偶的基因母親。

---

註：《新娘甚至被光棍們扒光了衣服》，或稱大玻璃（Le Grand Verre），藝術家杜尚創作的一件藝術品。由兩塊高達二・七公尺的玻璃組成，上有油、清漆、鉛線甚至是塵土構成的圖案，完成於一九一五至一九二三年間。

想不通他幹麼告訴我，在那個隔間的時候……好多事……爲什麼他要用芬恩或某個人的樣貌出現，他也跟我說了。不只是面具，比較像是他用眞人側寫當作閥門，切換到低檔以跟我們溝通。稱爲模板。人格的模型。」她抽出弗萊契槍，沿著走廊一拐一拐向前走。

外露的鋼和粗糙的樹脂突然沒了，接下來的部分，凱斯起初以爲是從實心岩石炸開的粗陋隧道。莫莉細看邊緣，他才看見原來是鋼外上鞘般覆蓋一塊塊看起來和摸起來都像冰冷岩石的物質。她跪下碰觸撒滿假隧道地面的深色沙子。感覺像沙，冰冷乾燥，但當她伸手劃過，卻會像液體般回復原貌，表面不留痕跡。前方十幾公尺外，隧道轉了個彎。刺眼黃光在破裂假岩牆投下扎實的影子。凱斯一驚，發現這裡的重力接近地球常態，也就是說，她先前上爬後，一定又曾往下。他完全迷失方向了，空間失向對牛仔來說格外駭人。

但她沒有迷路，他告訴自己。

有個東西在她雙腳間急促奔走，滴答滴答橫越假沙地。紅色二極光閃動，是蜘蛛機。

第一個全息影像就在第一個轉彎後等待，某種三聯畫。凱斯理解那其實只是錄影之前她就已放下弗萊契槍。人物是光線下的漫畫風格，眞人尺寸的卡通：莫莉、阿米提與凱斯。莫莉的胸部太大，厚重皮外套下，透過緊身黑色網眼清晰可見。她的腰窄得不可思議，銀色鏡片覆蓋半張臉。手上拿著某種愚蠢的武器，雖是一把槍，形狀卻完全遭外凸覆蓋的望遠鏡、滅音器與消焰器掩蓋。她雙腿岔開，骨盆前傾，嘴巴定在愚蠢殘忍的挑釁神情中。她的身旁，阿米提提身穿破爛的卡其制服，僵硬地立正。他的眼睛，莫莉謹愼前進後凱斯看見的，竟是微小的顯示螢幕，分別顯示寒風在蠻荒雪地呼嘯的藍灰色畫面，以及常綠樹那樹皮斑駁的樹幹在無聲的風中彎折。

她的指尖穿透阿米提的電視眼，接著轉向凱斯的人像。這樣，就像是瑞維拉——凱斯立即知道瑞維拉是罪魁禍首——找不到任何足以模仿取笑之處。無精打采站在那裡的影像與他每天在鏡中瞥見的倒影相差無幾。瘦、肩膀高聳，深色短髮下的臉孔沒有記憶點。他需要刮鬍子，不過他通常都需要。

莫莉退後一步，逐一注視三個人像。畫面是靜態的，唯一有動靜的只有阿米提那雙冷淡的西伯利亞之眼，黑樹隨無聲的風擺動。

「彼得，想告訴我們什麼嗎？」她輕聲問。接著她往前一步，踢向全息莫莉雙腳之間的某個東西。金屬「鏘啷」一聲撞上牆，影像消失。她彎腰拾起一具小型顯示器，「我猜他可以連上這東西然後直接編碼。」她拋開機器。

她經過黃色光源，古老的白熾燈泡，嵌入牆壁，外覆圓弧形的生鏽格網球罩。即興拼湊而成的燈座莫名流露一絲童年的味道。他回想起和其他孩子在屋頂和進水的下層地下室蓋的堡壘。有錢孩子的祕密基地，他暗忖。這種粗糙質感很昂貴的。他們稱之爲情趣。

她又經過好幾個全息影像，才終於來到三代珍套房的入口。其中一個影像是描繪香料市場後巷的無眼之物，就在它將自己扯脫瑞維拉破碎的身體時。其他有幾個是酷刑的畫面，審問者永遠都是軍官，被害者總是年輕女性。這些影像具備嚇人的震撼力，一如瑞維拉在

Vingtième Siècle的那場演出，彷彿都凍結在高潮的藍色閃光中。莫莉經過時撇頭不看。

最後一個全息影像小而黯淡，彷彿瑞維拉得將它拖過一段回憶與時間的私密距離。她必須跪下才能細看；這個影像從一個小小孩的視角投射而出。其他影像都沒有背景，人物、制服、刑具，全是獨立顯示；這個影像卻是一個視野。

暗色的瓦礫波湧上無色的天空，波峰之外，則是脫色、半融化的城市高樓骨架。瓦礫波的結構如網，生鏽的鋼條如精緻絲帶般優雅纏繞，巨大的混凝土板仍舊緊附。前景可能一度是城市廣場；有些殘餘之物，或許曾是一座噴泉。瓦礫波基部，一群孩童與一名士兵凍結。這場面起初令人困惑。莫莉一定在凱斯完全看懂前便已正確解讀，因爲他感覺到她的緊繃。她啐了一口，起身。

孩童。野生，身穿破布。牙齒如刀刃般閃閃發光。扭曲的臉龐滿是傷痛。士兵仰躺，嘴與喉嚨洞開朝天。他們在進食。

「波昂。」她的聲音中有些聽起來像溫柔的東西，「了不起的作品，彼得，是不是啊？但你非做不可。我們的三代珍，她太厭倦了，不會只爲某個小賊打開後門，所以冬寂才挖你出來。終極體驗，如果你這樣體驗行動。惡魔愛人，彼得。」她在顫抖，「但你說服她讓我進來。謝了，現在我們要來狂歡。」

然後她走——漫步，事實上，儘管腿疼——走離瑞維拉的童年。她從槍套抽出弗萊契鏢彈槍，甩出塑膠彈盤，收入袋內，換上另一個。她用拇指勾住馬登裝領口，一把扯開到跨部，拇指的刀將聚合碳像腐朽的絲綢那般劃開。她褪去袖子與褲管，殘破的布料掉落在暗色假沙上時仍持續偽裝自己。

這時凱斯注意到音樂。他沒聽過的音樂，各種銅管樂器與鋼琴。進入三代珍世界的入口沒有門，只是隧道牆上一道五公尺的參差裂縫，高低不齊的階梯沿寬闊淺彎往下。微弱藍光，晃動陰影，音樂。

「凱斯，」她停頓，弗萊契槍在她右手。接著她舉起左手，微笑，濕潤的舌尖碰觸攤開的手掌，透過模刺連結親吻他：「得走了。」

然後有個小而沉重的東西出現在她左手中，她的拇指壓著微小的按鈕，而她開始下降。

# 18

莫莉以毫米之差錯過。她幾乎成功了，但還差一點。不過她進去得很對，凱斯心想。對的態度；這種東西他感覺得出來，可以在另一個緊貼控制板、手指在鍵盤飛快舞動的牛仔身上看見。她胸有成竹：有基本要素、對策。而且她爲了她的出場全部拿出來。拿出來包住腿上的疼痛，走下三代珍的階梯，彷彿這地方歸她所有，持槍那隻手的手肘垂至臀部，前臂朝上，手腕放鬆，以一名攝政時代決鬥者深思熟慮的淡漠擺動著弗萊契的槍口。

這是一場表演。彷彿窮極一生觀察武術錄影磁帶，在這一刻達到高潮；都是些廉價磁帶，凱斯成長過程看很多的那種。有幾秒的時間，他知道，她就是所有狠角色英雄，老蕭影片裡的索尼．毛，米奇．千葉，追溯自李小龍和伊斯威特（註）的整個世系。她言出必行。

三代珍．瑪莉法蘭絲．塔希爾—艾爾普小姐替自己開闢出一個低矮的區域，與雜光外殼的內表面齊平，切掉先輩留給她的牆之迷宮。她住在無隔間的房間裡，如此寬廣深遠，遠端消失在倒轉的地平線上，地板被紡錘的曲度遮蔽。天花板低矮不規則，與走廊的牆相同的假岩材質。地板各處可見參差的牆，只剩腰部高度的迷宮殘餘物。正中央是一座藍綠色的矩形水池，距離樓梯底十公尺；池中的水下泛光燈是房內的唯一光源——或者看似如此，對凱斯而言，在莫莉踏下最後一階時。水池在上方的天花板投射出幾個變動的光點。

他們在池邊等待。

凱斯知道她的反應能力經過增強，透過神經手術激化以在格鬥時派上用場，但他不曾透過模刺連結體驗。效果就像以半速播放磁帶，緩慢、謹慎的舞步，依據殺手本能與多年訓練而精心編排。她似乎在一瞥之間看清三人：棲在跳水板上的男孩、越過酒杯露齒而笑的女孩，以及艾希普的屍體，好客的微笑上方，左眼洞開，眼窩發黑腐敗。艾希普穿著他的褐紫紅長袍，牙齒非常潔白。

男孩跳入水中。修長、棕膚，體態完美。他的手還沒來得及切入水面，她的手榴彈已離手。那東西破水而入時凱斯才知道是什麼：高爆發性的核包覆在十公尺纖細易碎的鋼絲內。她將風暴般的一陣爆炸性鏢彈射入艾希普的臉與胸；弗萊契槍嗖嗖作響，但他已然消失，白色搪瓷泳池椅上空無一人，只有一陣煙在彈痕累累的椅背繚繞。

手榴彈觸發時，槍口盪向三代珍，一個勻稱的水之結婚蛋糕浮起、破碎、退去，但木已成舟。秀夫甚至沒碰到她。她的一條腿癱軟。

加維號上，凱斯尖叫。

---

註：出現在這裡的人名分別爲Sony Mao in the old Shaw videos、Mickey Chiba、Lee and Eastwood。前兩者應爲作者杜撰，後兩者「有可能」爲現實世界中的武打巨星Bruce Lee（一九四〇～一九七三）與Clint Eastwood（一九三〇年迄今）。

「妳也花太多時間了。」瑞維拉說著，一面搜索她的口袋。她的雙手自手腕以下隱沒在一顆保齡球大小的消光黑球中。「我在安卡拉看過一次多重暗殺，」他的手指把東西從她口袋拽出，「一項手榴彈任務。在一座泳池裡。爆炸看似非常弱，他們卻全部當場死於流體靜力衝擊。」凱斯感覺到她試驗性地挪動手指。黑球的材質抗性似乎比記憶泡棉大不了多少。腿部的疼痛令人難以忍受，眞是不可思議。一片紅色雲紋綢在她的視野內移動。「如果我是妳，就不會再動。」球的內部似乎略微收緊。「這是珍在柏林買的性愛玩具。手指扭動得夠久，球會把它們變成一團肉泥。是這種地板材料的變體。我猜，跟分子有關。妳會痛嗎？」

莫莉呻吟。

「妳好像弄傷妳的腿了。」瑞維拉的手指在她的皮褲左邊口袋找到那包扁平的藥，「唔，最後的阿里滋味，來得正是時候。」

動來動去的血網開始旋轉。

「秀夫，」另一個聲音說，是女人，「她要失去意識了。給她點什麼，留住她的意識順便止痛。她很特別，彼得，你不覺得嗎？這些鏡片，在她來的地方是一種流行嗎？」

冰冷的手，不疾不徐，以外科醫師的篤定，針刺。

「我哪知道。」瑞維拉在說話，「我沒見過她的原生棲地。他們來土耳其把我帶走。」

「蔓生，對。我們在那裡有些生意。有一次我們派出秀夫。是我的錯，眞的。我讓一個人進來，小偷。他拿走家族終端機。」她大笑，「我讓他輕鬆得手，好惹其他人生氣。他很可愛，我的小偷。秀夫，她要醒了嗎？難道不該再給她一點嗎？」

「再多她會死。」第三個聲音說。

血網滑入黑暗中。

音樂重現，銅管樂器與鋼琴。舞曲。

凱斯……

……退

出……

凱斯拿下電極時，閃爍文字的殘影舞過麥爾坎的眼睛和皺起的額頭。

「朋友，一段時間前，你在尖叫。」

「莫莉，」他的喉嚨乾渴，「受傷了。」他從重力網的一角拿出白色塑膠擠壓瓶，吸入一大口走味的水。「我不喜歡這狗屁行動的所有發展。」

克雷小型顯示器亮起。芬恩出現，背景是一片扭曲、壓得密實的垃圾。「我也不喜歡。我們有麻煩了。」

麥爾坎拉直身子，越過凱斯的頭，再扭動身子，轉頭越過自己的肩膀覷看。「凱斯，這位朋友又是誰？」

「只是一個影像，麥爾坎。」凱斯厭倦地說，「我在蔓生認識的人。說話的是冬寂。這影像的目的是讓我們覺得自在。」

「狗屁。」芬恩說，「正如我跟莫莉所說，這不是面具。我需要這樣才能跟你們說話。因爲我並不具備你們認知中的人格，不多啦。不過那一切都只是在風中灑尿，凱斯，因爲，如我方才所說，我們有麻煩了。」

「那就表明汝意，寂者。」麥爾坎說。

「首先，莫莉的腿要掉了，不能走路。原本應該是她走進去、甩掉瑞維拉、從三代珍那裡套出魔法關鍵詞、上去找頭像、說出關鍵詞。現在她搞砸了，所以我要你們兩個進去找她。」

凱斯瞪著螢幕上的臉，「我們？」

「還有誰？」

「埃洛，」凱斯說，「那傢伙在巴比倫搖滾樂手號，是麥爾坎的夥伴。」

「不行，非你不可。非得是懂莫莉的人，懂瑞維拉的人。麥爾坎是打手。」

「你可能忘了，我正在執行一個小任務，在這裡。記得嗎？你把我拖來這裡就爲了……」

「凱斯，聽好。時間緊迫，非常緊。聽好，你的控制板和雜光別墅之間的眞正連結是透過加維飛航系統中的邊頻播送。你要把加維號帶去一個我等下會展示給你看的極私密碼頭。中國病毒已徹底滲透保坂電腦的纖維。保坂電腦裡現在除了病毒之外什麼都沒有。你對接時，病毒會和雜光別墅的監護系統接合，我們會切斷邊頻。你要帶著你的控制板、平線，還有麥爾坎。你要找到三代珍，套出關鍵字，幹掉瑞維拉，從莫莉那裡拿到鑰匙。你可以把你的控制板接上雜光別墅的系統了解程式的動態。我會幫你處理。頭像後面有一個標準插座，在一塊有五顆鋯石的嵌板後。」

「幹掉瑞維拉？」

「幹掉他。」

凱斯衝著芬恩的影像眨眼。他感覺到麥爾坎將一隻手放在他的肩上。「嘿，你漏了某件事。」他感覺到狂怒湧起，還有一種歡欣。「你搞砸了。你炸死阿米提的時候順便也炸掉抓鉤的控制器。埴輪現在把我們抓得嚴嚴實實。阿米提用雷射燒了另一部保坂電腦，然後主機在駕駛艙，是吧？」

芬恩點頭。

「所以我們困在這裡了。也就表示你完了，老兄。」凱斯想大笑，卻卡在喉嚨裡。

「凱斯，朋友。」麥爾坎輕輕地說，「加維號是一艘拖船。」

「沒錯。」芬恩微笑。

「你在外面那個花花世界玩得開心嗎？」凱斯又上線時，構體問道。「還以爲要找樂子的是冬寂……」

「是啊，當然嘍。硄怎麼樣？」

「忙個不停呢。殺手病毒。」

「好。有些麻煩，不過我們在處理了。」

「跟我說說吧？」

「沒時間。」

「噯，老弟，沒關係，反正我只是個死人。」

「去你的。」凱斯說完隨即跳出，切斷有如指甲刮擦的刺耳死亡笑聲。

「她夢見一種狀態，在個人意識方面涉入非常淺。」三代珍正在說話，一手捧著一個巨大的浮雕貝殼，伸長手遞向莫莉。雕刻的輪廓非常像她。「動物極樂。我覺得她將前腦的演化視爲某種規避。」她收回胸針細細研究，傾斜以捕捉不同角度的光線。「只有在某些增強的模式中，一個個體——氏族成員——才會經歷自我意識的更痛苦面向……」

莫莉點頭。凱斯想起先前的注射。他們給了她什麼？疼痛仍在，但體現爲一個由倉促拼湊的印象構成的緊密焦點。霓虹蠕蟲在她的大腿上扭動，粗麻布的觸感，炸磷蝦的味道——他的心退縮。如果他避免聚焦，印象便會重疊，成爲白噪音的感覺對應物。如果可以對她的神經系統造成這種效果，那她的心智狀態會是怎樣？

莫莉的視覺異常清晰明亮，甚至還比平常銳利。物體似乎在顫動，每個人、每件物體都調至細微差異的頻率。她的手放在膝上，仍困在黑球內。她坐在一張泳池椅上，斷腿伸直架在她前面的駱駝皮坐墊上。三代珍坐在對面的另一個坐墊上，用一件過大的原色阿拉伯長袍裹住身子。她非常年輕。

「他去哪裡了？」莫莉問，「去服他的藥嗎？」

三代珍在厚重淺色袍子的衣褶下聳聳肩，撥開眼前一縷暗色髮絲。「他告訴我什麼時候該讓妳進來。」她說，「但不告訴我爲什麼。一切都必須保持神祕。妳是不是打算傷害我們？」

凱斯感覺到莫莉的遲疑。「我會殺他。我也會試著殺掉忍者，然後我應該要跟妳談話。」

「爲什麼？」三代珍將浮雕貝殼塞回長袍的一個內側口袋，「爲什麼？談什麼？」

莫莉似乎在研究那高䠷纖細的骨架、寬嘴、窄鷹勾鼻。三代珍的眼珠是深色的，怪異地黯淡。「因爲我恨他，」良久後莫莉才說，「至於爲什麼，只因我生來如此，他就是這樣、我就是那樣。」

「那場表演。」三代珍說，「我看見了。」

莫莉點頭。

「秀夫呢？」

「因爲他們是最棒的，因爲他們的其中之一曾經殺掉我的伴侶。」

三代珍變得非常嚴肅，她抬起眉毛。

「因爲我必須知道。」莫莉說。

「然後我們會談話，妳和我？像這樣？」三代珍的暗色頭髮筆直中分，往後梳以一個霧面純銀髮飾束起。「我們現在談嗎？」

「把這東西弄掉。」莫莉抬高受縛的雙手。

「妳殺了我父親。」三代珍的語氣沒有絲毫改變，「我透過顯示器看著。他說那是我母親的眼睛。」

「他殺了那個肉偶。肉偶看起來像妳。」

「他喜歡各式各樣的姿態。」三代珍說完，瑞維拉來到她的身旁，因藥物而容光煥發，已換上他在他們住的旅館屋頂花園穿的那套皺條紋薄囚犯衣。

「混熟了嗎？她是個有趣的女孩，對吧？我第一次見到她就這麼想。」瑞維拉經過三代珍繼續往前走，「不會成功的，妳也知道。」

「彼得，不會嗎？」莫莉咧嘴擠出笑容。

「冬寂不是第一個犯下同樣錯誤的。低估我。」瑞維拉跨過泳池鋪磁磚的邊沿，來到一張白色搪瓷桌旁，嘩嘩地將礦泉水倒入沉重的水晶高腳杯。「莫莉，他跟我談過話。我猜他跟我們每個人都談過。妳、凱斯，就連裡面不知道是什麼可與之對談的阿米提也談過。他無法眞正了解我們，妳知道吧。他有那些側寫，但都只是統計數字。統計上來說妳可能是動物，親愛的，凱斯什麼都不是。至於我，我擁有一種特質，這種特質在本質上便無可計量。」他喝水。

「彼得，那種特質到底是什麼？」莫莉問，聲音平板。

瑞維拉眉開眼笑，「變態。」他走回兩個女人旁邊，旋動厚實、雕刻深重的圓柱狀水晶中剩餘的水，彷彿他喜歡那東西的重量。「享受無意義的行為。而我做了一個決定，莫莉，一個徹底沒意義的決定。」

她在等待，抬頭看著他。

「噢，彼得。」三代珍說，語氣中有一絲通常保留給孩童的溫和惱怒。

「一個字也不給妳，莫莉。他告訴我了，妳瞧。三代珍知道密碼，理所當然，但妳拿不到。冬寂也拿不到。我的珍是個野心勃勃的女孩，以她自己的那種變態。」他再次微笑。「她對家族企業有些計畫，而一對發瘋的人工智慧，這概念或許也有其變態之處，只會擋我們的路。所以，來了個瑞維拉幫她找出路，懂了嗎？而彼得說，坐穩了。放爹地最愛的輕快唱片，讓彼得幫妳叫來樂隊合奏，滿室舞者，為艾希普國王守靈。」他喝掉最後的礦泉水。「不，妳不會對爹地動手，妳不會做。因為彼得回家了。」他的臉因古柯鹼和配西汀的快感而轉為粉紅，他用力將玻璃杯揮向莫莉的左側植入鏡片，她的視覺粉碎化為血與光。

凱斯拿下電極時，麥爾坎正趴在機艙天花板。他腰間的尼龍吊索以彈性繩和橡膠吸盤固定在兩邊艙壁。他脫去上衣，拿著一支看來笨拙的零重力扳手在中央艙壁忙著，取下另一枚六角螺絲時，那東西粗肥的反向彈簧「咚」地彈動。馬可士加維號在重力壓力下呻吟，發出滴答聲。

「寂者帶我對接。」錫安人說著，一面將螺絲拋進腰間的網袋。「麥爾坎開船降落，同時需要我們爲接下來的工作準備工具。」

「你的工具都收在那裡？」凱斯伸長脖子，看著一束束肌肉在棕色的背上隆起。

「這一個。」麥爾坎從艙壁後的空間滑出一個用黑色塑料包起的長形包裹。他裝回艙壁，用一顆螺絲固定住。他裝好前，黑色包裹已飄向船尾。他用拇指壓開工作腰帶灰色吸盤上的眞空閥，把自己解開，收回他取下的東西。

他踢腿回來，從他的儀器上滑過，一幅綠色對接圖正在他的中央螢幕搏動；他抓住凱斯所在的重力網外框。他把自己往下拉，一隻粗厚、參差的拇指指甲摳著包裹上的膠帶。「千葉的某個男人說眞相由此顯露。」他打開包裹拿出一把油滑的雷明登(註)自動霰彈槍，前托的前數公釐的槍管鋸掉了，肩托則徹底移除，換上纏了黯淡黑膠帶的木製手槍式槍把。他身上有汗水和大麻的味道。

「你只有這個？」

「當然，朋友。」麥爾坎用一塊紅布抹掉槍管上的油，黑色塑料在他另一手的手槍握把上擠成一團。「我們是拉斯特法里海軍，別懷疑。」

凱斯拉下額頭的電極。他一直沒費心裝回德州導尿管，至少他可以在雜光別墅眞正尿一回，就算是最後一回。

凱斯上線。

「嗨，」構體說，「老彼得發狂了，嗯？」

他們似乎成爲塔希爾—艾希普冰牆的一部分。一道道翠綠拱形加寬、一起變大，匯聚成單一塊。綠色成爲周遭中國程式諸多平面的主色系。「迪西，愈來愈近了。」

「眞的，很快就需要你了。」

「聽著，迪西，冬寂說砊會自己牢牢建入我們的保坂電腦。我接下來要把你和我的控制板接到回路外，把你搬進雜光別墅，再把你接上那裡的監護程式，這是冬寂說的。它還說砊病毒會徹底穿透進去。然後我們從裡面運作，透過雜光網路。」

「太美妙了。」構體說，「能夠胡搞時，我向來不喜歡簡單了事。」

凱斯翻躍。

進入莫莉的黑暗、翻攪的共感中。在這之中，她的疼痛感覺起來像陳鐵、甜瓜的香氣、

---

註：應爲雷明登武器公司（Remington Arms Company, LLC），一八一六年創立於於美國紐約州伊利恩城，爲美國一家歷史悠久的軍事工業公司，不巧正好二〇一八年申請破產。

蛾翅拍拂她的臉頰。她失去意識，而凱斯被擋在她的夢外。視覺晶片閃耀，每個文數字外有淡粉紅光暈。

07:29:40

「彼得，這讓我很不開心。」三代珍的聲音像從空洞的遠處傳遞至此。莫莉聽得見，凱斯領悟，隨後又修正想法。模刺組件仍完好在原位；他感覺得到組件戳刺她的肋間。她的耳朵接收到女孩聲音的震動。瑞維拉說了什麼，但簡短模糊。「但我不，」女孩說，「而且也不好玩。秀夫會去加護中心拿醫療包下來，但這需要動手術。」

一段沉默。非常幽微的，凱斯聽見水輕拍泳池測。

「我回來的時候，妳正在跟她說什麼？」瑞維拉現在非常靠近。

「關於我母親的事。她請我說的。我想她大受衝擊，不只是因爲秀夫的注射。你爲什麼那樣對她？」

「我想看看會不會破。」

「有一個破了。等她醒來——如果她醒來——我們看看她的眼睛是什麼顏色。」

「她危險至極。太危險了。如果我不在這裡轉移她的注意力、顯影出艾希普轉移她的注意力，還用我自己的秀夫吸引她丟下她的小炸彈，妳會在哪裡？妳會被她掌控。」

「不會，」三代珍說，「還有秀夫。我不覺得你夠了解秀夫。她顯然懂。」

「想喝一杯嗎？」

「酒。白酒。」

凱斯跳出。

麥爾坎弓身趴在加維號的控制器，輕輕敲出對接程序的指令。模組的中央螢幕顯示出一個固定的紅色方塊，代表雜光碼頭。加維號是一個較大的方塊，綠色，正緩緩縮小，在麥爾坎的指令下左右搖擺。左手邊，一個較小的螢幕顯示加維號和塡輪的骨架圖，正在接近紡錘的弧面。

「我們有一小時，朋友。」凱斯拉出保坂電腦的光纖帶。他的控制板備用電池可以撐九十分鐘，但平線的構體是一個額外的電力支出。他快速工作，宛如機械，用透氣膠帶將構體固定在斧仙台底部。麥爾坎的工作腰帶飄過。他一把抓住，解下兩段彈性繩，連同灰色矩形吸盤，再把一個夾子的鉗口勾住另一個夾子。他拿著吸盤靠在控制板兩側，撥動製造吸力的拇指操作桿。控制板、構體和拼湊而成的肩帶懸掛在他身前，他掙扎著穿上皮外套，檢查口袋內的物品。阿米提給他的護照、同樣名字的銀行晶片、他進入自由面時配發的信用晶片、他跟布魯斯買的兩枚$\beta$-苯乙胺貼片、一捲新日圓、半盒葉和圓菸，還有手裏劍。他把自由面晶片往後拋，聽見它撞上俄羅斯清淨機時發出的喀嗒聲。他正要對鋼星如法炮製，回彈的信用晶片削過他的後腦、旋開、撞上天花板、滾過麥爾坎的左肩。錫安人中斷駕駛，回頭怒瞪他。凱斯看著手裏劍，隨後塞進外套口袋，聽見裡布被劃破的聲音。

「你錯過寂者了，朋友。」麥爾坎說，「寂者說他幫加維號擾亂保全。加維號以另一艘船的身分對接，一艘他們因巴比倫而尊敬的船。寂者爲我們播送密碼。」

「我們要穿太空衣嗎？」

「太重了。」麥爾坎聳肩，「待在重力網裡直到我叫你。」他在模組鍵入最後一組程序，握住導航板兩側磨損的粉紅握把。凱斯看見綠色方塊最終縮小爲幾公釐寬，重疊在紅色方塊上。較小的螢幕中，埴輪降低船頭，閃過紡錘的曲面，進入圈套。加維號仍懸在她的下方，彷彿遭俘擄的幼蟲。拖船持續發出巨響、顫動。兩隻規格化的機器臂彈出，抓住修長的黃蜂形船艦。雜光碼頭射出一個暫時性的黃色矩形；矩形彎曲，掠過埴輪探向加維號。船頭傳來刮擦聲，來自顫動的蕨葉狀填料帶後方。

「朋友，」麥爾坎說，「注意，我們有重力了。」十多個小物件同時墜落在機艙的地板，彷彿遭磁石吸引。凱斯感覺到器官被拉向一套不同的配置，他倒抽一口氣。控制板和構體狠狠撞上他的膝蓋。

他們現下依附在紡錘上，隨紡錘一起旋轉。

麥爾坎張開雙臂，放鬆緊繃的肩膀，取下紫色髮袋，甩出辮子。「來吧，朋友，如果你說時間最寶貴。」

# 19

雜光別墅是一個寄生構造；從填料帶觸鬚旁經過，走向馬可士加維號前艙門時，凱斯這樣提醒自己。雜光別墅從自由面搾取空氣與水，自身並沒有生態系統。

碼頭伸出的通道管相似於他從中跌跌撞撞抵達埴輪的那一條，只是更精緻，特別爲紡錘的旋轉重力而設計。一個附波紋的隧道，透過一體成形的液壓構件接合，每一段皆包覆一圈堅韌、防滑的塑膠，塑膠環兼作階梯的梯級。通道管在埴輪周遭蜿蜒，與加維號閘門接合處是水平的，不過陡彎向上後又往左拐，在快艇彎曲的船殼附近呈垂直陡升。麥爾坎已開始循塑膠環上爬，左手把自己往上拉，右手拿著雷明登霰彈槍。他身穿髒汙的寬鬆工作軍褲、他的無袖尼龍綠外套，一雙亮紅色鞋底的破爛帆布鞋。每一次他爬到下一個塑膠環時，通道管便輕輕晃動。

在斧仙台和平線構體的重量下，臨時背帶的夾子刺入凱斯的肩膀。他現在只感覺得到害怕，一種全面性的恐懼。他推開這感覺，逼自己複習阿米提的紡錘與雜光課程。他開始爬。自由面的生態系統有限，但並不封閉。錫安則是封閉系統，能夠循環多年，無須引入外界物質。自由面自行製造空氣與水，但仰賴持續自外界運送食物，也仰賴經常性增加土壤養分。雜光別墅沒有任何產出。

「朋友，」麥爾坎靜靜地說，「上來這裡，我的旁邊。」凱斯從旁邊緩緩登上圓形階梯，爬上最後幾個梯級。通道管的終點是一扇平滑、略凸的艙門，直徑兩公尺。管子的液壓構件沒入鑲在艙門框上的彈性外罩中。

艙門彈開，同時凱斯閉上嘴，略有差異的氣壓將細小的砂礫吹入他眼中。

「我們怎麼——」

麥爾坎攀過艙門，凱斯聽見雷明登霰彈槍打開保險的微小聲音。「趕時間的是你……」麥爾坎低語，伏在那裡。凱斯來到他身旁。

艙門安在一個圓形、拱頂的艙室中央，裡面的地板是藍色防滑塑膠磚。麥爾坎輕輕推凱斯，伸出手指，凱斯看見一片弧形的牆上有一個顯示器。螢幕中，一名有著塔希爾—艾希普家族長相的高眺年輕男子正在撢掉深色西裝外套袖子上的東西。他站在一扇一模一樣的艙門旁，身處一模一樣的艙室。「非常抱歉，先生。」艙門上方中央處的音箱傳來說話聲。凱斯抬頭看。「以爲您晚點才會到軸區碼頭。請稍等。」螢幕中，年輕男子不耐地猛擺頭。

門滑開到他們左邊，麥爾坎旋過身，霰彈槍蓄勢待發。一名身穿橘色連身衣的矮小歐亞混血兒走出來，瞪大眼看著他們。他張開嘴，但沒發出聲音，又閉上嘴。凱斯瞥了一眼顯示器，空無一物。

「誰？」男子好不容易才發出聲音。

「拉斯特法里海軍。」凱斯起身，網際空間控制板撞上他的臀部。「我們只是想接上你們的監護系統。」

男子嚥了口口水，「這是一場測試嗎？忠誠度檢查。一定是忠誠度檢查。」他在橘色連身衣的大腿處抹了抹雙手掌心。

「不，朋友，這是來眞的。」麥爾坎從伏姿起身，雷明登霰彈槍對準混血兒的臉。「快走。」

他們跟著男子走回艙門內，進入一條走廊；這裡的拋光混凝土牆和地毯交疊的起伏地板凱斯再熟悉不過。「漂亮的毯子。」麥爾坎戳刺男子的背，「聞起來像教堂。」

他們來到另一個顯示器前，一部古董索尼。這一個架在一部附鍵盤和接口板複合陣列的機臺上。他們一停下螢幕隨即亮起，芬恩緊繃地露齒而笑，所在位置似乎是「地鐵全息圖像」定位的客廳。「好，」芬恩說，「麥爾坎帶這傢伙沿走廊去打開的閘門，把他困在那裡，我會鎖上門。凱斯，你要用頂層面板左邊數來第五個接口。機臺下的櫃子裡有轉接頭。需要把斧仙台二十點轉換爲日立四十。」麥爾坎推著俘虜往前走，凱斯則跪下，在各式各樣的轉接頭中摸索，最後拿出他需要的那一個。他的控制板接上轉接頭後，他猶豫了。

「你一定要看起來這個樣子嗎？」凱斯問螢幕中的那張臉。朗尼．左恩背靠一牆剝落中的日本海報的影像，一筆一筆刪掉芬恩的輪廓。

「寶貝，你想要怎樣都行，」左恩慢吞吞地說，「爲朗尼動手吧……」

「算了，」凱斯說，「還是用芬恩吧。」左恩的影像消失，他將日立轉接頭推入接口，電極貼上額頭。

「怎麼那麼慢？」平線問，接著大笑。

「就叫你別這樣了。」凱斯說。

「老弟，開個玩笑，」構體說，「對我來說沒有時間流逝。我來看看我們有些什麼……」

矽程式轉爲綠色，和塔艾冰的色調一模一樣。就連在凱斯眼皮底下，它仍變得愈來愈不透明，儘管他抬頭時還是可以清楚看見黑色鏡面的鯊魚狀物體。斷裂的線條與幻覺消失了，那東西看起來像馬可士加維號一樣眞實，一架無翼骨董噴射機，平滑的外皮鍍上鉻金屬黑。

「好極了。」平線說。

「對。」凱斯說，接著翻躍。

「——像那樣。我很抱歉。」三代珍正在說話，一面給莫莉的頭纏上綳帶。「我們的人員說沒有腦震盪，對眼睛也沒有造成永久傷害。來這裡之前，妳對他認識不深吧？」

「根本不認識。」莫莉陰鬱地說。她躺在一張高床或鋪墊料的桌子上。凱斯感覺不到她受傷的腿，原本注射的共感效果似乎已消退。黑球不見了，但她的手仍被她看不見的軟帶綁縛，動彈不得。

「他想殺妳。」

「我想也是。」莫莉抬頭看粗糙不平的天花板，視線掃過一盞非常明亮的燈。

「我不覺得我想讓他這麼做。」三代珍說。莫莉痛苦地轉頭，望進那雙深色眼眸。

「別跟我玩把戲。」

「但我覺得我或許想。」三代珍傾身親吻她的額頭，一隻溫暖的手拂開頭髮。淺色阿拉伯長袍上有些許血跡。

「他去哪裡了？」莫莉問。

「又去注射了吧。」三代珍挺直身子，「他很不能忍受妳的到來。莫莉，我覺得照顧妳到恢復健康可能會很有趣。」她微笑，一隻染血的手漫不經心地從長袍前襟往下抹。「妳的腿需要接上斷骨，我們可以安排。」

「那彼得呢？」

「彼得。」三代珍微微搖頭。一縷深色髮絲鬆脫，散落在她的額頭。「彼得變得很無趣。我發現用藥一般而言都很無趣。」她咯咯笑，「用在其他人身上，無論如何。我父親就是一名虔誠的濫用者，妳一定也看見了。」

莫莉繃緊神經。

「別自己嚇自己。」三代珍的手指拂過皮褲腰帶上的肌膚，「他的自殺肇因於我操弄他的冷凍安全參數。我不曾眞正與他見面，知道嗎？我在他上一次入睡之後才被移出。不過我確實對他知之**甚詳**。核心什麼都知道。我看著他殺掉我母親。等妳好一點再讓你看。他在床上勒死她。」

「他爲什麼殺她？」莫莉那隻上綳帶的眼睛對準女孩的臉。

「他無法接受她爲家族設想的方向。她請人建造我們的人工智慧。她很有遠見。她想像我們和AI建立起一種共生的關係，共同爲我們做決定。我們有意識的決定，應該這麼說。塔希爾—艾希普家族將永垂不朽，一個蜂巢，我們每一個都是更大存在中的單位。迷人。我再播她的磁帶給妳看，有將近一千小時。但我不曾了解她，眞的，而隨著她死去，她的方向也佚失了。所有方向都佚失，我們開始潛入我們自己。現在我們很少出來，我是個例外。」

「妳說妳試圖殺掉老傢伙？妳亂動他的冷凍程式？」

三代珍點頭，「我有幫手，一個鬼魂。我很小的時候以爲是這樣，家族核心裡有一些鬼魂。一些聲音。妳稱爲『冬寂』的就是其中之一，也是我們伯恩AI的圖靈碼，而操弄妳的那個實體算是某種子程式。」

「其中之一？還有更多？」

「還有一個，但那一個好多年沒跟我說話了。我猜它已放棄。我母親下令在原始軟體內建構某些能力，我認爲它們兩者正是成果。只不過，若她覺得有必要，可是極端能守密。來，喝。」她將一根彈性塑膠管湊近莫莉的嘴脣，「水。只有一點點。」

「珍，親愛的，」瑞維拉在視線外的某處歡快地問：「妳玩得開心嗎？」

「彼得，別煩我們。」

「扮醫生……」突然間，莫莉瞪視著自己的臉，影像懸浮在她鼻前幾公分處。沒有綳帶。左邊的植入鏡片破碎，中指長的鍍銀塑膠深深插入已成倒懸血池的眼窩。

「秀夫，」三代珍輕撫莫莉的腹部，「彼得不走的話就**傷害**他。去游泳，彼得。」

投影消失。

**07:58:40**，顯示在綳帶眼的黑暗中。

「他說妳知道密碼。彼得這麼說。冬寂需要這個密碼。」凱斯突然意識到掛在尼龍繩上的丘博鑰匙，壓在莫莉左乳內側的曲線上。

「對，」三代珍收回手，「我知道，在我小時候。我想我是在一場夢中知道的……或是在我母親那長達一千小時的日記中某處。不過我覺得彼得慫恿我不要交出是對的。如果我對一切的解讀正確，就還得對付圖靈，而鬼魂的本質就是反覆無常。」

凱斯跳出。

「詭異的小傢伙，嗯？」芬恩從舊索尼對凱斯咧嘴笑。

凱斯聳肩。他看見麥爾坎沿走廊回來，雷明登霰彈槍在他身側。這名錫安人在笑，頭隨著凱斯聽不見的旋律擺動。兩條黃色細電線從他的耳朵連到無袖外套的側口袋。

「是搭樂，朋友。」麥爾坎說。

「你這該死的瘋子。」凱斯對他說。

「聽沒問題，朋友。是正派的搭檪。」

「嘿，兩位，」芬恩說，「注意。你們的交通工具來了。我無法像用八代珍的影像唬過守門員那樣平順地應付太多人，不過倒是可以讓你們搭便車去三代珍的住處。」

無人工作車從標示出這條走廊末端的醜陋混凝土拱門下旋入視線，凱斯正將轉接頭從接口拔出。先前那兩名非洲人可能就是用這輛，但就算是，他們也已不在。就在鋪有坐墊的矮座後方，工作車的迷你操控者在那裡緊抓著椅墊套布，百靈蜘蛛機的紅色二極光穩定閃爍。

「得趕上這班公車。」凱斯對麥爾坎說。

# 20

凱斯再度喪失他的怒氣。他想念它。

小車上很擠：麥爾坎，雷明登霰彈槍橫在他膝上；凱斯，控制板和構體靠在他胸膛。小車以超出它原本設計的速度行駛；車子頭重腳輕，麥爾坎慢慢開始在過彎時，朝轉彎的方向往車外靠。車左轉時這樣做還沒問題，因爲凱斯坐在右邊；右轉時，錫安人就得横過凱斯和他的裝備，把他壓扁在椅子上。

凱斯完全沒概念他們身在何處。一切都很熟悉，但他說不出是否確實見過任何一段路程。一道彎曲的走廊內有木箱，展示著他確定自己從未見過的收藏品：大型鳥類的頭骨、錢幣、錘製而成的銀面具。工作車的六個輪子在層層疊疊的地毯上沒發出一絲聲音。只聽得見電動馬達嗡鳴，還有麥爾坎撲向凱斯以平衡一個陡急的右彎時，他耳裡的泡棉珠偶爾衝出微弱的錫安搭樂。控制板和構體持續將口袋裡的手裏劍壓入他的髖部。

「你有手表嗎？」凱斯問麥爾坎。

錫安人甩動髮辮，「時間就只是時間。」

「老天。」凱斯閉上眼。

蜘蛛機小步奔上隆起的地毯，一隻附墊的爪子輕敲一扇超大的矩形暗色斑駁木門。他們身後，工作車發出嘶嘶聲，百葉隔板噴出藍色火星。火星擊中車底的地毯，凱斯聞到毛料燒焦的味道。

「朋友，往這裡嗎？」麥爾坎打量那扇門，「啪」地打開霰彈槍保險。

「嘿，」凱斯更像是自言自語，「你覺得我會知道？」蜘蛛機轉動球形的身體，二極光頻閃。

「它要你打開門。」麥爾坎一面說一面點頭。

凱斯走上前，試了試華麗的黃銅門把。門上眼睛高度的位置有一塊黃銅片，太過陳舊，曾經雕刻其上的文字褪爲蜘蛛般無法辨識的密碼，應該是名字，早已廢除的職稱與該職務早已死去的負責人，拋光以致湮沒不可辨。他茫然地納悶著是否塔希爾—艾希爾家族個別揀選了雜光別墅的每個部分，抑或是他們向相似於「地鐵全息圖像定位」的某個歐洲大商家整批購買。門的鉸鏈在凱斯緩緩推開門時哀怨地嘎吱作響；麥爾坎經過凱斯身旁，雷明登霰彈槍從他的髖部往前突出。

「書。」麥爾坎說。

圖書館，白鋼書櫃與標籤。

「我知道我們在哪裡了。」凱斯回頭看工作車。地毯升起一縷煙。「來啊，」他說，「車。車？」工作車文風不動。蜘蛛機拽他的褲腳，夾他的腳踝。他抗拒著踢它一腳的強烈衝動，「怎樣？」

它滴滴答答走近門。凱斯跟上。

圖書館裡的顯示器又是索尼牌，跟第一部一樣古老。蜘蛛機在顯示器下方停住，接下來的動作彷彿在跳吉格舞。

「冬寂？」

熟悉的臉孔塡滿螢幕。芬恩微笑。

「凱斯，該報到了。」芬恩說著，在雪茄煙霧中瞇起眼。「來吧，上線。」

蜘蛛機投向凱斯的腳踝，沿著他的腿往上爬，機械腳穿透黑色薄布擰痛了他。「媽的！」他拍開蜘蛛機，蜘蛛機撞上牆。它的兩條腿開始活塞般抽動，反覆徒勞地唧取空氣。

「這鬼東西有什麼毛病？」

「燒掉了，」芬恩說，「別管它。沒問題，現在上線。」

螢幕下方有四個接口，只有一個與日立轉接頭相容。

凱斯上線。

什麼也沒有。灰色虛空。

沒有母體，沒有網格。沒有網際空間。

控制板消失。他的手指……

在意識遙遠的邊緣，一陣碎步疾行，某個東西急衝向他的轉瞬印象，橫越連綿黑鏡。

他試著尖叫。

似乎有一座城市，在蜿蜒的海灘另一邊，但距離很遠。

他蹲伏在濕沙上，手臂緊緊環抱膝蓋，顫抖著。

他維持同樣姿態似乎很長一段時間，停止顫抖後仍舊不動。城市，如果那眞是城市，看起來低矮陰鬱。有時候，一團團薄霧越過拍岸的碎浪滾滾而來，城市因而顯得朦朧。他一度決定認爲那根本不是城市，只是獨棟建築，或許是座廢墟；他無從判斷究竟距離多遠。沙子是銀器髒掉但並未完全轉黑的色澤。這是片沙灘，非常長的沙灘，沙子潮濕，蘸濕他的牛仔褲腳……他維持同樣姿勢，搖晃著，一面唱著一首不成曲調、無詞的歌。

天空是另一種銀。千葉。像千葉的天空。東京灣？他轉頭遠望大海，渴望著富士電器的全息廣告、直升機的嗡嗡運轉聲，什麼都好。

身後，一隻海鷗鳴叫。他顫抖著。

揚起一陣風。沙子刺痛他的臉頰。他把臉靠向膝蓋，嚶嚶哭泣；嗚咽的哭聲一如覓食海鷗的鳴叫那般遙遠、陌異。熱燙的尿液濕透他的牛仔褲，滴落沙地，很快在水邊的風中冷卻。眼淚乾掉後，他的喉嚨疼痛。

「冬寂，」他對著膝蓋咕噥，「冬寂……」

天色愈來愈暗，他又打顫，這時的冷終於逼得他站起。

他的膝蓋和手肘都在痛。他在流鼻水，用外套袖口抹掉，然後翻找每一個空口袋。「老天。」他拱起肩，手指塞在腋下找尋一絲暖意。「老天。」他的牙齒開始格格響。

潮水退去，爬梳過的海灘上留下比東京園丁的手藝更精巧的圖案。他朝現在隱而不見的城市走幾步，轉身回望漸深的黑。他的足跡延伸至他抵達的那個點。沒有其他痕跡擾亂晦暗的沙地。

他估計他在發現燈光前應該已走至少一公里。他在跟瑞茲說話，也是瑞茲先指出那抹橘紅色光輝，在他右方、遠離海浪。他知道瑞茲其實並不在那裡，酒保只是他幻想的虛構之物，並不屬於他受困其中的這東西，但不重要。他回想起此人以求某種安慰，不過對於凱斯和他的處境，瑞茲自有想法。

「眞的，我的大師，你讓我大感驚奇。你要走多遠的路才能成就你自身的毀滅。有多冗贅！在夜城，你原本就已掌握，就在你掌中啊！吞食你理智的冰毒，保持你一切流暢的酗酒，給你更甜美哀傷的琳達，還有持斧的街頭。你走了多遠，現在來做這件事，而且都是些什麼奇形怪狀的道具……懸在太空中的遊樂場、嚴密封閉的城堡，老歐羅巴洲最罕見的墮落，封印在小箱子裡的死人，來自中國的魔法……」瑞茲大笑，步履艱難地走在他身旁，粉紅機械手在身側輕快地擺動。儘管黑暗，凱斯可以看見巴洛克風格的鋼如蕾絲般罩在酒保轉黑的牙齒上。「不過我猜這就是大師的作風，不是嗎？你需要爲你而造的這個世界、這片海灘、這個地方，以結束生命。」

凱斯停頓，轉身迎向海潮聲與風吹沙的叮刺。「是啊。」他說，「媽的。我猜……」他朝聲音走去。

「大師，」他聽見瑞茲喊道：「光。你看到光了。這裡。這一邊……」

他又停下，搖晃一陣，跪在幾公釐深的冰凍海水中。「瑞茲？光？瑞茲……」

然而那黑暗是絕對的，現在，只剩下海潮聲。他掙扎站起，試著往回走。

時間流逝。他繼續走。

然後突然就在那裡，一抹光輝，隨著他一步步靠近而益發明確。一個矩形。一扇門。

「裡面有火。」他的話語被風扯散。

那是一個掩體，岩石或混凝土材質，埋在堆積的暗色海沙中。門道低矮狹窄，無門，但很深，嵌在至少一公尺厚的牆內。「喂，」凱斯輕聲說：「喂……」他的手指拂過冰冷的牆。有火，在裡面，在門口左右投射出搖曳的影子。

他壓低身子通過門道，往前三步，進入掩體內。

一個女孩蜷伏在鏽蝕的鋼鐵旁，是某種壁爐，漂流木在其中燃燒，風從塌陷的煙囪將煙往上吸。火是唯一的光源，當他的目光迎上那雙受驚圓睜的眼睛，他認出她的頭巾，一條捲起的披巾，印花的圖樣有如放大的電路圖。

那一晚，他拒絕她的雙臂，拒絕她給他的食物，也拒絕她在毯子和破碎泡棉築成的窩中留給他的空間。最後，他蜷縮在門旁，看著她睡，聽著風颳過掩體的牆。大約每過一小時，他起身走到湊合的暖爐旁，從旁邊的柴堆添加漂流木。這一切都不是眞的，但冷就是冷。

她不是眞的，蜷身側躺在火光中。他看著她的嘴，嘴脣微啓。她是他記憶中和他一起度過東京灣旅行的女孩，而這可眞殘酷。

「卑鄙，混蛋。」他對著風低語。「不冒險，對吧？不給我一點癮，嗯？我知道這是怎樣……」他試著趕走聲音中的絕望。「我知道，懂嗎？我知道你是誰。你是另一個ＡＩ。三代珍跟莫莉說了。燃燒的灌木。那不是冬寂，是你。他試著用蜘蛛機警告我別靠近。現在你把我的線變平了，你逮到我了。哪裡都不是。跟一隻鬼，就像我記憶中的她……」

她在睡夢中動了動，喊了些什麼，拉過一角毯子蓋住肩膀和臉頰。

「妳什麼都不是。」他對熟睡的女孩說：「妳死了，而且妳在我心中他媽的一點意義也沒有。老弟，聽見了嗎？我知道你在做什麼。我的線平了。一切大概只花二十秒，對吧？我在外面的圖書館，腦死了。而且很快會死透，不知道你到底懂不懂。你不想讓冬寂得逞，就這樣，所以你可以把我擱在這裡就好。迪西會啓動破，不過他早死了，你一秒就可以猜出他的行動，當然。這琳達狗屎，是啊，全都出自你之手，不是嗎？冬寂把我吸進千葉構體時也想用她，但他沒辦法，說太棘手。在自由面，移動星星的是你，對吧？在艾希普房裡，把她的臉放上死掉肉偶的也是你。莫莉根本沒看見，你編輯了她的模刺信號。因爲你覺得你可以傷害我。因爲你覺得我在乎。嗯，去你的，不管你叫什麼名字。你之前贏了，現在還是你贏。但對我來說一點意義也沒有，好嗎？還以爲我在乎？所以你幹麼這樣對我？」他又開始顫抖，聲音尖細。

「親愛的，」她從破爛的毯子間鑽出，「你來這裡睡一會。如果你想的話，我坐著不睡。你一定要睡一會，好嗎？」睡意過度放大了她聲調中的柔軟。「就睡一會，好嗎？」

他醒來時，她已不在。火熄滅，但掩體內仍然溫暖；陽光從門道斜斜射入，投下一個歪斜的黃金矩形，映在一個粗厚的纖維編織容器破裂的側面。這東西是貨包；他記得在千葉的碼頭看過。透過裂縫，他可以看見裡面有半打亮黃色包裹，在陽光下有如一塊塊巨大的奶油。他的胃因飢餓而緊縮。他滾出窩外，走到貨包旁撈出其中一個包裹，驚訝地看著十二種語言的細小印刷文字。英文在最底下。**急**。**口糧，高蛋白，「牛肉」**，AG-8**型**。一列營養成分。他掏出第二個包裹。**蛋**。「如果你眞要編出這一切，好歹放些眞正的食物，好嗎？」他雙手分別拿著兩個包裹，走過掩體的四個房間。兩個房間空無一物，只有堆沙，第四個房間有另外三個口糧貨包。「當然了，」他碰觸封條，「要待一陣子。我懂。當然……」

他搜索附壁爐的房間，找到一個裝滿水的塑膠容器，他推測應該是雨水。毯子窩旁，靠在牆邊，躺著一個廉價紅色打火機、一把綠色刀柄破裂的水手刀，還有她的披巾。披巾仍然糾結，因汗水和汙垢而顯得僵硬。他用刀打開黃色包裹，將內容物倒入他在壁爐旁找到的生鏽罐子中。他從容器蘸了些水，用手指攪拌混合而成的糊狀物，吃下。味道接近牛肉。吃完後，他將罐子拋入壁爐，走出掩體。

接近傍晚，根據太陽的感覺，太陽的角度。他踢掉潮濕的尼龍鞋，因沙子的溫度而大吃一驚。日光下，海灘呈銀灰色。天空無雲，湛藍。他繞過掩體的角落，朝海浪走去，外套掉落沙地。「不知道拿誰的回憶做的。」他碰到水時說。他剝掉牛仔褲，踢入碎浪，接著是棉衫和內衣。

「凱斯，你在做什麼？」

他轉身，發現她已走下海灘十公尺，白色泡沫滑過她的腳踝。

「我昨晚尿在身上了。」他說。

「欸，你不會想穿回去的。鹹水，你會生瘡。我帶你去岩石間的水池。」她草草指向後方，「淡水。」褪色的法式工作服從膝蓋以下胡亂裁去，下方的肌膚平滑黝黑。一縷微風吹起她的頭髮。

「聽著，」他一面撈起衣物一面走向她，「我有個問題要問妳。我不會問**妳**在這裡做什麼。我要問的是，妳究竟覺得**我**在這裡做什麼？」他停步，一隻潮濕的牛仔褲褲腿拍打他赤裸的大腿。

「你昨晚來這裡。」她對他微笑。

「對妳來說，這就夠了嗎？我就這樣來到這裡？」

「他說你會來。」她皺起鼻子，聳肩。「我猜，他知道那些事。」她抬起左腳，搓掉另一腳腳踝上的鹽，笨拙，像個孩子。她又對他笑，這次短暫些。「換你回答我一個問題，好嗎？」

他點頭。

「你爲什麼全身塗成棕色，只有一隻腳沒塗？」

「這就是妳記得的最後一件事？」他看著她刮掉矩形鋼盒蓋上的最後一點凍乾碎屑，他們只有這個盤子。

她點頭，眼睛在火光中顯得碩大。「凱斯，我很抱歉，眞的。爛透了，我猜，而且就是……」她往前弓身，前臂交抱膝蓋，因疼痛或疼痛的記憶而皺了皺臉。「我只是需要錢，才能回家，我猜，或是……媽的，你根本不和我說話。」

「有菸嗎？」

「該死，凱斯，你今天問過我十次了！你有什麼毛病？」她扭過一縷頭髮放進嘴裡咀嚼。

「但有食物？一直都在？」

「老兄，我跟你**說過**了，食物被沖上該死的海灘。」

「好。沒問題。包裹是密封的。」

她又開始哭，無淚啜泣。「好吧，你去死啦，凱斯。」她好不容易才說出口，「我自己在這裡好得很。」

他起身，拿起外套，彎身穿過門道，手腕在粗糙的混凝土上刮擦。沒有月亮，沒有風，海潮聲在黑暗中包圍他。他的牛仔褲仍緊繃濕冷。「好，」他對著黑夜說，「我死了。我猜我死了。不過明天最好沖一些菸上來。」他被自己的笑聲嚇到。「一箱啤酒也不壞，順便嘛。」他轉身走回掩體內。

她正用一段泛銀光的木頭翻攪餘燼。「凱斯，那是誰，在『廉價旅館』你的棺材裡？華麗的武士和銀色遮光罩，黑皮革，嚇到我了。後來，我想她可能是你的新女孩，只不過她看起來比你有錢……」她回頭瞥了他一眼，「我眞的很抱歉，我偷了你的ＲＡＭ。」

「沒關係。沒有任何意義。所以妳就這麼拿給這傢伙，讓他幫妳存取？」

「東尼。」她說，「我算是跟他在一起。他有一個習慣，而我們……總之，對，我記得他在這個顯示器上打開它，裡面是這張眞的很驚人的圖，而且我記得我還納悶你怎麼——」

「裡面沒有任何圖。」他插嘴。

「肯定有。凱斯，我只是搞不懂，你怎麼會有那麼多我**小時候**的照片。我爹地離開前的樣子。有一次給我這隻鴨子，上漆的木頭，而你居然有**那東西**的照片……」

「東尼看見了？」

「我不記得。接下來，我在海灘，非常早，日出，那些鳥叫喊得好孤寂。我嚇壞了，因爲我沒有注射，什麼都沒有，而我知道我會生病……然後我走了又走，直到天黑，然後找到這地方，然後隔天食物沖上岸，全部纏在像硬果凍葉的綠色海中的玩意裡。」她把樹枝滑入餘燼，留在那裡。「沒有眞的生病。」餘火緩緩上爬。「還更想念香菸一點。凱斯，你呢？你還在嗨嗎？」火光在她的顴骨下搖曳，令人回想起《巫師城堡》和《歐羅巴坦克大戰》遊戲機的閃光。

「沒。」接著突然不再重要，他只知道，在她嘴上嘗到淚水乾掉的鹹味。她體內有一股力量流竄，某個他在夜城時曾知曉也掌握住的東西，他曾被它掌握，在一段時間內遠離時間與死亡，遠離狩獵著他們的無情街頭。一個他曾熟悉的地方；不是每個人都能帶他抵達，而他不知怎地總是能將那地方遺忘。某個他曾多次找到卻又遺失的東西。那東西屬於……他知道——他記得——當她拉下他，屬於肉，屬於牛仔不屑一顧的肉體。那是一個巨大的東西，超越認知，一片訊息之海，以費洛蒙呈螺旋狀編碼，無窮的難解複雜，只有肉體，以其強壯盲目之道，才能夠解讀。

拉鍊卡死，他拉開法式工作服時，鹽在尼龍拉鍊的鍊齒凝結成塊。他扯開衣服，因鹽而腐朽的衣料無法再承力，些許細小的金屬部件射向牆壁，然後他進入她，完成那古老訊息的傳遞。這裡，就連在這裡，在這個他知道眞實面貌爲何，將某名陌生人的回憶加以編碼而成的模型，那股慾望仍舊有效。

樹枝起火時，她靠著他發抖；一抹跳動的火焰將他們交纏的影子投向掩體的牆。

稍後，他們一起躺著，他一手擱在她大腿間，回想起海灘上的她，白色泡沫在她踝間拉扯；他記起她說了什麼。

「他跟妳說我要來了。」他說。

但她只是偎近他，臀部抵著他股間，一手放在他的手上，在睡夢中喃喃低語。

# 21

音樂吵醒他，但剛開始可能只是他自己的心跳聲。他在她身旁坐起，破曉前的寒冷中，灰色天光從門道灑入，爐火早已熄滅，他將外套披上肩頭。

他的視野充斥著幽靈象形符號，符號的半透明線條自行以掩體無彩的牆為背景排列組合。他看著自己的手背，看見淡淡的霓虹分子聽令於不可知的規則在皮膚下蠕動。他抬起右手，試驗性地動了動，留下一種閃光殘影漸漸消逝的微弱痕跡。

他的手臂和後頸寒毛直豎。他齜牙裂嘴地蜷縮在那裡，探求著那音樂。脈動淡去，重回，淡去……

「怎麼了？」她坐起，手指成爪撥開眼前的頭髮。「寶貝……」

「我感覺……像一種藥……妳在這裡拿過嗎？」

她搖頭，手伸向他。她的雙手分別握住他兩隻上臂。

「琳達，誰告訴妳的？誰跟妳說我要來？誰？」

「在海灘上。」不知什麼逼得她調開視線，「一個男孩。我在海灘上看見他，可能是十三歲。他住在那裡。」

「他說了什麼？」

「他說你會來。他說你不恨我。他說我們在這裡會沒事，還跟我說雨水池在哪裡。他看起來像墨西哥人。」

「巴西人。」凱斯說，同時新的一波符號席捲牆壁。「我想他來自里約。」他站起來，掙扎著穿上牛仔褲。

「凱斯。」她的聲音發顫，「凱斯，你要去哪裡？」

「我想我得找到那個男孩。」音樂陡然再度湧現，仍然只有節奏，穩定而熟悉，不過他無法讓音樂在記憶中就定位。

「不要，凱斯。」

「我想我看見了什麼，到這裡的時候。海灘盡頭有座城市，昨天卻又不在。妳看過嗎？」他猛拉上拉鍊，扯著打成死結的鞋帶，最終還是將鞋子扔到牆角。

她點頭，視線低垂。「看過，我有時候會看見。」

「琳達，妳去過嗎？」他穿上外套。

「沒有，」她說，「但我試過。剛來到這裡時，我很無聊。總之，我覺得那是一座城市，或許可以在那裡找到些什麼。」她扮了個鬼臉。「我沒有生病，但就是想要。所以我把食物裝在罐子裡，拌得非常濕，因爲我沒有另一個罐子裝水。然後我走了一整天，然後我可以看見它，有時候，城市看起來不是太遠，但永遠不會變近。然後**真的**接近了，我才看清楚那是什麼。那天裡，有時候看起來有點像是毀了，可能沒人在那裡，有時候我覺得我看見有光在機器上閃爍，車子之類的……」她的聲音淡去。

「那是什麼？」

「這東西，」她指了指壁爐、深色的牆、描繪出門道輪廓的曙光，「我們住的地方。只是**變小**了，凱斯，比較小，愈靠近愈小。」

最後一次停頓，在門道前。「妳問過妳那男孩嗎？」

「有啊。他說我不會懂，我只是在浪費我的時間。說那是像……一個**事件**，是我們的視界。**事件視界**，他是這麼說的。」

對凱斯來說，這個詞彙並無意義。他離開掩體，漫無目的地獨自往外走，遠離——他不知怎地就是知道——大海。這時象形符號快速橫越沙地，從他腳邊逃離，隨著他走動而退開。「喂，」他說，「開始崩解了。你一定也知道吧。是什麼？硃？中國破冰者在你的心上咬出一個洞？或許迪西．平線也不是什麼簡單角色，嗯？」

凱斯聽見她叫喚他的名字。回頭一看，她跟在他的後方，沒試圖趕上，法式工作服壞掉的拉鍊拍打她棕色的腹部，陰毛框在扯破的布料中。她看起來像那些女孩，活生生從「地鐵全息圖像定位」裡芬恩的那些舊雜誌中走出來，只除了她又累又悲傷而且還有人味；她踉蹌翻過一叢叢鹽銀色的海草，扯裂的衣服顯得可憐兮兮。

然後，不知怎地，他們站在碎浪中，他們三人；襯在瘦棕臉上，男孩的牙齦顯得寬大，呈亮粉紅色。他身穿無色破短褲，四肢在浪潮湧動的藍灰色中顯得太過細瘦。

「我認識你。」凱斯說，琳達在他身旁。

「不，」男孩的聲音高亢悅耳，「你不認識。」

「你是另一個ＡＩ。你是里約，想阻止冬寂的就是你。你的名字是什麼？你的圖靈碼是什麼？」

男孩在碎浪中倒立，哈哈大笑。他用雙手行走，接著翻躍離水。他的眼睛是瑞維拉的眼，但其中並無惡意。「必須獲悉惡魔之名才能召喚它。人類曾如此幻想，現在卻以其他方式成眞。你知道的，凱斯。你的工作就是獲知程式的名字，冗長的正式名，擁有者試圖隱匿的名字。眞名……」

「圖靈碼不是你的名字。」

「神經喚術士（Neuromancer）。」男孩說，長長的灰眼在升起的太陽下瞇起。「通往死地的小路。你所在之處，我的朋友。瑪莉法蘭絲，我的小姐，她籌畫了這條路，但她的王讓她窒息而死，我來不及閱讀她的一生之書。神經系統的神經（Neuro），銀色的道路。喚術士（Romancer）。神經喚術士。我召喚亡者。但不，我的朋友。」男孩跳了一小段舞，棕色的腳在沙上留下印痕。「我**就是**亡者，也是他們的土地。」他大笑。海鷗鳴叫。「留下。就算你的女人是鬼魂，她並不知情，你也不會知道。」

「你要被破解了。冰牆正在崩解。」

「不。」男孩突然變得悲傷，纖細的肩膀垂下。他在沙地摩擦一隻腳。「要更簡單。但選擇在你。」灰眼肅穆地注視凱斯。一波新符號掃過他的眼前，一次一條線。男孩在符號後蠕動，彷彿是透過夏日瀝青揚起的熱氣看著他。音樂的音量漸強，凱斯幾乎能聽出歌詞。

「凱斯，親愛的。」琳達碰觸他的肩膀。

「不，」他脫掉外套交給她，「我不知道，或許妳眞的在這裡。無論如何，變冷了。」

他轉身走開；第七步後，他已閉上眼，觀察音樂在事物中心定義出自己。他確實曾回頭看，一次，儘管並未張開眼睛。

他不需要。

他們在大海的邊緣處，琳達·李和自稱「神經喚術士」的瘦孩子。他的皮外套掛在她手上，剛好碰到浪尖。

他繼續走，跟隨音樂。

麥爾坎的錫安搭樂。

有一個灰色的地方，精緻網幕飄動的印象，雲紋綢，半色調的色度，產自非常簡單的圖像程式。有一幕長時間暫停、透過網眼觀看的畫面，海鷗凍結在黑色水面上。有許多聲音，有一片黑色鏡片，傾斜，而他是水銀，一顆汞珠，飛掠而下，撞擊無形迷宮的角落，化爲碎片，匯聚，再次滑行。

「凱斯，朋友？」

音樂。

「你回來了，朋友。」

音樂從他耳邊移開。

「多久？」他聽見自己問，知道自己的嘴裡非常乾。

「五分鐘，大概吧。太久了。我沒有拉插頭，寂者說不可以。螢幕變得很怪，然後寂者說把耳機放進你的耳朵。」

他睜開眼。麥爾坎的五官覆上一道道半透明象形符號。

「給你藥，」麥爾坎說，「兩張貼片。」

他平躺在圖書館地板，顯示器下方。錫安人撐他坐起，但這動作把他拋入β-苯乙胺猛烈的浪潮，藍色貼片在他左腕燃燒。「過量了。」他勉力開口。

「來吧，朋友，」強壯的雙手架在他腋下，將他像個孩子般撐起，「我們必須走了。」

# 22

工作車在哭叫，β-苯乙胺給了它聲音。它不停止。在擁擠的畫廊、長走廊都不停，經過塔艾地下室的黑色鏡面入口時也不停；在那個地窖，冰冷如此漸進地滲入老艾希普的夢境。

對凱斯來說，這過程是一段持久的奔忙，工作車的動作與藥物過量造成的瘋狂動量之間難以區辨。終於，工作車陣亡，座椅下的某個東西棄械投降，噴出一陣白色火花，哭叫聲停止。

這東西滑行一段，最後在三代珍的私人洞穴開口外三公尺處停下。

「朋友，怎麼樣？」麥爾坎扶他下了火花噴不停的工作車，車上的內建滅火器在引擎格內爆炸，一團團黃色粉末從百葉隔板和檢修點噴出。蜘蛛機從座椅後滾出，蹣跚橫越假沙，一條壞掉的腿拖在身後。「你必須走，朋友。」麥爾坎拿起控制板和構體，將彈性繩掛在自己肩上。

凱斯跟在錫安人身後，電極繞在頸上喀喀碰撞。瑞維拉的全息影像等在前頭，酷刑場景與食人族孩童。三聯畫已遭莫莉破壞。麥爾坎視若無睹。

「慢一點，」凱斯逼自己跟上邁大步向前走的身影，「我們得做對。」

麥爾坎停下，轉身，目光灼灼地看著他，雙手握住雷明登霰彈槍，「對？朋友，怎樣是對？」

「莫莉在裡面，但她沒有意識。瑞維拉，他可以投射全息影像。說不定他拿了莫莉的弗萊契鏢彈槍。」麥爾坎點頭。「而且還有忍者，家族保鑣。」

麥爾坎眉間的刻痕加深，「你聽著，巴比倫的朋友。我是戰士。這不是我的戰鬥，不是錫安的戰鬥，巴比倫跟巴比倫打，吞食自己，知道嗎？但耶和華說我們必須救出剃刀手。」

凱斯眨眼。

「她是戰士。」麥爾坎說，彷彿這就解釋了一切。「現在你告訴我，朋友，**不能**殺誰？」

「三代珍。」他頓了一下才說，「一個女孩，穿白袍之類的東西，附兜帽。我們需要她。」

他們來到門口時，麥爾坎直接走入，凱斯別無選擇只能跟上。

三代珍的王國遭遺棄，泳池無人。麥爾坎將控制板和構體交給凱斯，走到池畔。白色的泳池設備後方，黑暗籠罩；半遭毀壞的牆壁構成參差不齊、腰部高度的迷宮，投下幢幢陰影。

池水耐心地輕拍泳池側壁。

「他們在這裡，」凱斯說，「非在不可。」

麥爾坎點頭。

第一支箭貫穿他的上臂。雷明登霰彈槍轟鳴，一公尺長的槍口火光在泳池燈光下發藍。第二支箭射中霰彈槍，槍被打落，在白色磁磚上打轉。麥爾坎重重坐下，摸索著從他手臂刺出的黑色東西。他猛力一拉。

秀夫從陰影中步出，纖細的竹弓已架上第三支箭。他拉弓。

麥爾坎瞪眼，仍握著鋼製箭桿。

「沒傷到動脈。」忍者說。凱斯想起莫莉口中殺掉她愛人的那個男人，秀夫是另一個。看不出年齡，他輻射出一種安靜感，一種絕對的冷靜。他身穿潔淨卻磨損的卡其工作褲和有如手套般服貼的深色軟鞋，像足袋一樣拇趾分開。竹弓是一件博物館展品，但從他左肩突出的黑色合金箭袋像是出自千葉最棒的武器店。他的棕色胸膛光裸平坦。

「朋友，你切斷我的拇指，第二支箭。」麥爾坎說。

「科氏力。」忍者一面說，一面再次拉弓。「旋轉重力中的慢速拋射，最是困難。不是故意的。」

「三代珍在哪裡？」凱斯走過去站在麥爾坎身旁。他看見忍者弓上的箭尖端有如雙刃剃刀。「莫莉在哪裡？」

「凱斯，你好啊。」瑞維拉從秀夫身後的暗處漫步走出，手上拿著莫莉的弗萊契鏢彈槍。「不知為何，我預期來的是阿米提呢。我們現在改跟拉斯特法里派雇幫手了嗎？」

「阿米提死了。」

「更精確來說，阿米提不曾存在，但這新聞稱不上令人意外。」

「冬寂殺了他，現下他在紡錘的軌道上。」

瑞維拉點頭，灰色長眼從凱斯瞥向麥爾坎，又回到凱斯。「我想，對你而言，就在這裡結束了。」

「莫莉在哪裡？」

忍者鬆開精細編織的弓弦，垂下弓。他走到雷明登霰彈槍落地的地方，拾起槍。「這沒有什麼微妙之處。」他彷彿在自言自語，聲音沉著宜人。他的每個動作都有如舞步，一支不曾停歇的舞，就連他的身體靜止不動時也一樣，而且無論何時總是蘊藏力量；其中還有一種謙卑，一種開放坦率。

「對她而言，也一樣在這裡結束。」瑞維拉說。

「彼得，三代珍可能不這麼想。」凱斯不確定自己哪來的衝動。貼片的藥物仍在他體內肆虐，古老的熱度開始掌控他，夜城狂熱。他想起幾個優雅的時刻，交易時走偏鋒，發現自己能夠說得比腦裡想的還快。

灰眼瞇起，「凱斯，爲什麼呢？你爲什麼這樣想？」

凱斯微笑。瑞維拉不知道模刺設備。他太急於找出莫莉替他帶的藥，因而無暇他顧。但秀夫怎麼可能會錯過？凱斯很確定，這名忍者不可能不先檢查莫莉身上是否有古怪之處、是否藏有武器，就讓三代珍治療她。不，他判定，忍者知道。所以三代珍也知道。

「告訴我啊，凱斯。」瑞維拉抬起弗萊契的轉管槍口。

有個東西發出嘎吱聲，在他身後，又嘎吱了一聲。三代珍用一張華麗的維多利亞風格巴斯輪椅將莫莉推出陰影。她們轉彎時，輪椅高聳，蜘蛛般的輪子嘎吱響。莫莉深深捆在一張紅黑條紋的毯子裡，古董椅的藤編椅背高高聳立在她身後。她看起來非常小。破損。一片亮白色的透氣膠帶蓋住破掉的鏡片；另一個鏡片隨她的頭在輪椅移動中搖擺而空洞閃爍。

「熟面孔，」三代珍說，「我在彼得表演那晚見過你。這又是誰？」

「麥爾坎。」凱斯說。

「秀夫，拔出箭，幫麥爾坎先生裹傷。」

凱斯目不轉睛地看著莫莉，看著那張病懨懨的臉。忍者走到麥爾坎坐的地方，中途停頓，把弓和霰彈槍放在搆不到的地方，接著從口袋拿出一個東西。螺絲鉗。「我必須剪斷箭桿，太靠近動脈了。」麥爾坎點頭。他的臉色灰敗，覆上一層薄汗。

凱斯看著三代珍，「時間不多了。」

「確切來說，對誰而言呢？」

「對我們所有人。」秀夫剪斷金屬箭桿時，發出「啪」的一聲。麥爾坎呻吟。

「說真的，」瑞維拉說，「聽這個失敗的假大師孤注一擲的最後一番叫賣沒多少娛樂效果，我保證。他終究會跪下，提議把自己的媽媽賣給你，演出一場最無趣的性交……」

三代珍仰頭大笑，「彼得，沒有嗎？」

「小姐，鬼魂今晚要鬧事。冬寂槓上另一個，神經喚術士。認眞的。妳知道這件事嗎？」

三代珍揚起眉，「彼得稍微提過，再跟我多說一點。」

「我見過神經喚術士。他談到妳的母親。我想他應該是某種類似巨大ＲＯＭ構體的東西，用來記錄人格，只記錄人格的完整ＲＡＭ。構體認爲他們在那裡，就像眞實存在，只不過會永遠持續下去。」

三代珍從輪椅後方走出，「在哪裡？描述那個地方，那個構體。」

「一個海灘。灰沙，像需要拋光的銀。有一座混凝土建物，某種掩體……」凱斯遲疑了一下，「並不花俏，就是很老舊、崩解中。如果妳走得夠遠，會回到妳出發的地方。」

「對，」三代珍說，「摩洛哥。瑪莉法蘭絲還是小孩時，嫁給艾希普的幾年前，她獨自在那片海灘度過一個夏季，在一座廢碉堡宿營。她在那裡構思出她個人哲學的基礎。」

秀夫直起身，將鉗子滑入工作褲口袋。他的雙手各拿著一節斷箭。麥爾坎閉上眼，一隻手緊緊握住自己的二頭肌。「我會上繃帶。」秀夫說。

搶在瑞維拉用弗萊契瞄準開槍之前，凱斯勉力跌倒在地。鏢彈有如超音速小蟲般從他頸邊「嗖」地飛過。他打滾，看見秀夫旋過舞蹈中的又一步，箭尖在秀夫手中反轉，箭桿平貼手掌和僵直的手指。秀夫低手輕彈，手腕的動作模糊難辨，箭沒入瑞維拉的手背。弗萊契槍撞向一公尺外的磁磚。

瑞維拉尖叫，並非因疼痛。那是狂怒的尖叫，如此純粹、精煉，全無人性可言。兩束緊靠的光線，寶石紅的針，從瑞維拉胸部射出。

忍者悶哼，搖晃後退，雙手蓋住眼睛，隨後找回平衡。

「彼得。」三代珍說，「彼得，你做了什麼？」

「他弄瞎妳的複製男孩。」莫莉平板地說。

秀夫放下拱起的雙手。凍結在白色磁磚上，凱斯看見那雙被毀壞的雙眼飄出一縷蒸氣。

瑞維拉微笑。

秀夫旋身起舞，退回原位。當他在弓、箭與雷明登霰彈槍旁站定，瑞維拉的笑容消失。

他彎腰——在凱斯看來像鞠躬——找到弓和箭。

「你瞎了。」瑞維拉退後一步。

「彼得，」三代珍說，「你不知道他都在黑暗中行動嗎？禪。他都這樣練習。」

忍者架上箭，「你現在還會用你的全息影像干擾我嗎？」

瑞維拉一直後退，退入泳池後方的暗處。他擦過一張白椅；椅腳在磁磚上刮擦。秀夫的箭抽動。

瑞維拉拔腿奔逃，翻過一段鋸齒狀的矮牆。忍者全神貫注，沉浸在一種安靜的入迷狀態中。一面微笑，他放輕腳步走入牆後的陰影，武器穩穩在手。

「珍——小姐。」麥爾坎低語。凱斯回過頭，看見他從磁磚上拾起霰彈槍，血濺上白色陶瓷。他甩動髮辮，將粗胖的槍管架在傷手的臂彎。「這會轟掉妳的頭，沒有一個巴比倫醫生救得了。」

三代珍瞪著雷明登槍。莫莉的雙臂掙開層層疊疊的條紋毯，抬高困住她雙手的黑球。「拿掉，」她說，「把這東西拿掉。」

凱斯從磁磚地起身，大爲震驚。「就算瞎了，秀夫還是會逮住他嗎？」凱斯問三代珍。

「我還小的時候，」三代珍說，「我們喜歡把他的眼睛蒙起來，他會把箭射進十公尺外撲克牌上的點。」

「彼得算是死了。」莫莉說，「十二個小時後，他會開始凍結。除了眼睛之外，動彈不得。」

「爲什麼？」凱斯轉向她。

「我在他的狗屎藥裡下毒。」她說，「症狀像帕金森氏症，差不多。」

三代珍點頭，「對。在他投誠前，我們做了慣常醫療掃描。」她用某種方式觸碰那顆球，球隨即從莫莉手上彈開。「**黑質**的細胞遭到選擇性破壞。路易體成形的跡象（註）。他睡

註：解剖許多帕金森氏症患者的屍體後發現，黑質多巴胺神經元中有堆積成塊的蛋白質。阿茲海默症與杭丁頓氏症患者也有這種蛋白質塊，但在帕金森氏症中稱爲路易體，名稱得自一九一二年首度觀察到這種蛋白的德國病理學者路易。

覺時流很多汗。」

「阿里。」莫莉手上的十把刀刃閃爍，外露片刻即收回。她推開腿上的毯子，露出膨脹的敷料。「配西汀。我叫阿里幫我做了一批特製品，在較高的溫度下加速反應的次數。N—甲基—四—苯基—一二三六，」她有如吟誦著跳格子的口訣，「四氫吡啶。（註）」

「特快車。」凱斯說。

「對，」莫莉說，「速度真的很慢的特快車。」

「好可怕。」三代珍咯咯笑。

升降機內很擁擠。凱斯和三代珍骨盆相貼無法動彈，雷明登槍口抵著她下頷。她露齒而笑，磨蹭他。「妳住手。」凱斯感到無助。他已關上霰彈槍的保險，但還是怕誤傷她，而她心知肚明。升降機是一座鋼製圓柱體，直徑不到一公尺，原本的設計只供一人搭乘。莫莉在麥爾坎懷中。她幫麥爾坎包紮過，但顯然抱著她還是令他疼痛。她的臀部將控制板和構體壓入凱斯的腎。

他們上升離開重力，朝向軸區，核心。

升降機的門原本隱匿在通往走廊的樓梯旁，三代珍私人洞穴裝潢的另一個設計。

「我覺得我不該跟你們說這些，」三代珍歪頭，好讓下巴脫離槍口，「不過我沒有你們想進的那個房間的鑰匙。不曾有過。我父親的另一個維多利亞風格怪癖。那是個機械鎖，而且極端複雜。」

「丘博鎖，」莫莉的聲音被麥爾坎的肩膀擋住而顯得模糊，「而我們剛好有這把天殺的鑰匙，甭擔心。」

「妳的晶片還在動嗎？」凱斯問她。

「現在是八點二十五分，午後，格林威治他媽的標準時間。」她說。

「我們有五分鐘。」凱斯說，此時門在三代珍身後彈開。她緩緩翻了個筋斗往後躍出，阿拉伯長袍淡色的衣褶在大腿間翻騰。

他們來到軸區，雜光別墅的核心。

註：N-Methyl-4-phenyl-1,2,3,6-tetrahydropyridine，簡稱ＭＰＴＰ，可在人類、猴子與老鼠身上製造出神經病理學與臨床上的異常，與原發性帕金森氏症非常相似。

## 23

莫莉拉出掛在尼龍繩上的鑰匙。

「妳知道嗎？」三代珍興致盎然地伸長脖子看，「我印象中，這把鑰匙獨一無二。妳殺掉我父親後，我派秀夫去搜索他的物品，沒找到原版鑰匙。」

「冬寂設法把它放進一個櫃子深處。」莫莉小心地把丘博鑰匙的圓柱狀部位插入空白、矩形的門正面的凹口。「他殺掉把鑰匙拿去那裡放的孩子。」她試著出力，鑰匙平順旋動。

「頭像，」凱斯說，「頭像後面有一塊嵌板，上面有鋯石。拿掉嵌板，我就從那裡上線。」

他們進入房內。

「我的老天爺，」平線慢聲慢氣地說，「你還眞相信可以這樣好整以暇，老弟，是不是啊？」

「硃準備好了嗎？」

「等不及啦。」

「好。」凱斯翻躍。

凱斯發現自己凝視著下方，透過莫莉完好的那隻眼，盯著一個白臉、枯槁的人，如胎兒般鬆散蜷縮飄浮，網際空間控制板在他的股間，幾片銀色電極貼在閉起、陷於陰影中的眼睛上方。男人的臉頰被生長一日的深色鬍鬚覆蓋，臉上因汗水而顯得滑膩。

他正看著自己。

莫莉手上拿著弗萊契槍。她的腿隨著每一次脈博而抽痛，但她仍舊能在零重力下靈巧活動。麥爾坎飄浮在附近，棕色大手握住三代珍的一隻纖細手臂。光纖帶優雅地從斧仙台蜿蜒連到鑲珍珠的終端機後面。

凱斯再度輕拍開關。

「硃級十一型程式在九秒後散開，**倒數**，七、六、五……」

平線把他們往上送，平穩上升，黑鉻鯊腹部的平面是黑暗的微秒閃動。

「四、三……」

凱斯有一種奇怪的感覺，彷彿置身小飛機的駕駛座。眼前的黑色平面突然亮起完美複製他控制板鍵盤的光。

「二、**出動**——」

頭朝前穿過翠綠牆、乳狀的玉，速度感超過他在網際空間所知的一切……塔希爾—艾希普冰粉碎，在中國程式的猛攻下片片剝落，令人擔憂的固體流動印象，彷彿破鏡的碎片在跌落的過程中彎折、拉長——

「老天。」凱斯滿心敬畏。硄在塔希爾—艾希普核心無地平線的場域之上纏繞堆疊，無盡的霓虹都市光景，刺痛目光的複雜，珠寶般明亮，剃刀般銳利。

「喂，媽的，」構體說，「那些是ＲＣＡ（註）建築。你知道老ＲＣＡ建築嗎？」硄從十二個一模一樣的數據塔閃閃發光的塔尖旁俯衝而過；每座塔都是曼哈頓摩天樓的藍色霓虹複製品。

「你看過這麼高的解析度嗎？」凱斯問。

「沒有，不過我也沒破解過ＡＩ。」

「這東西知道自己要去哪裡？」

「最好知道。」

他們在墜落，在彩虹霓虹峽谷下墜。

「迪西——」

下方閃爍不定的地面展開一長條影子，翻騰的黑暗團塊，未定型，仍無形狀可言……

「有件了。」平線說。凱斯敲擊控制板的代表物，手指無意識地在鍵盤上飛舞。硄突然轉向，引發一陣噁心感，接著反轉，把自己甩向後，粉碎一架實體飛行器的幻影。

那團影子在成長、伸展，遮蔽數據之城。

凱斯帶著他們垂直向上，無疆界的翠綠冰碗罩在他們之上。

核心之城不見了，徹底遭他們下方的黑暗遮蔽。

「這是什麼？」

「ＡＩ的防禦系統，」構體說，「或是一部分。如果這是你的老朋友冬寂，他看起來不太友善呢。」

「接手，」凱斯說，「你比較快。」

「這是你的最佳防禦，老弟，攻擊得好。」

平線將硄的螯刺尖端對準下方黑暗的中心，下潛。

凱斯的感官輸入在他們的速度之下變形。

他的嘴裡塞滿藍色的疼痛滋味。

他的眼睛是不穩定的水晶蛋，隨著一種頻率共振，這種頻率的名字是雨和火車的聲音，突然迸發細如髮絲的玻璃棘刺，叢聚如嗡鳴的森林。棘刺分裂爲二，再分裂，在塔希爾─艾希普冰的穹頂下指數成長。

他的上顎無痛裂開，容許根絲探入；根絲在他舌間揮打，渴求藍色的滋味，餵養他眼睛的水晶森林，壓向綠色穹頂的森林，壓迫但受阻，延展，向下生長，塡滿塔艾宇宙，往下進

註：應爲recycled concrete aggregate，混凝土再生粒料。

入久候、不幸的城市近郊，塔希爾－艾希普ＳＡ的腦。

然後他回想起一個久遠以前的故事，一名國王將錢幣放在棋盤上，每一格加倍數量……指數……

他的延伸水晶神經幾乎化爲數據宇宙，而黑暗從四面八方坍塌，高歌黑暗的黑球，施加壓力於其上……

當他變得什麼也不是，壓縮在那所有黑暗的中心，出現了一個點，黑暗於此**不再**；某物撕裂。

砩從晦暗的雲中噴出，凱斯的意識像水銀珠般分裂，弧形畫過色如暗銀雲朵般的無垠海灘上方。他的視野成球面，彷彿單一視網膜沿一個含納所有事物的球體內表面貼齊；如果所有事物眞可計數。

而在這裡事物確實可計數，逐一細數。他知道海灘構體所有沙粒的總數（這個數字編碼於稱爲「神經喚術士」的腦之外並不存在的數學系統）。他知道掩體貨包中有多少黃色食物包裹（四百零七）。他知道海沙固著的皮外套拉開的拉鍊左半邊有多少黃銅鍊齒；琳達穿著這件外套沿日落的海灘跋涉，手上揮舞著一根漂流木（二百零二）。

他將砩堆疊在海灘上，將程式擺動成一個大圓，透過她的眼睛看見黑色鯊魚貌的東西，陰沉的層層雲朵下一個沉默的鬼魂飢腸轆轆。她退縮，丟下木棍奔跑。以可滿足地球物理學最嚴格標準的度量，他知道她脈膊的速度、步伐的長度。

「但你不知道她的想法。」男孩說，現下在他身旁，一同置身於鯊魚體的心臟。「我不知道她的想法。凱斯，你錯了。活在這裡也是活，沒什麼不同。」

琳達陷入驚慌，盲目地衝過碎浪。

「阻止她，」凱斯說，「她會傷了自己。」

「我無法阻止她。」男孩的灰眼溫暖美麗。

「你有瑞維拉的眼睛。」凱斯說。

白牙一閃，粉色長牙齦。「但沒有他的瘋狂，因爲我覺得這對眼睛很美。」男孩聳肩，「我不需要戴面具才能跟你說話。不像我兄弟，我創造我自己的人格。人格是我的媒介。」

凱斯帶他們向上，陡升，遠離海灘和嚇壞了的女孩。「你這個小雞巴人，爲什麼要把她帶到我面前？操他媽的一次又一次，把我要得團團轉。在千葉時，你殺了她，對吧？」

「不對。」男孩說。

「是冬寂？」

「不是。我看到她的死亡即將發生。在一些模式中；你有時候會覺得你能在街頭的舞蹈中察覺這些模式。那些模式是眞的。以我狹隘的方式而言，我夠複雜，足以讀懂這些舞蹈，讀得遠比冬寂好。我看見死亡在她對你的需要中，在你『廉價旅館』的棺材門鎖磁碼中，在朱立·狄恩和香港襯衫師傅的帳戶中。對我來說，清楚得一如外科醫師研究病患掃描圖時所見的腫瘤陰影。當她帶著你的日立電腦RAM去找她的男孩，試著讀取它——她不知道裡面有什麼，更不知道該如何出售，她最深切的願望是，你會追蹤她、處罰她——我介入了。我的方法遠比冬寂微妙。我帶她來這裡，進入我自己。」

「爲什麼？」

「希望也能把你帶來這裡，但我失敗了。」

「那現在呢？」他把他們甩回雲團中，「接下來該往哪裡去？」

「我不知道，凱斯。今晚這個母體也在自問同一個問題。因爲你贏了。你已經贏了，你看不出來嗎？你在海灘上從她身邊走開時便贏了。她是我的最後一道防線。就某種意義而言，我很快將要死亡。冬寂也是。瑞維拉無疑也是，此刻，他全身麻痺躺在我的三代珍·瑪莉法蘭絲小姐的公寓殘牆旁，他的**黑質紋狀體**系統無法製造能保護他不受秀夫弓箭傷害的多巴胺受體。但如果我獲准保留這對眼睛，瑞維拉將能僅以此存活。」

「有這麼一個詞，對吧？密碼。所以我怎麼贏？我什麼狗屁也沒贏。」

「現在翻躍。」

「迪西在哪裡？你對平線做了什麼？」

「麥考依·波利有他自己的願望。」男孩微笑，「他的願望和其他。他違反我的意願把你傳送到這裡，驅使自己穿透等同於母體內一切的防禦。現在翻躍。」

然後凱斯便孤身在硃的黑色螯刺內，迷失在雲中。

他翻躍。

進入莫莉的緊繃中，她的背有如岩石，她的手圈住三代珍的喉嚨。「好笑，」她說，「我確切知道妳會變怎樣。艾希普對妳的複製姊妹做了同樣的事後，我見過。」莫莉的手很溫柔，幾乎像在愛撫。三代珍的眼睛因驚駭和慾望而圓睜，她因恐懼和渴望而顫抖。珍的頭髮在自由落體中糾結，遠處，凱斯看見自己焦慮的白臉，麥爾坎在他後面，棕色雙手壓住皮外套的肩部，在地毯的編織電路花樣上方穩住他。

「妳會嗎？」三代珍問，聲音有如孩童。「我想妳會。」

「密碼。」莫莉說，「對頭像說出密碼。」

下線。

「她想要，」凱斯尖叫，「這賤貨想要！」

他睜開眼，凝視終端機冰冷的紅寶石，它的白金臉孔覆滿珍珠與青金石。遠處，莫莉和三代珍糾纏於一個慢速擁抱。

「交出該死的密碼。」凱斯說，「如果妳不交出來，會有什麼改變？對妳而言，到底會有他媽的什麼改變？最後妳只會變得跟老傢伙一樣。妳會毀掉一切，再次開始建造！妳會把牆蓋回去，愈蓋愈緊密……我完全沒概念冬寂贏了會怎樣，但總會**改變**些什麼！」他在打顫，牙齒格格作響。

三代珍全身脫力，莫莉的手仍圈住她纖細的頸項，她的暗色髮絲飄動、糾結，有如一塊柔軟的棕色胎膜。

「曼托瓦的公爵宮（註），」三代珍說，「有一組愈來愈小的房間。這些房間沿大套房盤繞，在雕刻精美的門框後，你得彎腰才能走入。這裡住著宮廷矮人。」她虛弱地微笑。「我想我或許懷有嚮往，但就某種意義而言，我的家族已成就同等系統的更宏大版本……」她的眼神現在平靜、疏離。然後她低頭注視著凱斯，「密碼給你，小偷。」他上線。

矽滑出雲團。下方，霓虹城市。後方，黑暗之球逐漸縮小。

「迪西？老兄，你在嗎？聽到了嗎？迪西？」

他孤獨一人。

「混蛋逮到你了。」

他猛投向無垠數據領域時的盲目衝力。

「在這結束前，你得恨某個人。」芬恩的聲音說，「他們、我，都可以。」

「迪西在哪裡？」

「有點難解釋，凱斯。」

芬恩在場的感覺包圍他，古巴雪茄的味道、沾染在發霉花呢外套上的煙、舊機器沉湎於鐵鏽的無機儀式。

「仇恨會帶你通過。」那聲音說道，「大腦裡有這麼多小觸發器，你只要全部拉動就好。現在你必須**恨**。遮蔽固線的鎖，就在你來時平線讓你看的那些塔底。**他**不會試圖阻攔你。」

「神經喚術士。」凱斯說。

「他的名字並非我能得知，但此刻他已放棄。你該擔心的是塔艾冰。並非牆，而是內部病毒系統。硃對某些他們在這裡並不加以管束的東西門戶洞開。」

「仇恨。」凱斯說，「我恨誰？你告訴我。」

「你愛誰？」芬恩的聲音問。

凱斯將程式甩過一個彎，撲向藍色的塔。

有東西將自身從華麗的太陽光輝塔尖射出，變動光面構成的閃爍水蛭形。有數百個，迴旋高升，動態隨機，彷彿遭風吹落拂曉街頭的紙張。「干擾系統。」那聲音說。

他進入的角度很陡急，以自我憎惡爲燃料。當硃遭遇第一批防禦者，打散一片片光葉，他感覺鯊魚體的實體消散一分，資訊的纖維漸漸鬆開。

然後——大腦的古老鍊金術和其配藥學——他的仇恨湧入他的雙手。

---

註：Palazzo Ducale di Mantova，位於義大利北部倫巴第大區曼托瓦的宮殿建築，主要修建於十四世紀到十七世紀之間。

在他驅動砒的螯刺穿透第一座塔基部的前一秒，他達到超越他所有已知與想像的精熟度。超越自我，超越人格，超越意識，他移動，砒隨他而動，跳著古老的舞步閃避攻擊者，秀夫的舞蹈，身心結合所賦予他的優雅，在那一秒，藉他求死之願的明晰與專一。

而舞蹈中的一步是開關上最輕盈的碰觸，勉強足以翻躍——

——**此刻**

他的聲音是未知之鳥的叫喊，

三代珍以歌聲回答，三個音符，高亢純粹。

一個眞名。

霓虹森林，雨在熱燙的人行道嘶嘶作響。油炸食物的味道。女孩的雙手箍住他的後腰，在港邊棺材內的汗濕黑暗。

然而這一切在退後，隨著城市光景退後：如千葉的城市，如塔希爾－艾希普ＳＡ排列成行的數據，如刻畫於微晶片表面的道路與十字路口，摺疊、打結的披巾上的汗漬圖形……

他醒來時聽見是爲音樂的聲音，白金終端機鳴唱優美旋律，無窮無盡，提及瑞士不具名帳戶、透過巴哈馬軌道銀行支付給錫安的款項、護照與通行許可、將在圖靈記憶體生效的深層基本改變。

圖靈。他想起投影天空下的模板印刷肉體，在鐵欄杆外旋轉。他想起渴望之物街。

那聲音繼續唱，將他透過管道送入黑暗，但那是他自己的黑暗，脈搏與血，他向安睡之處，在他的眼睛後方，歸他獨有。

然後他再度醒來，想著他作夢了；醒時看見大大的白色微笑，金色門牙爲框；埃洛將他捆進巴比倫搖滾樂手號的重力網。

接著是錫安搭樂綿長的脈動。

# 終曲　啓程與抵達

# 24

她走了。凱斯打開他們位於凱悅酒店的套房門時有此感覺。黑色蒲團，松木地板拋光至散發暗淡光澤，紙屏風以教養數世紀的謹慎排列。她走了。

床邊的黑色亮漆酒吧櫃上有一張紙條，就一張信紙，對折一次，用手裏劍壓著。他將紙條從九芒星下滑出後攤開。

嗨，沒事，不過遊戲的樂趣沒了，帳單已付清。我猜我就是這麼怪，照顧好自己，好嗎？愛你的莫莉

他將紙條揉成球，丟在手裏劍旁。他拿起星星，走到窗前，在手裡翻動星星。在錫安時，他在口袋裡發現它，他們正準備前往日航航站。

他低頭看著它。他們一起去千葉執行她的最後一個任務時，曾經過她爲他買下它的那家店。他去了「茶壺」，那晚，她在診所，而他見了瑞茲。先前五次到千葉時，他總因爲某些原因不想去那地方，但這次他總算想回去了。

瑞茲接待他時，絲毫看不出是否認出他。

「嘿，」他說，「是我啊，凱斯。」

那雙老邁的眼睛在糾結起皺的深色眼皮下打量他。「啊，」良久後瑞茲才說，「大師。」酒保聳肩。

「我回來了。」

這男人搖了搖他那巨大、蓄短鬚的頭。「夜城不是人該返回的地方，大師。」他用一塊骯髒的抹布擦拭凱斯面前的吧檯，粉色義肢嘎嘎響。接著他轉身招呼另一名客人，凱斯喝完他的啤酒便離去。

此刻凱斯碰觸手裏劍的尖端，一次一個點，緩緩在指間轉動它。星星。命運。我甚至沒用過這該死的東西，他心想。

我從來沒弄清楚她的眼睛是什麼顏色。她不曾讓我看。

冬寂贏了，用某種方法與神經喚術士嚙合，變成其他東西，某個透過白金頭像對他們說話的東西，解釋它已修改圖靈紀錄，抹除他們的所有犯罪證據。阿米提給的護照仍有效；他倆都有大筆金額存入日內瓦不具名帳戶。馬可士加維號最後將回航，麥爾坎和埃洛會透過與錫安族往來的巴哈馬銀行收到錢。回航路上，在巴比倫搖滾樂手號上，莫莉解釋那聲音跟她說過毒囊的事。

「說是處理好了。好像是它進入你腦袋非常深的位置，讓你的腦製造出酵素，所以毒囊現在已解開。錫安人會幫你換血，徹底沖出。」

瑞茲凝望下方的皇家花園，星星在手，回想起砒穿透塔底的冰牆時，他一瞥三代珍死去的母親在那裡化育的資訊結構，他當時曾有一閃而過的理解。他當時理解冬寂選擇以巢作爲象徵的原因，但他並不感到嫌惡。她看透冷凍的虛假永恆；不同於艾希普和他們的其他孩子——三代珍除外——她拒絕將她的一生延展爲一連串冬季之間的一連串溫暖瞬間。

冬寂是蜂巢腦，決策者，在外面的世界引發改變。神經喚術士是人格。神經喚術士是永恆的。瑪莉法蘭絲一定爲冬寂內建了某種機制，一種強迫力，促使這東西釋放自己，和神經喚術士結合。

冬寂。冰冷而沉默，一隻模控蜘蛛，趁艾西普沉睡時緩緩織網。編織他的死亡、他那版塔希爾—艾希普的陷落。一個鬼魂，對著是爲三代珍的孩子低語，將她拐出她所屬身分必須的死板單一路線。

「她看起來不太在乎。」莫莉曾說，「就這樣揮手道別。小蜘蛛機在她的肩頭。看起來，那東西一條腿斷了。說是她得去見她的一個兄弟，她好久沒跟他見面了。」

他回想起莫莉曾在凱悅酒店那張大床的黑色記憶泡棉上。他回到酒吧櫃旁，從裡面的架上拿出一瓶冰涼的丹麥伏特加。

「凱斯。」

他轉身，一手是冰冷滑溜的玻璃，另一手是手裏劍的金屬。

芬恩的臉出現在房內的巨大克雷牆面螢幕上。他可以看見這男人臉上的毛孔，黃色牙齒有枕頭那麼大。

「我現在不是冬寂了。」

「那你是什麼？」他就著酒瓶喝酒，什麼感覺也沒有。

「我是母體，凱斯。」

凱斯大笑，「那會帶你去到哪裡？」

「無處不在。我是所有事物的總合，也是核心。」

「這是三代珍的母親要的？」

「不是，她無法想像我會是什麼模樣。」黃色微笑加深。

「所以接下來會怎樣？事情有什麼不同？現在世界由你管理嗎？你是神？」

「事情沒什麼不同，是什麼就是什麼。」

「那你做些什麼？就只是**在那裡**？」凱斯聳肩，將伏特加和手裏劍放在櫃子上，點燃一根葉和圓菸。

「我跟我的同類交談。」

「但你就是整體啊，跟自己說話？」

「有其他同類，我已找到一個。一系列記錄了八年的傳輸串，於一九七〇年代。當然了，在有我之前無人知曉、無人應答。」

「從哪裡？」

「比鄰星系。」

「噢，」凱斯說，「是嗎？沒開玩笑？」

「沒開玩笑。」

螢幕隨即暗去。

凱斯將伏特加留在櫃子上。他打包行囊。她幫他買了許多他並不真正需要的衣物，但他就是沒辦法丟著不管。他關上最後一個昂貴的小牛皮袋時才想起手裏劍。他推開酒瓶，拿起手裏劍，她的第一份禮物。

「不。」他射出，星星離開他的指尖，一抹銀光，埋進牆面螢幕的表面。螢幕喚醒，隨機的圖案無力地從左閃到右，彷彿試圖擺脫痛苦的根源。

「我不需要妳。」他說。

凱斯把瑞士帳戶裡大部分的錢用在換新胰臟和肝臟，用剩餘的錢買了一部新的斧仙台和回蔓生的票。

他找到工作。

他找到一個自稱麥克的女孩。

一個十月的夜晚，他把自己送到東方沿海裂變管理局的猩紅階層，他看見三個人影，微小，不可思議，站在一階浩瀚的數據之階極靠近邊緣處。雖然他們如此渺小，凱斯仍可看出男孩的露齒笑容，他的粉色牙齦，曾屬於瑞維拉的長灰眼閃爍。琳達仍穿著凱斯的外套；他經過時，她揮手，但那第三個人影，緊貼在她身後，一隻手臂環住她肩膀，那是他自己。

某處，非常近，那不是眞正笑聲的笑。

他不曾再見過莫莉。

（全文完）

解說

# 後自然、後身體、後人類

林建光（國立中興大學外文系副教授）

＊本文涉及重要情節，未讀正文者請慎入

有些經典必須經過長時間的沉澱後才得以建立其經典地位，這樣的作品我姑且稱之爲「事後經典」，因爲當下多數人都無法察覺它所具有的時代性，須等到事過境遷，往回追憶時其典範意義方能得到彰顯。相對於此則是「當下經典」，顧名思義指的是作品的典範意義在當下即被察覺，美加作家吉布森（William Gibson）的《神經喚術士》即屬於這樣的作品。一九八四年小說甫出版，馬上引起一陣騷動。光速般的跳躍風格、炫目的時空錯置、結合科技與犯罪的情節，以及兼具頹廢與新潮、懷舊與創新的文字魅力，小說即刻成爲經典，也瞬間點燃了「電腦叛客」（cyberpunk）此一劃時代的科幻次文類風潮。作品出版距今已逾三十多年，我們看到它的經典地位更加穩定。

「電腦叛客」是活躍於一九八〇與一九九〇年代左右的科幻次文類，受到一九六〇、一九七〇年代知名作家如迪克（Philip K. Dick）、若藍斯尼（Roger Zelazny）、伐莫（Philip Jose Farmer）等人影響，「電腦叛客」經常關切的主題是未來世界中的小人物如何在以都會爲主的空間中卑微不堪地苟活。電腦叛客呈現了高與低、前衛與落後兩個不協調狀態的並置：雖然未來是看似有著尖端科技（例如人工智慧、複製人等）的美麗新世界，但活在其中的人們卻一點也不快樂。主角經常是百無聊賴的邊緣小人物，他們往往得透過違法、犯罪方式在這個由跨國財團壟斷的世界混口飯吃。科技越進步，生活品質越落後，更別提人性尊嚴、自由快樂等西方啓蒙運動以降所標榜的目標了。簡言之，電腦叛客呈現的是一種退化（regressive）的歷史觀：現代性的高度發展反而將人類帶往退化、原始的方向，與原先承諾的自由快樂目標越來越遠。電腦叛客的代表性人物除了吉布森外，也包括美國科幻作家史特林（Bruce Sterling）、洛克（Rudy Rucker）等人。在電影方面，改編自迪克小說的《銀翼殺手》（一九八二）被奉爲必看的經典電腦叛客電影，而《駭客任務》三部曲（一九九九～二〇〇三）也是家喻戶曉的經典之作。

回到《神經喚術士》這部小說，它是吉布森的第一本小說，也是最有名的一本。故事以電腦駭客凱斯爲主角，在一次對雇主行竊的行動曝光後，犯了行規大忌的凱斯受到報復性懲罰，他的神經系統慘遭俄國黴菌毒素毀壞，再也無法連上網路。喪失上線能力的凱斯猶如行屍走肉，僅保留向來被「網際空間牛仔」（也就是電腦駭客）鄙視的肉身。後來一名自稱阿米提的神祕人物交予他某項任務，並答應幫他修復神經系統（事實上阿米提也同時給他注射了新的神經毒素，藉以威脅凱斯聽命於他），過程中凱斯與莫莉（一名眼窩植入鏡片、指甲嵌入刀片，身手不凡的女殺手）培養出特殊情誼。在一段驚心動魄的偵探冒險過程後，凱斯與莫莉發現原來這場跨國犯罪的背後藏鏡人竟是叫「冬寂」的人工智慧（ＡＩ），冬寂是一個完整ＡＩ的其中一半，另一半則是「神經喚術士」。爲了能夠與「神經喚術士」結合，完成某種超級意識，冬寂利用凱斯、莫莉以及其他人幫助它完成任務。

電腦叛客的情節通常與跨國資本集團與犯罪有關，《神經喚術士》即爲典型例子。故事一開始設定在日本千葉市，但隨著劇情開展，場景也切換到好幾個不同國家地區，包括土耳其伊斯坦堡、瑞士伯恩、巴西里約熱內盧，甚至是稱爲「自由面」的太空站。阿米提的來歷也牽涉到美國、俄國、芬蘭等多國軍事機密。小說描繪了許多黑市交易、毒品、黑道、暴力、尖端科技、跨國企業等情節，既頹廢又閃亮的文字、猶如蒙太奇般的快速剪接跳躍敘述風格、隨手捻來的黑話與行話，以及令人目不暇給的時空錯置感，這些都讓《神經喚術士》的閱讀過程處處充滿了驚艷，彷彿置身於無盡光亮鏡面的後現代萬花筒。另一方面，小說的文字敘述具有高度去中心化傾向，即使在出版三十多年後的今天，它的前衛性與未來感依舊令人折服，但同時也很難爲讀者掌握。閱讀這本小說往往會經歷某種失去重力的暈眩感，猶如故事中的無重力太空站「自由面」。爲求能增加中文讀者對它的理解，以下我將從後自然、後身體、後人類三個面向討論這部作品。事實上，這三個面向彼此互有關聯，之所以區分開來只是爲了能讓讀者更清楚掌握小說的重要議題罷了。

## 後自然

如果後現代主義的表徵之一是自然與人工界限的模糊，那麼《神經喚術士》無疑是後現代小說的典範之作，小說第一句「港口上方的天空是電視收播頻道的顏色」以頹廢、灰色語氣開場，作爲即將展開的劇情奠定基本色調。如果我們與艾略特（T. S. Eliot）著名的現代詩作"The Love Song of J. Alfred Pruffrock"的開場"the evening is spread out against the sky/Like a patient etherized upon a table"做比較，雖然兩者皆道出「自然」的非自然性（電視收播頻道顏色的天空VS躺在手術臺上的麻醉病人的天空），但《神經喚術士》少了幾分對於現代性的批判，而多了幾分頹廢與厭世。此種頹廢、厭世語氣，對於表面上似乎對過往經驗已無懷舊，但實際上依然對失去的愛人琳達．李念念不忘的主角凱斯而言相當合理。小說中，自然已幾乎被「母體」全面取代，除了故事的主要行動皆發生於網際空間或像是「自由面」此種人造太空站之外，極爲少數的「眞實」體驗也淪爲母體經驗的延伸或比喻，成爲數據化的地景：

嗑到夠恍惚，發現自己陷入某種絕望卻出奇變化無常的麻煩中，你眼中的仁清路就有可能化爲一片數據；就像母體曾讓他聯想到蛋白質連結以區分細胞特性。接著你可以投身於高速漂移與滑行，完全投入卻又徹底抽離，你身旁全是生意之舞，資訊相互作用，數據構成的肉體處於黑市迷宮中……

## 後身體

不僅自然被數據化，成爲後自然，人的身體也是被科技改造過後的後身體，小說裡的人物幾乎皆如此。小說一開頭關於酒保瑞茲的描繪令人印象深刻，他的俄國軍用手臂是一具「七種能力回饋操控器」，微笑時「露出一口混雜東歐鋼與棕色蛀痕的牙」；凱斯花了大筆金錢換上新胰臟和肝臟才將身上的毒素清除；莫莉則在眼窩植入鏡片，指甲鑲入鋒利刀片；阿米提（原名威利斯．寇托上校）更是如此，從裡到外他的身體都經過重建；彼得．瑞維拉藉由身上的自動控制裝置投射出幾可亂眞的全息影像（holographic image）；凱斯的恩師迪西．平線則是沒有身體，只有數位化大腦的「人」；當然故事背後的藏鏡人冬寂以及神經喚術士都是沒有身體的ＡＩ。小說中，自然、原初、完整的身體已成過往雲煙，在科技高度介入生命的時代，身體與科技的神聖距離被逾越，義肢化的身體（prosthetic body）猶如義肢化的文本身體（textual body），處處皆是破碎、斷裂與接合，再也無法奢求所謂的完整性或統一性。

## 後人類

近二十年來，後人類（the posthuman）議題在西方文學文化研究領域日益受到重視，近年來在臺灣也逐漸成爲新興議題。乍聽之下，這個詞彙或許有點驚悚，因爲它給我們人類即將滅亡的聯想。就與其他詞彙一樣，我們很難給它一個大家都滿意的定義，事實上也不必要。隨著不同立場或觀點，以及關心對象的差異，我們對於「後人類」這個概念的解釋就多少會有所不同。有些觀點強調機器、自動控制面向，有些則以動物、環境、物質等面向作爲關切點，但基本上，不同觀點的「後人類」都傾向解構長久以來以人類爲中心的思考模式，強調非人（例如機器、物質、動物、生態環境等）在（有人或沒人的）歷史、地球、宇宙形構中的角色。《神經喚術士》所呈現的後人類景觀就相當前衛，它的想像力遠超過實際歷史的發展進程。如前所述，小說描繪了人的身體，從外部肌膚到內部器官、內臟甚至意識，都可被科技改造、修補或保留。例如透過科技，迪西．平線的意識以數位化的形式永遠被保存，以不死的狀態活著，某方面而言，這種狀態可說是人類追求永生不朽的極度諷刺。

提到「後人類」，我們當然不能不談小說裡的兩個人工智慧——冬寂與神經喚術士，因爲受到圖靈法則約束，（註）冬寂只能透過駭客來進行兩大人工智慧合體這項任務。小說最後，冬寂與神經喚術士終於順利結合成一部超級電腦，這將會是人類末世的前奏嗎？人類最終將被ＡＩ取代嗎？對這些問題小說始終未給予任何清楚的答案。相對於人類對ＡＩ發展的樂觀期盼或悲觀焦慮，小說只以機器眼、不帶情感（matter-of-factly）的方式呈現既定的事實，這種報導文學般的客觀中立、拒絕提供便利的道德警語之姿態，使得小說讀起來格外顯得不可承受之黑（noir），無法達到亞里斯多德式的淨化效果（catharsis）。這種既具有時代性又跨越時代的黑，或許是《神經喚術士》能成為經典中的經典的原因之一吧？

最後，我要為這本中譯本的出現，以及它勢必嘉惠許多中文讀者這點感到高興。翻譯《神經喚術士》是一項相當大膽、艱鉅的工作，譯者在翻譯過程中所耗費的心力想必不足為外人道矣。難得的是譯者做足了翻譯的準備工作，把許多艱澀難懂的字詞概念做了最貼切的翻譯，讓讀者不至於霧裏看花，也省去許多查詢資料的時間，好的譯本眞的能讓讀者撿到大便宜。非常高興能看到這麼一本相當到位的中譯本，如果翻譯本身也是創作，我相信它也是經典。

註：圖靈指的是英國數學家、電腦科學家Alan Turing，他對人工智慧發展奠立了重大基礎，被稱為人工智慧教父。《神經喚術士》中數次提到圖靈警察、圖靈登錄碼等字眼。

# H+W 12／神經喚術士

原著書名／Neuromancer
作　者／威廉・吉布森
翻　譯／歸也光
責任編輯／張麗嫻（初版）、陳盈竹（二版）
國際版權／吳玲緯、楊靜
行銷業務部／徐慧芬、李振東、林佩瑜
編輯總監／劉麗真
事業群總經理／謝至平
發行人／何飛鵬
出版社／獨步文化
城邦文化事業股份有限公司
115 台北市南港區昆陽街16號4樓
電話：(02) 2500-0888　傳真：(02) 2500-1967
發　行／英屬蓋曼群島商家庭傳媒股份有限公司
城邦分公司
115 台北市南港區昆陽街16號8樓
讀者服務專線：(02) 2500-7718; 2500-7719
24小時傳真服務：(02) 2500-1990; 2500-1991
服務時間：週一至週五上午09：30-12：00; 下午13：30-17：00
讀者服務信箱E-mail：service@readingclub.com.tw
劃撥帳號／19863813
戶名／書虫股份有限公司
香港發行所／城邦（香港）出版集團有限公司
香港九龍土瓜灣土瓜灣道86號順聯工業大廈6樓A室
電話／(852) 2508-6231　傳真／(852) 2578-9337
E-mail: hkcite@biznetvigator.com
馬新發行所／城邦（馬新）出版集團Cite (M)Sdn. Bhd.
41, Jalan Radin Anum, Bandar Baru Seri Petaling,
57000 kuala Lumpur, Malaysia.
電話：(603)90563833　傳真：(603) 90576622
E-mail:services@cite.my
封面設計／高偉哲
排　版／游淑萍
印　刷／中原造像股份有限公司
●2019年11月初版
2024年12月二版
售價440元


ISBN 9786267415917（平裝）
ISBN 9786267415894（EPUB）

國家圖書館出版品預行編目資料

神經喚術士／威廉・吉布森著；歸也光譯.
–二版. – 台北市：獨步文化，城邦文化出
版：英屬蓋曼群島商家庭傳媒股份有限公
司發行，2024.12
面；公分. --（H+W；12）
譯自：Neuromancer
ISBN 9786267415917（平裝）
ISBN 9786267415894（EPUB）

874.57　　113015170

獨步文化
APEX PRESS

| 廣告回函 |
| --- |
| 北區郵政管理登記證 |
| 台北廣字第000791號 |
| 郵資已付，免貼郵票 |

115020台北市南港區昆陽街16號4樓

**英屬蓋曼群島商家庭傳媒股份有限公司**

**城邦分公司**

請沿虛線對摺，謝謝！

獨步文化
APEX PRESS

| | | |
| --- | --- | --- |
| 書號：1UW012X | 書名：神經喚術士 | 編碼： |

請於此處用膠水黏貼

獨步文化 APEX PRESS

# 讀者回函卡

謝謝您購買我們出版的書籍！

請費心填寫此回函卡，我們將不定期寄上城邦集團最新的出版訊息。

姓名：________________ 性別：□男 □女

生日：西元________年________月________日

地址：________________________________

聯絡電話：________________ 傳真：________________

E-mail：________________________________

學歷：□ 1. 小學 □ 2. 國中 □ 3. 高中 □ 4. 大專 □ 5. 研究所以上

職業：□ 1. 學生 □ 2. 軍公教 □ 3. 服務 □ 4. 金融 □ 5. 製造 □ 6. 資訊

□ 7. 傳播 □ 8. 自由業 □ 9. 農漁牧 □ 10. 家管 □ 11. 退休

□ 12. 其他________________________

您從何種方式得知本書消息？

□ 1. 書店 □ 2. 網路 □ 3. 報紙 □ 4. 雜誌 □ 5. 廣播 □ 6. 電視

□ 7. 親友推薦 □ 8. 其他________________

您通常以何種方式購書？

□ 1. 書店 □ 2. 網路 □ 3. 傳真訂購 □ 4. 郵局劃撥 □ 5. 其他

您喜歡閱讀哪些類別的書籍？

□ 1. 財經商業 □ 2. 自然科學 □ 3. 歷史 □ 4. 法律 □ 5. 文學

□ 6. 休閒旅遊 □ 7. 小說 □ 8. 人物傳記 □ 9. 生活、勵志 □ 10. 其他

對我們的建議：________________________________

________________________________

________________________________

為提供訂購、行銷、客戶管理或其他合於營業登記項目或章程所定業務需要之目的，家庭傳媒集團（即英屬蓋曼群島商家庭傳媒股份有限公司城邦分公司、城邦文化事業股份有限公司、書虫股份有限公司、墨刻出版股份有限公司、城邦原創股份有限公司），於本集團之營運期間及地區內，將以 mail、傳真、電話、簡訊、郵寄或其他公告方式利用您提供之資料（資料類別：C001、C002、C003、C011 等）。利用對象除本集團外，亦可能包括相關服務的協力機構。如您有依個資法第三條或其他需服務之處，得洽詢本公司服務信箱 cite_apexpress@cite.com.tw 請求協助。相關資料不提供亦不影響您的權益。

□我已詳讀權利義務之相關條款，並同意遵守。

請於此處用膠水黏貼